PROTOCOLO ZERO

ANTHONY McCARTEN

PROTOCOLO ZERO

Tradução de
Ronaldo Sergio de Biasi

1ª edição

EDITORA RECORD
RIO DE JANEIRO • SÃO PAULO
2025

CIP-BRASIL. CATALOGAÇÃO NA PUBLICAÇÃO
SINDICATO NACIONAL DOS EDITORES DE LIVROS, RJ

M115p   McCarten, Anthony
          Protocolo zero / Anthony McCarten ; tradução Ronaldo Sergio de Biasi. - 1. ed. -Rio de Janeiro : Record, 2025.

      Tradução de: Going zero
      ISBN 978-85-01-92345-5

      1. Ficção neozelandesa. I. Biasi, Ronaldo Sergio de. II. Título.

24-95564   CDD: NZ823
                       CDU: 82-3(931)

Gabriela Faray Ferreira Lopes - Bibliotecária - CRB-7/6643

Título original:
Going Zero

Copyright © 2023 by Muse of Fire Productions Ltd.

Texto revisado segundo o Acordo Ortográfico da Língua Portuguesa de 1990.

Todos os direitos reservados. Proibida a reprodução, no todo ou em parte, através de quaisquer meios. Os direitos morais do autor foram assegurados.

Direitos exclusivos de publicação em língua portuguesa somente para o Brasil adquiridos pela
EDITORA RECORD LTDA.
Rua Argentina, 171 – Rio de Janeiro, RJ – 20921-380 – Tel.: (21) 2585-2000, que se reserva a propriedade literária desta tradução.

Impresso no Brasil

ISBN 978-85-01-92345-5

Seja um leitor preferencial Record.
Cadastre-se no site www.record.com.br
e receba informações sobre nossos
lançamentos e nossas promoções.

Atendimento e venda direta ao leitor:
sac@record.com.br

Para Jennifer Joel, uma grande editora.
E, como sempre, para Ena.

FASE UM

7 DIAS ANTES DO PROTOCOLO ZERO

BOSTON, MASSACHUSETTS

O espelho de corpo inteiro, colocado ali para emprestar um pouco de luz e espaço ao estreito hall de entrada, tem manchas do tempo, as marcas escuras quebrando a harmonia do fundo prateado como cicatrizes. Ainda assim, ele é útil para os moradores: professores, funcionários públicos de baixo escalão, o dono de uma padaria e meia dúzia de aposentados que agradecem aos céus o fato de o elevador funcionar na maior parte do tempo. Eles costumam parar e se olhar no espelho antes de sair, dando uma última conferida para garantir que a bainha da saia não está presa nas meias, que a braguilha não está aberta, que o queixo não está sujo de pasta de dente, que o cabelo não está arrepiado e que não há papel higiênico grudado no sapato antes de ganhar a rua para serem julgados pelos passantes.

Ele também é útil no fim do dia. Quando os moradores sacodem a friagem do vento das ruas, desabotoam os casacos e esvaziam as caixas de correio, é o velho espelho que lhes oferece a primeira imagem dos estragos sofridos ao longo do dia.

A mulher que acaba de entrar dá uma olhada nele, pensativa. O espelho reflete o seguinte: trinta e poucos anos; cabelos pretos e cacheados; óculos grandes, que voltaram à moda no ano anterior; calça comprida bem larga; tênis; e, por baixo do casaco leve, uma blusa preta bem passada com estampa floral. Parece uma bibliotecária ou coisa parecida. Conservadora nos trajes, liberal nos detalhes: um grande colar com pingente, brincos que retinem, um anel com sinete no dedo mínimo. Pode ter ido a uma quermesse da igreja ou a algum evento do #resist, não dá para saber.

Ela destranca a caixa de correio, retira um maço de envelopes, fecha a portinhola até ouvir o estalo do trinco e nota que o letreiro da caixa está ligeiramente torto, apressando-se em ajeitá-lo.

K. DAY
APARTAMENTO 10

É importante que seja só o K. Nada de "Kaitlyn" por extenso. Apenas uma inicial para identificá-la: pode chamar isso de Truque da Mulher Solteira nº 273. Vem logo depois de andar até em casa com as chaves (transformadas em arma) na mão. Escrever "Kaitlyn Day" na caixa de correio ou no interfone seria pedir para se meter em encrenca; qualquer babaca que passasse na rua ia saber que tem uma mulher solteira no prédio e poderia ficar à espreita para ver se ela precisa de alguma coisa: ajuda, companhia, sexo, ser morta.

Ela separa a correspondência em cima da lixeira de reciclagem. Lixo. Lixo. Lixo. Conta. Lixo. Conta. E então... Meu Deus do céu. Chegou. Chegou mesmo.

No envelope está impresso "Departamento de Segurança Interna". E tem até um bendito *lacre* no verso. Ela achava que esse tipo de coisa tinha caído em desuso na época dos Tudor. O conteúdo, porém, é um papel vagabundo do governo, bem diferente do papel refinado de convite que ela esperava. Ainda assim, é um convite.

No alto da única folha está escrito "Teste beta do Protocolo Zero". Essa parte está em negrito e sublinhada.

Prezada Sra. Day,

Parabéns! A senhora foi selecionada como um dos dez participantes do teste beta do Protocolo Zero da Iniciativa Fusão, uma parceria da WorldShare com o governo dos Estados Unidos.

Conforme as instruções, o teste beta do Protocolo Zero terá início às 12:00 do dia 1º de maio. Na ocasião, a senhora e nove outros participantes escolhidos ao acaso receberão uma mensagem no número fornecido em sua inscrição com a instrução de desaparecer.

Às 14:00 do mesmo dia, seu nome, sua fotografia e seu endereço serão fornecidos à força-tarefa conjunta da Iniciativa Fusão, na sede da Fusão, em Washington, D.C.

Enquanto o teste estiver em andamento, a senhora poderá tomar quaisquer medidas que julgar necessárias, compatíveis com as leis dos Estados Unidos, para evitar ser detida pela equipe de captura encarregada de encontrá-la. Qualquer participante do teste beta do Protocolo Zero que ainda estiver em liberdade às 12:00 do dia 31 de maio receberá uma recompensa, livre de impostos, de três milhões de dólares (US$ 3.000.000).

Agradecemos seus esforços patrióticos e por desempenhar um papel importante em tornar o país mais seguro.

Aviso especial: sob pena de desclassificação, a senhora está proibida de declarar, anunciar ou admitir sua participação no teste beta do Protocolo Zero até ser autorizada, por escrito, por este departamento. Por favor, consulte sua inscrição para mais detalhes a respeito do acordo de confidencialidade, suas responsabilidades legais e possíveis penalidades.

Kaitlyn ergue os olhos e vê seu reflexo no espelho outra vez. Apenas uma mulher comum, igual a tantas outras, mas, pelas próximas cinco semanas, ela precisa ser excepcional.

Está preparada para ser perfeita, Kaitlyn Day?, pergunta-se ela. Porque é isso que precisa ser a partir de agora.

Seu reflexo não revela nada.

Vá para casa, diz a si mesma. Verifique tudo. Quando a mensagem chegar, ela tem que estar pronta para desaparecer num piscar de olhos. Sumir. *Evaporar.*

Quem consegue fazer isso? Evaporar? Ora, não é impossível. Na verdade, *ela* sabe disso melhor que ninguém. As pessoas podem simplesmente — *puf* — sumir.

Precisa descansar. Essa pode ser uma das últimas noites em que vai dormir tranquila na própria cama. O reflexo no espelho não se move por alguns segundos enquanto ela pensa no que a espera. Depois, ele se move depressa.

7 DIAS DEPOIS:
20 MINUTOS ANTES DO PROTOCOLO ZERO

SEDE DA FUSÃO, WASHINGTON, D.C.

Em 1º de maio, faltando vinte minutos para o meio-dia, Justin Amari, em jejum, com o cabelo desgrenhado, é cumprimentado por um comitê de recepção na porta da sede da Fusão, um complexo particular construído perto da praça McPherson no ano anterior com uma rapidez incomum e certa dose de mistério — "Bilionário do Vale do Silício Cy Baxter compra quarteirão no centro de Washington, D.C., e passa mais tempo na cidade, por razões desconhecidas."

Entre os presentes, Justin reconhece Erika Coogan, braço direito de Cy Baxter, quase tão famosa quanto ele, cofundadora, com Baxter, da WorldShare, a empresa-mãe da Fusão. Uma potência, ainda que mais sutil que o sócio.

— Nervosa? — pergunta Justin quando Erika se aproxima.

A pergunta inesperada faz Erika sorrir.

— Tenho confiança em Cy e no que estamos fazendo aqui — diz ela. A voz é grave, com um leve traço do sotaque texano. — Mas, hoje, é claro que estou nervosa. É algo grande. Enorme.

Junto com outros dignitários, eles atravessam o saguão de aço e vidro e passam por dois postos de controle antes de entrar na área de alta segurança, onde nada digital passa despercebido — nem celular, nem laptop, nem Fitbit, nem gravador disfarçado de tampa de caneta —, cujo centro espaçoso, ocupado por equipes especializadas no térreo e coberto por uma estrutura de passarelas suspensas, foi apelidado de "O Vazio".

A escala daquele espaço ainda o impressiona. É de arrepiar. Uma profusão de telas, fileiras de mesas ocupadas por engenheiros, cientistas de dados, agentes de informações, programadores, hackers e uma infinidade de analistas dos setores público e privado que constituem a infantaria da Iniciativa Fusão. E, de uma plataforma no primeiro andar digna do capitão Kirk, Cy Baxter, vibrando com uma mistura de nervosismo e orgulho, contempla sua grandiosa criação.

Eu é que deveria estar nervoso, pensa Justin. Para começo de conversa, é o meu que está na reta aqui hoje.

Todas as telas — de desktops, tablets e smartphones às grandes telas das paredes — estão pretas, adormecidas, esperando... esperando... esperando ser acordadas.

Justin consulta o relógio. Faltam quinze minutos e cinquenta e nove segundos... cinquenta e oito... cinquenta e sete...

Quando recebe o sinal, ele sobe na plataforma, onde Cy espera, em trajes formais para variar, poupando a plateia de hoje do costumeiro uniforme de adolescente: tênis, jeans folgado, camiseta com alguma frase inspiradora do tipo POR QUE NÃO, CARALHO?.

Ao lado de Cy está o chefe de Justin, Dr. Burt Walker, vice-diretor de Ciência e Tecnologia da CIA, os dois com aquele ar de quem acabou de descobrir a teoria de tudo. Também com eles, menos à vontade, claramente ainda não convencida de que isso tudo é uma boa ideia, está a antecessora de Walker (agora diretora executiva de uma startup de análise de riscos), Dra. Sandra Cliffe.

Para Justin, Walker passa a impressão de que está procurando uma fita para cortar. Os tempos mudaram, Burt. Nada de fitas. O que vai dar início ao lançamento deste memorável teste beta é algo tão trivial quanto o clique de um mouse, que vai disparar a ordem de desaparecer aos dez candidatos escolhidos para o teste secreto. Eles precisam desaparecer por completo, sem deixar rastro, o mais depressa que conseguirem. Mas não vai ser fácil: Cy Baxter e sua turma de ciberdetetives estão mais bem equipados que qualquer pessoa na história da humanidade para encontrá-los — e rápido.

Cada um dos dez participantes — ou zeros, como são chamados pela equipe — tem duas horas, e apenas duas horas, para ganhar vantagem: para pôr em prática sua estratégia, seja qual for, antes que a Fusão comece a caça de verdade.

— Algumas palavras antes de começarmos — diz Cy ao microfone, com ar solene. Aos 45 anos, ele ainda conserva uma aparência juvenil, com o corpo levemente inclinado para a frente, o peso nos dedos dos pés, como se estivesse sempre pronto para sair correndo. — Em primeiro lugar, agradeço aos nossos amigos da CIA por esta parceria público-privada que vai fazer história. — Os olhos dele passam por Justin e se fixam em Walker e Cliffe, cumprimentando cada um com um aceno de cabeça. — Também agradeço, naturalmente, a todos os investidores que confiaram em nós, alguns dos quais estão aqui presentes. — Um aceno para a fileira de engravatados na frente da audiência. — Mas meu agradecimento especial vai para todos vocês, da equipe da Fusão, por sua dedicação incansável, aliada a um trabalho brilhante.

Os membros da Fusão batem palmas. Especialistas em suas respectivas áreas, munidos de ferramentas tecnológicas de última geração e amplos poderes jurídicos, eles somam quase mil na sede da empresa, reforçados por outros milhares espalhados pelo país, equipes de captura prontas para entrar em ação. Cy Baxter enfatizou para todos que a *rapidez* dos resultados, tanto quanto os *meios* utilizados, é o que todos vieram testemunhar.

— Temos uma missão a cumprir. Os próximos trinta dias vão definir o destino de um compromisso de dez anos da CIA para financiar esse empreendimento, a fusão do serviço de informações governamental com a engenhosidade da iniciativa privada. — Ele faz uma pausa e parece pesar cuidadosamente as palavras seguintes. — Tudo o que vocês estão vendo... tudo isso — ele abre os braços para indicar o recinto onde estão e depois aponta para baixo, para os três andares do porão, onde se encontram supercomputadores em estantes resfriadas por potentes aparelhos de ar condicionado, novecentos e trinta e dois técnicos escolhidos a dedo (cuja vida pregressa foi levantada com detalhes pela CIA) espalhados pelas salas de operação, salas de realidade virtual, depósitos de drones, instalações de pesquisa, uma cafeteria e escritórios — não terá nenhum valor se fracassarmos. Para mim, pessoalmente, esse projeto é o trabalho mais importante da minha vida. Ponto-final.

Essas palavras são recebidas com aplausos.

— Quando fui procurado para ver se eu conseguiria imaginar uma parceria público-privada que pudesse elevar os poderes de segurança e vigilância do país a um novo patamar, a um nível incomparável, olhei para o vice-diretor aqui ao meu lado... e para a Dra. Cliffe, que talvez se lembre da minha reação... acho que foi... certo?... "Vocês só podem estar de sacanagem!"

A plateia pega a deixa e ri.

— Mas eu acho... eu acho que Orville Wright deve ter dito algo parecido para o irmão, não é? Ou Oppenheimer, quando recebeu ordens para fazer uma bomba, ou Isaac Newton, quando perguntaram o que era "para cima".

Mais risadas.

Ele sorri, um sorriso surpreendentemente cativante.

— Você não sabe que consegue até conseguir, certo? "É impossível" sempre precede o "claro que sim". Mas, apesar da nossa confiança e de todo o esforço de cada um aqui, ainda não sabemos, com cem por cento de certeza, se é possível. Por isso esse teste beta. Então vamos lá. Vamos acender o pavio e ver o que acontece.

Aplausos efusivos. Cy adora essas pessoas e elas retribuem o sentimento, por diversos motivos.

Os olhos de Justin continuam fixados em Cy enquanto ele pensa: quão rico é esse sujeito? Ninguém sabe ao certo. A biografia dele está cheia de lacunas. Onde nasceu exatamente? Até nisso existem dúvidas. Cy diz que é de Chicago, mas nunca mostrou uma certidão de nascimento para esclarecer os rumores de que a mãe eslovaca emigrou para os Estados Unidos com o único filho quando Cy tinha 7 anos. Recentemente, quando a Ravensburger, empresa famosa por quebra-cabeças, lançou um modelo de mil peças de Cy com as mãos na cintura em frente a um foguete do Bezos, pronto para colocar satélites de segurança da WorldShare em órbita, as pessoas enfim tiveram uma chance, com dedos ávidos e olhos curiosos, de fazer o que até então tinha sido um desafio puramente mental: montar um retrato claro daquele homem.

Justin o analisou de longe, coletando fatos a respeito dele. Perfis de revistas, invariavelmente elogiosos, falam de um sujeito com algumas dificuldades de aprendizado, como no uso de talheres e na pronúncia de palavras como "nicho" (Cy: "nitcho"), mas com um QI de 168. Uma criança solitária, por vezes vítima de bullying, quase bonito, embora os olhos minúsculos fossem um tanto assimétricos, e os cotovelos e os joelhos, manchados de eczema. Começou a se interessar por computadores cedo na vida e logo estava surfando na onda da tecnologia. Transformou uma startup de garagem numa empresa avaliada em doze bilhões de dólares aos 26 anos e decolou desde então. No início, dedicou-se a tecnologias revolucionárias e redes sociais. Expandiu a WorldShare, transformando-a de um pequeno e amigável veículo de troca de informações — "Quer sair comigo?", "Claro, por que não?" — num ecossistema *global* de relacionamentos e, a partir daí, se ramificou depressa, em todas as direções, investindo os lucros em empreendimentos cada vez mais arriscados, como quem aposta no azarão de uma corrida de cavalos.

Para Wall Street foi amor à primeira vista por esse jovem visionário, e despejaram dinheiro nas aventuras dele: cibersegurança, câmeras de vigilância domésticas, alarmes públicos e privados e até satélites de comunicação. Rico como o rei Midas depois de uma década disso, mas sem jamais ostentar (nunca foi fotografado na Semana de Moda de Paris, não tem amigos em Hollywood nem iate gigante ou jatinho particular), também apostou, discretamente e sem alarde, num futuro verde, saudável, ecológico e até interplanetário. Agora, ele financia pesquisas sobre energia solar, extensão da vida útil de baterias e criptomoedas transparentes para a Casa da Moeda, enquanto investe em reatores nucleares modulares para finalmente pôr fim à era do petróleo. O que faz algumas pessoas amarem Cy, o acharem tão cativante, além de sua genialidade e a despeito de sua riqueza, é o modo como ele de fato parece querer usar quem é, e o que possui, para ajudar o mundo, quando poderia muito bem passar a vida surfando. Ou passeando de foguete pelo espaço.

Além de tudo, Cy não é workaholic, ele arruma tempo para a vida pessoal. Toca baixo numa banda de rock indie e joga tênis nas quadras públicas de Palo Alto duas vezes por semana. Nunca foi associado romanticamente a nenhuma outra mulher além de Erika Coogan. Ele revelou à *Men's Health* que encontra o equilíbrio que precisa por meio da meditação. Consegue manter a posição de lótus por horas e executa o exercício de prancha por mais de quinze minutos. (Quando a mídia duvidou disso, ele transmitiu ao vivo uma demonstração que durou vinte e três minutos.) Recentemente, ele se tornou um herói popular: coração e mente sãos.

É um feito e tanto, admite Justin, que, nessa época de iconoclastia, um bilionário seja capaz de conquistar tanto e ainda despertar tão pouco rancor. Uma prova concreta, é forçado a concluir, das vantagens de manter o que realmente se faz em sigilo absoluto.

18 MINUTOS ANTES DO PROTOCOLO ZERO

**MARLBOROUGH STREET, 89, APARTAMENTO DE KAITLYN DAY.
BOSTON, MASSACHUSETTS**

Parece que o relógio parou. O tempo se arrasta, congela e, justo quando ela chega à conclusão de que tem algo errado, o ponteiro dos segundos avança. Ela se aninha no canto do sofá com um cobertor sobre os joelhos e um livro nas mãos, um livro que não se lembra de ter pegado, largado há tempos na mesa de centro, já cheia de revistas empilhadas desordenadamente como os estratos depois de um terremoto: *Atlantic*, *New York Review of Books*, *New Yorker*.

Mas ela não está lendo, está discutindo consigo mesma: isso é uma péssima ideia, isso é uma ideia brilhante, isso é loucura. É a sua melhor chance, sua última chance, agitada como ondas, quebrando e recuando.

Esqueça. Lembre. Os pensamentos se fragmentam e se espalham antes que ela tenha tempo de recolhê-los.

Mochila
Saco de dormir
Botas de caminhada

6 camisetas
1 jeans extra
Anna Karenina

Respire, mulher, fala consigo mesma. Respire devagar. Lembre-se de quem você é. Eu sou Kaitlyn Day, sussurra, como um mantra. Trinta e cinco anos, nascida em 21 de setembro, número do Seguro Social 029-12-2325. Esses dados familiares são um unguento, um bálsamo, uma prece, uma corda que a ancora à realidade, e finalmente ela sente o ar enchendo os pulmões, chegando ao sangue.

Mapas rodoviários
Barraca pequena
Fogareiro
Panela
Máscara
Celular K
Celular J
Bússola
Comida enlatada
Talheres
Lanchinho para a trilha
Abridor de latas
Absorventes
Sabonete
Pasta de dente
Lanterna
Pilhas
Garrafa de água

Kaitlyn Elizabeth Day. Nascida e criada em Boston. Pais falecidos. Dois irmãos — com os quais perdeu contato. Eles gostam de esportes, ela gosta de livros. Eles trabalham na construção civil, ela é bibliotecária. Eles gritam com a TV, ela escreve para senadores. Eles não têm imaginação, e Kaitlyn tem imaginação de sobra. Aliás, a imaginação dela não tem limites. Às vezes, ela viaja tanto que seu cérebro precisa ser controlado com uns comprimidos brancos.

Ela tem um plano. E ele tem que funcionar. *Tem*. Vai ser divertido, diz a si mesma. E vai ser assustador.

2 MINUTOS ANTES DO PROTOCOLO ZERO

SEDE DA FUSÃO, WASHINGTON, D.C.

— Vou terminar com uma reflexão. Uma última reflexão.

Cy Baxter faz uma pausa e olha para a plateia. Ele é bom nisso, pensa Justin, tão controlado. Um pouco desajeitado, mas de um jeito carismático, os traços de uma infância solitária ainda evidentes, tempo demais no computador, tempo de menos no parquinho, e então, apenas alguns anos depois, com cem mil dólares na conta, mas sem par para o baile de formatura.

— Hoje não estamos falando apenas de uma demonstração de viabilidade ou mesmo de uma oportunidade de mostrar aos nossos sócios — ele se vira para os dois renomados doutores da CIA que dividem o palco com ele — o que é possível fazer quando unimos nossos recursos e trabalhamos juntos... embora também seja isso, e vamos provar. Mas hoje, na verdade, é um dia de comemorar uma parceria que vem sendo construída há anos, reunindo os recursos combinados das autoridades policiais, das Forças Armadas e da indústria de segurança, NSA, CIA, FBI, DHS, integrando-os pela primeira vez às comunidades de hackers e de redes sociais, tudo coordenado pelos intelectos brilhantes dos funcionários da WorldShare aqui presentes.

Aplausos tímidos da ala corporativa.

— Aí estão eles, os membros da empresa-mãe da Fusão! E tudo isso se combinando para formar uma matriz de compartilhamento de dados em trezentos e sessenta graus de última geração, como o mundo nunca viu. É maneiro demais, né? — Cy olha mais uma vez para os financiadores da CIA com um sorriso de cumplicidade que mostra que, até o momento, as coisas estão correndo muito, muito bem. — Para concluir, nosso objetivo quase ridículo de simples é basicamente este: dificultar muito a vida dos bandidos e facilitar bastante para os mocinhos, usando a melhor tecnologia disponível para isso. É óbvio que nos preocupamos com a privacidade. Metade do que fazemos aqui na WorldShare é proteger a privacidade das pessoas. Mas, se você não fez nada de errado, o que se aplica a noventa e nove por cento de todos nós, deve estar mais disposto a sacrificar um pouquinho desse direito sagrado em troca de segurança, paz, lei e ordem. Vou contar para vocês quem se preocupa mais com a privacidade: os criminosos. Eles precisam disso para se esconder. O 11 de Setembro nos forçou a repensar o equilíbrio delicado entre a privacidade individual e a segurança pública. Naquela época, tínhamos todos os dados necessários para evitar a catástrofe; o que nos faltava era a disposição e os meios para agregar as informações. Hoje, neste prédio, reunimos como nunca foi feito antes a disposição e os meios. — Como se estivesse disputando uma eleição, ele termina com uma exortação um tanto inesperada: — Que Deus abençoe os Estados Unidos e nossas tropas! E agora... mãos à obra.

Com isso, aponta para a imagem digital de um grande relógio analógico projetado na parede atrás dele, os segundos finais antes do meio-dia se esgotando enquanto o ponteiro dos segundos sobe para se juntar, com um estalo, aos ponteiros dos minutos e das horas.

Ao meio-dia em ponto, Cy anunciou que tinha chegado a hora e, ao mesmo tempo, em algum lugar nas entranhas do prédio, um único clique de mouse é feito e uma mensagem é enviada para dez celulares espalhados pelos Estados Unidos: apenas uma palavra. Os fugitivos agora dispõem de duas horas antes que os perseguidores saiam no seu encalço.

HORA ZERO

MARLBOROUGH STREET, 89, APARTAMENTO DE KAITLYN DAY.
BOSTON, MASSACHUSETTS

Brrrrrrr Brrrrrrr Brrrrrrr Brrrrrrr

Quando tateia para pegar o celular, ela o derruba no chão e ele escorrega para baixo do sofá, onde uma ratoeira espera há meses por um visitante. Entretanto, depois de quase esbarrar numa surpresa desagradável, seus dedos ansiosos simplesmente empurram a ratoeira para o lado e se fecham em torno do celular. Ela abre a mensagem de texto com um polegar trêmulo e lê:

PROTOCOLO ZERO

Ela desliga o celular imediatamente e tira a bateria.

O jogo começou.

Sete minutos depois, ela já está na rua, nadando na corrente de pedestres. Não pode perder tempo. Só tem duas horas para desaparecer. Escondeu o rosto sob um boné dos Red Sox, grandes óculos escuros e uma máscara N95. Ela fez o dever de casa; sabe tudo a respeito das câmeras de reconhecimento facial e como enganá-las. Também está usando tanta roupa que talvez consiga despistar qualquer pessoa (ou robô) que esteja procurando uma bibliotecária magrinha.

Além disso, informou-se a respeito da tecnologia de reconhecimento de marcha humana. Sabe que *não deve* andar como costuma andar, mas também não pode andar de forma errática, o que por si só levantaria suspeitas dos algoritmos. O que ela precisa — e é o que está tentando fazer agora, mas exige muita concentração — é *andar consistentemente como se fosse outra pessoa*, criar uma persona distinta com seu próprio jeito de andar, um tipo de comportamento único que, embora não seja o seu, ela consiga manter por tempo indefinido. Ela não pode correr o risco de que, na primeira hora, um computador em algum lugar dispare um alerta de que tem uma mulher suspeita numa rua de Boston andando como três pessoas diferentes, ou porque está bêbada ou porque está tentando se disfarçar. Por isso, tenta andar como uma única invenção, a Sra. X, alguém da sua idade, talvez, só que mais confiante, mais feliz, menos sobrecarregada, com passos mais leves e certo gingado nos quadris. Ela segue pela rua com o estilo dessa Sra. X, mas é muito mais difícil na prática do que imaginava, pensa, chutando os próprios tornozelos, balançando o braço livre, aprumando o corpo e caminhando como uma modelo de passarela num exercício de criação de disfarce que imediatamente se revela exaustivo.

O que ela está fazendo, afinal? Participando de um esconde-esconde sofisticado? Kaitlyn é bibliotecária. Uma bibliotecária, pelo amor de Deus, a respeito de quem, daqui a duas horas, eles já saberão mais do que ela própria sabe — *muito* mais. Hábitos e comportamentos dos quais ela não tem nem consciência. Tipo sanguíneo (será que alguém sabe isso?). Signo (tá bom, Virgem). Relacionamentos (não tem muita coisa para se descobrir nesse campo). Número da conta, saldo bancário (nada digno de nota). Filhos (zero, essa é fácil). Saúde mental (frágil, de acordo com os registros). Droga, pensa ela quando os joelhos começam a doer. Ande direito, Sra. X. Mantenha a personagem. P.S.: Aperte o passo.

JANELA DE CAPTURA:
RESTAM 29 DIAS, 22 HORAS E 21 MINUTOS

SEDE DA FUSÃO, WASHINGTON, D.C.

Uma hora e trinta e nove minutos depois do lançamento do Protocolo Zero, as equipes da Fusão estão a postos, à espera diante das fileiras de telas apagadas, fiéis à ordem de não tocar nem mesmo na barra de espaço até o prazo de duas horas de vantagem expirar. Faltam apenas vinte e um minutos para o maior desafio de suas carreiras começar. *Tique-taque, tique-taque, tique-taque...*

A Dra. Sandra Cliffe espera com eles. Aos 68 anos, é uma veterana calejada de muitas batalhas, cheia de energia. Já viu de tudo e levou a melhor sobre muitos rivais. Lá na década de 1990, Sandra foi a primeira a convencer a CIA a buscar parcerias com o setor privado. Desenhou pessoalmente uma proposta para adquirir tecnologias ainda no estágio de desenvolvimento dos gigantes do mercado. Esse trabalho lhe rendeu o Prêmio do Diretor da CIA, o Prêmio do Diretor da Agência do Serviço de Informações da Defesa, a Medalha de Excelência no Serviço de Informações, o Prêmio do Oficial de Reconhecimento Nacional por Serviços de Excelência e a Medalha de Serviços de Excelência da Agência Nacional de Segurança. Ela pediu demissão em 2005, satisfeita com sua contribuição. Durante quase uma década, resistiu aos cargos públicos, até que o novo (e mais amistoso) presidente a nomeou para o Conselho Nacional de Ciência e para a Fundação Nacional de Ciência, em 2014. O presidente seguinte (mais hostil) ignorou sua posição, antes que o sucessor (amistoso) a confirmasse, e é nessa posição que foi enviada aqui hoje para ser os olhos do Salão Oval na Iniciativa Fusão como um todo e, particularmente, no seu sucessor na CIA, o Dr. Bertram "Burt" Walker, indicado por George W. Bush.

A grande preocupação de Sandra Cliffe é a seguinte: quando ela encorajou a CIA a trabalhar com o setor privado, não havia dúvidas de que os ativos adquiridos seriam de propriedade e operação da CIA, da DIA, da Agência Nacional de Informações Geoespacial e/ou de outras entidades governamentais. Estava claro que a propriedade ou a operação dos projetos *não poderia* ser compartilhada com empresários privados, não eleitos pelo povo, cujo voto de lealdade se estendia apenas aos acionistas. Sendo assim, ela não vê esse projeto com bons olhos e não vai se desfazer em lágrimas se o teste beta falhar de forma desastrosa e dispendiosa.

Quando Sandra se vira para Burt Walker, ele sorri; deslumbrado com tantas luzes piscando e telas repletas de dados, parece muito mais satisfeito com tudo isso do que ela.

A Fusão é a menina dos olhos de Burt. Ele tem 55 anos. Camisa abotoada errado por baixo de uma gravata de dez dólares. Rosto afogueado, como se tivesse acabado de enxugar as bochechas com força. A Fusão é, *de longe,* sua maior aposta como vice-diretor, uma tentativa de fazer pela CIA na década de 2020 o que a Dra. Cliffe conseguiu, com tanto sucesso e elegância, três décadas antes, ou seja, expandir e modernizar as atividades do órgão. Com a CIA praticamente proibida de operar em solo nacional, a não ser em caso de ameaças externas, Burt vê na Fusão, e em Cy Baxter, uma forma de expandir discretamente as operações da agência dentro do país sem despertar uma longa e engessada discussão em Washington sobre ultrapassar os limites da sua jurisdição.

A Fusão, portanto, é capaz de fazer, *sem alarde* e em benefício da CIA, o que a própria agência não pode fazer diretamente.

O acordo informal que Burt fez com Cy Baxter é muito simples, mas frágil: se o teste beta for bem-sucedido, a Fusão será vinculada a um contrato anual com a CIA, que bancará todas as despesas do projeto, cerca de nove bilhões de dólares por ano durante os próximos dez anos. De acordo com esse contrato sigiloso, a Fusão terá acesso a todos os dados do serviço de informações *relevantes* da rede nacional, com diretrizes rigorosas em relação ao seu uso. Em troca, a CIA terá acesso ilimitado (e secreto) à gigantesca base de informações privadas da Fusão acerca do público que instalou o aplicativo da WorldShare, o que atualmente corresponde a mais de dois bilhões de pessoas. Além disso, a Fusão disponibilizará para a CIA acesso aos seus brilhantes parceiros tecnológicos ao redor do mundo, além de recursos de vigilância de última geração, tanto em terra quanto no espaço, na forma da constelação de satélites da WorldShare em órbita baixa.

Burt conseguiu a aprovação do acordo — cujos termos exatos o Congresso desconhece — persuadindo seus superiores e o Pentágono de que o governo estava diante de um dilema existencial: ou estabelecia uma parceria com a WorldShare de Baxter ou se arriscava a ficar perigosamente para trás em relação à China e à Rússia, cujos governos apoiavam abertamente a guerra cibernética.

Durante uma investigação sigilosa do Pentágono, perguntaram a Burt como uma organização tão poderosa e tradicional quanto a CIA pôde ficar tão para trás de uma *rede social* em termos de capacidade de coleta de informações.

Simples, respondeu Walker. Ao contrário da CIA, a WorldShare não estava sujeita a restrições constitucionais, jurídicas ou regulatórias.

— Por quase duas décadas, as gigantes da Big Tech tiveram carta branca para roubar, gerenciar, manipular e vender experiências humanas e dados pessoais sem que nenhum membro do Congresso reclamasse. Será que é de admirar, então, que elas agora exerçam um controle quase total sobre a produção, a organização e a apresentação das informações em escala mundial?

Assim, o órgão mais secreto da maior superpotência do planeta não teve escolha a não ser ceder um lugar na mesa do alto escalão para Cy Baxter, que, pelo menos, é um sujeito com quem a CIA pode trabalhar.

É natural, portanto, que Cy esteja sorridente lá na plataforma, no primeiro andar, nos segundos finais antes do início do teste beta, tão empolgado quanto uma princesa com uma garrafa de champanhe na mão na rampa de lançamento de um novo navio. Para ele e sua geração, este é o dia da vitória de uma indústria jovem que, a princípio, foi considerada frívola, mas passou rapidamente a assumir uma importância vital. Além disso, é uma vitória pessoal para Erika e para ele próprio, ambos traumatizados por uma tragédia para a qual o projeto é, em grande parte, uma resposta à altura.

Se o teste beta for bem-sucedido, e ninguém, a não ser talvez Sandra Cliffe, duvida que isso aconteça, a era da informação total terá chegado — para o bem ou para o mal — e poderá ser usada para tornar o país (e o mundo) um lugar mais seguro.

Três.

Cy cerra os punhos, levanta os braços...

Dois.

Será maravilhoso se tudo der certo. Para todo mundo. De verdade.

Um.

Para todo mundo, menos para os bandidos.

— O jogo começou! — proclama Cy.

A essas palavras, enquanto as inúmeras telas nas paredes e nos computadores se iluminam em alta resolução, a projeção do antigo relógio analógico se apaga. No lugar dele, no enorme painel de LCD, surge um grande relógio digital em contagem regressiva, os números de bloco à moda antiga anunciando num vermelho intenso:

RESTAM 29 DIAS, 21 HORAS E 59 MINUTOS

29 DIAS, 21 HORAS E 59 MINUTOS

BOSTON, MASSACHUSETTS

As regras eram claras. Os candidatos tinham apenas duas horas para desaparecer. Como duas horas passam rápido! Duas horas e um minuto depois da ordem do Protocolo Zero, Kaitlyn *sabe* que seus perseguidores supercompetentes já têm seu endereço, seus dados bancários, seu número de telefone, boa parte da sua biografia, suas declarações de imposto de renda, seu histórico médico, seus e-mails, suas fotos. Ela consegue *senti-los* à sua volta, examinando-a, escaneando-a, invadindo sua intimidade como se estivesse sendo apalpada, como se estivessem colhendo até sujeira embaixo das suas unhas, arrancando um fio de cabelo para analisar seu DNA. Ela estremece só de pensar nessa multiplicidade de violações digitais, mas agora não é o momento de perder a calma. Siga o plano, diz a si mesma. Faça uma adaptação ou outra, se for necessário, mas siga o plano. Ela sabe que a estratégia que formulou para o dia 1, que consiste em não correr demais nem ir muito longe, apenas andar tranquilamente até o terminal rodoviário e seguir a partir daí, é arriscada. Ela fez o dever de casa e recitou suas orações. Santa Maria, mãe de Deus. *Tem* que dar certo. Pensa nos santos preferidos da mãe.

Ela não é uma pessoa de fé, mas está precisando de alguma ajuda divina. Devia ter acendido mais velas. Pedido socorro a um anjo ou dois. Que mal faria?

Boston. Lar. E, de repente, é um território inimigo. Há olhos por toda parte. Ela já vinha observando as câmeras nas ruas do bairro, mas agora tem a impressão de que essas mesmas câmeras estão todas voltadas para *ela*. É como se hoje elas fossem mais numerosas, uma em cada cruzamento e no capacete de cada entregador. As câmeras não incomodam quando se sabe que não estão à sua procura, mas, quando se sabe que estão, se tornam insidiosas. Agora, tudo e todos à sua volta parecem possíveis informantes; o mundo inteiro se tornou hostil.

A estratégia que adotou é fazer deliberadamente a coisa errada, mas sendo esperta. Frustrar as expectativas dos perseguidores. Eles esperam que os participantes sejam ousados e criativos, apresentem soluções brilhantes e tentem enganá-los com pistas falsas. E se ela não se esforçar tanto para escapar? Se tentasse demais, é provável que se denunciasse.

Por exemplo, nada nas regras a impede de pegar um avião para Honduras ou para a Patagônia, mas para fazer isso ela teria que passar por locais onde a vigilância é mais intensa. A própria tentativa de se colocar além do alcance dos perseguidores seria seu fracasso. Assim, depois de chegar à conclusão de que tomar um avião ou atravessar a fronteira não eram boas ideias, ela começou a pensar em ações que seriam inesperadas para alguém como Kaitlyn Day. O que ela poderia fazer que definitivamente *não* se encaixaria no modelo de predição deles? Algo que não estaria de acordo com seu histórico e sua personalidade e, portanto, seria difícil de prever?

Tinha lido a respeito dos modelos de comportamento que a nova sociedade de vigilância adotou para se manter sempre um passo à frente dos criminosos, para saber o que os bandidos fariam antes mesmo que eles soubessem, com base no comportamento prévio e na verdade humana de que, no fundo, ninguém muda com o tempo, não *de verdade*, exceto por algum lampejo ocasional. *Qui non mutantur.* Sem dúvida eles estavam, naquele exato momento, construindo modelos de Kaitlyn para prever, com alto grau de probabilidade, o que ela faria. Então, e se ela frustrasse todas as expectativas? E se virasse a mesa? E se, além de andar como outra pessoa, também *pensasse* como outra pessoa, *agisse* como outra pessoa, *reagisse* como outra pessoa, *se tornasse* outra pessoa?

Quando está chegando ao banco, a vida temporariamente transformada em uma representação sob uma máscara, ela examina os passantes, todos desempenhando seus papéis, em suas próprias máscaras. Quem entre eles é um espião? Um impostor. Um falsário. Será que algum deles está atrás dela? Aquele jovem que se aproxima, falando ao celular e, como todos da geração dele, andando tão curvado como o *Homo habilis* de dois milhões de anos atrás... será ele o inimigo? Ou aquela mulher, também com um celular na mão, talvez postando no X, monitorando quantos passos deu até o momento, conferindo quantas calorias tem um muffin ou recebendo um cupom de desconto da lanchonete pela qual acabou de passar, tudo isso sendo registrado, reorganizado, minerado para insights de consumo por conglomerados de dados, companhias de seguros, campanhas políticas? Warren havia explicado tudo isso para ela, tempos atrás, e, na mesma noite, ela cancelou todas as suas contas. *Bum.* De repente, todas as outras pessoas pareciam insanas. O jeito como levavam a vida era doentio. E, no entanto, chamavam Kaitlyn de maluca!

Kaitlyn adora romances de mistério, tanto os clássicos quanto os modernos; eles adornam as paredes do seu pequeno apartamento e, no lugar de honra, estão os escritos de Edgar Allan Poe. Pode esquecer Sherlock Holmes. Esse sociopata infinitamente reciclado é uma cópia barata do primeiro e único C. Auguste Dupin, herói de *Os assassinatos da rua Morgue*, de Poe. Que história! Pois é, aquela com o macaco. Dupin impressiona os amigos lendo suas mentes, respondendo a pensamentos não expressos. Ele sabe o que uma pessoa vai fazer antes mesmo que a própria pessoa saiba. Ele tem uma sede por detalhes, um modo especial de ver, lembrar e interpretar o que vê. Dupin deduz, extrapola, infere, prevê. É um personagem fictício, claro, uma ideia interessante, mas ninguém podia ver como ele, lembrar como ele e prever o que aconteceria como ele. Até agora. Agora? Agora todo mundo carrega uma pequena versão retangular de C. Auguste Dupin no bolso. Ela analisa o ciclo de sono do dono, mede a frequência cardíaca, conhece os compromissos e os trajetos, escuta as conversas, deduz os próximos passos. Esse cãozinho de caça sabe exatamente quando você vai receber uma notícia, que tipo de informação vai fazer com que você compre um determinado produto num dado momento.

Tá bom. Tá bom. Lá vamos nós.

Kaitlyn entra no banco. Pede a Warren, mentalmente, que lhe deseje sorte e entra na fila de um caixa eletrônico. À luz do dia. Boné. Óculos escuros. O tempo todo seu rosto esteve escondido por uma máscara (ninguém mais estranha nem nunca mais vai estranhar) de covid. Mas agora, estranhamente, ela tira a máscara. Respira fundo. É a sua vez. Ave Maria, cheia de graça. Dá um passo à frente. Entra com uma senha que sabe ser frágil demais e até olha para cima, para onde sabe que uma câmera oculta está capturando sua imagem, reconhecendo-a. Oferece o rosto nu àquele olho invisível e o mantém ali, parado por alguns segundos, com toda a calma, antes de pegar o dinheiro cuspido pela máquina, recolocar a máscara e desaparecer.

29 DIAS, 21 HORAS E 14 MINUTOS

SEDE DA FUSÃO, WASHINGTON, D.C.

Até agora, tudo bem.

Cy está na sala dele repleta de instrumentos eletrônicos, no primeiro andar, quando recebe o primeiro alerta. A mesa de vidro se ilumina. É a bibliotecária, a zero 10. A garota de Boston. Ótimo. Eles já têm uma equipe de captura na cidade. Cy não sai correndo da sala; não há pressa. De todos os zeros cujos detalhes esteve estudando nos últimos dezesseis minutos, a zero 10 se destacou para ele de imediato como uma representante perfeita dos cidadãos incautos, uma inocente, feliz na ilusão de que vive num mundo no qual a privacidade ainda existe.

Mas ele esperava que até a bibliotecária tivesse um pouco mais de juízo. Pelo visto, ela foi até um caixa eletrônico e usou o próprio cartão de débito. Assim não tem graça. Ele espera que a tecnologia que criou, vasta e variada, seja submetida a desafios maiores até o fim do teste. Para impressionar a CIA e conseguir a aprovação de um pacote de noventa bilhões de dólares para os próximos dez anos, sua equipe precisa ser vista enfrentando problemas complexos, usando os pequenos rastros digitais que uma pessoa comum deixa para trás e demonstrando capacidades nunca vistas de detecção e captura, porque os zeros do futuro não serão bibliotecárias, mas ciberinimigos dos Estados Unidos financiados por governos hostis: hackers russos e chineses usando estratégias sofisticadas, quase indetectáveis; criptocriminosos norte-coreanos; chantagistas iranianos; terroristas anônimos infiltrados nas cidades do país.

Sendo assim, capturar a zero 10 em menos de uma hora não vai ser grande coisa. Ele se arrepende de ter insistido para não participar do processo de seleção dos zeros, conduzido pela CIA, que envolvia o recrutamento de cinco civis representativos e cinco profissionais. Mas foram escolher logo uma bibliotecária? Representativa? *Sério mesmo?* Uma pessoa que cuida de *livros?* Quando o restante do mundo se tornou digital há uma geração, algum idiota na sua equipe escolheu uma *bibliotecária*, uma antiquária, para testar a Fusão? Ele pensa em apresentar uma reclamação pela oportunidade de aprendizado desperdiçada antes de se dar conta de que pessoas analógicas (nas quais não costuma estar interessado) podem ter algumas vantagens em relação aos métodos modernos de vigilância, já que seus deslizes são bem menos propensos a disparar alarmes digitais, tornando sua captura mais dependente de métodos tradicionais. Mesmo assim, e cedo demais até para seu gosto, essa borboleta analógica já foi capturada na sua rede.

Ele sai para a passarela sobre o centro de controle e olha para a grande tela do térreo.

— Imagens! — pede Cy.

Erika está lá embaixo. Ele acena, ela acena também.

Sem Erika, nada disso seria possível, pensa. Quanto devo a ela! Alguns relacionamentos podem destruir uma pessoa. Outros a fazem progredir. E raros são os que inspiram empreendimentos como *esse*. Pensando em tudo o que ele, com a ajuda de Erika, conseguiu construir, Cy se permite um elogio: nada mau para o filho de uma mãe solo que vendia latas vazias de refrigerante para conseguir uns trocados nos bairros pobres de Portland, Oregon, mas que agora é parte essencial do sistema de segurança interna e externa do país à frente de uma instalação que talvez detecte o próximo ataque biológico assim que começar, capte conversas sobre ataques sônicos contra funcionários das embaixadas dos Estados Unidos antes que sejam postos em prática, impeça que serviços públicos vitais sejam interrompidos por bandidos interessados num resgate, detenha um novo Jeffrey Epstein no início de sua tenebrosa carreira, para não falar do que aconteceu com Michael. Pobre Michael! Estou pensando em você hoje, cara, reflete ele numa oração profana, erguendo os olhos para o teto e para o universo além.

As imagens de baixa resolução capturadas pelo caixa eletrônico agora estão sendo mostradas com três metros de altura na tela do térreo. Um programa criado por Cy congela automaticamente o vídeo no melhor quadro, traça linhas verdes sobre os planos do rosto, mede a distância entre os olhos, o formato das orelhas, os lábios carnudos de Kaitlyn Day e compara esses dados com os de um vídeo gravado na fase de entrevistas. A simetria é total. Agora podem usar o vídeo do caixa eletrônico para obter imagens de diferentes ângulos, e assim eles conseguem rastrear o rosto dela em qualquer lugar. Ele observa a zero 10 dar meia-volta e se afastar da câmera. Cy dá uma olhada no tempo: cinquenta e três segundos atrás. Uma pessoa, agora um ponto no mapa, na Washington Street. Ela não tem a menor chance. Nesse ritmo, lamenta ele, não terão a oportunidade de usar nem metade dos brinquedos mais sofisticados.

— Podemos usar a Medusa? — pergunta ele.

Cy está se referindo a um superdrone que pode voar a uma altitude de até oito quilômetros, carrega várias câmeras e, graças a um sistema ótico avançado, oferece um close perfeito da zero 10 enquanto monitora uma área de até quarenta quilômetros quadrados ao redor.

Erika balança a cabeça. Negativo.

Ele entende. Boston é uma *daquelas* cidades. Depois do atentado da maratona, era de esperar que houvesse uma Medusa patrulhando a cidade, mas não é o caso.

Erika se vira para ele.

— Mas nós temos drones compactos a caminho da cena, além das câmeras de rua. Ela está indo para Chinatown.

Enquanto Erika ouve os operadores da frota de minidrones de última geração, cada um menor que um livro de bolso, Cy desce pela escada em espiral.

— Onde está a equipe de captura? — pergunta ele.

— No apartamento dela. A equipe estava se preparando para a varredura inicial. Está a quatro minutos de distância.

Cy encolhe os ombros para aliviar a tensão que se acumulou ali e no pescoço.

— Depois que a capturarem, podem se juntar às equipes de busca dos zeros 7 e 4. Eu tenho aula de ioga hoje à noite?

— Drones no ar, e sim, Kuzo veio de avião.

— O que seria de mim sem você? — Viver com ela era como trabalhar com um software à prova de erros.

Quando Cy se senta na poltrona da plataforma, de volta ao papel de capitão Kirk, a tela principal se divide em meia dúzia de Kaitlyns andando pela rua onde fica o caixa eletrônico, três das imagens provenientes de câmeras fixas e outras três, mais distantes, mas se aproximando rapidamente, fornecidas por drones.

— Quem está pilotando? — pergunta Cy.

Três mãos se levantam e ele dá instruções.

— Um de vocês se posicione na frente dela, transmita a imagem para o sistema de análise de marcha e faça uma comparação com as imagens das câmeras fixas.

Nada disso é de fato necessário, ela já está no papo, mas vai servir para treinar o algoritmo e manter o pessoal que está no Vazio ocupado até a equipe de captura chegar.

Uma das imagens na tela se desloca e gira quando um drone ultrapassa os outros e vira de frente para Kaitlyn. Acompanhar os eventos na tela e observar o operador nos controles, pensa ele, é como estar num daqueles brinquedos da xícara maluca dos parques de diversão. O movimento, porém, é suave: o estabilizador da câmera ajuda, e a velocidade de processamento e a conectividade 5G evitam qualquer descontinuidade. Cy se inclina para a frente e seleciona algumas opções nos menus suspensos da sua tela para poder acompanhar em tempo real a análise da marcha de Kaitlyn, o modo como seus quadris balançam, o movimento das pernas e dos braços, características comuns dos seres humanos substituídas por uma série de números frios usados para representar algo íntimo, pessoal, específico. Ele está testemunhando uma máquina *pensar*. É admirável o modo como um dos mistérios humanos pode ser codificado, o *Homo erectus* em movimento. E então, de repente, tudo para. Kaitlyn desaparece das seis câmaras.

Cy ergue os olhos.

— Cadê ela?

— Ela entrou ali — informa Erika.

Uma das câmeras dos drones está exibindo uma quitanda triste e sem graça.

— Tem alguma câmara lá dentro?

— Nenhuma — responde um dos membros da equipe designada especificamente para acompanhar os movimento da zero 10. — Devemos esperar?

Cy respira fundo. Percebe que estão todos esperando que ele faça alguma coisa. Ainda não se sente totalmente à vontade como um general no meio de uma batalha; é muito diferente de presidir uma reunião da diretoria, assinar um relatório anual ou aprovar uma atualização de software.

— Essa loja, por acaso, tem uma porta dos fundos? — ocorre-lhe perguntar.

Um dos drones sobe alguns metros, passa por cima do telhado, desce no beco dos fundos e paira no ar como um beija-flor, à espera. Ele exibe uma porta corta-fogo se fechando. Entretanto, não há ninguém no beco.

Cy faz um gesto circular com o dedo e o piloto leva o drone a descrever um círculo agonizante de tão lento: lixeira... escada de incêndio... portas da garagem... É isso!

— A garagem!

Quando Cy grita, o drone dá um tranco, depois se estabiliza e dispara pelo beco como um cão de caça, chegando à rua a tempo de ver Kaitlyn Day... entrando em um táxi.

— Me informem! — grita Cy, que não está mais entediado.

— A equipe de captura vai chegar em dois minutos e temos a placa do táxi.

A carteira do motorista do táxi aparece na tela com o número da licença, seguida por quase tudo que se sabe a respeito do dono da carteira, um moldávio pai de três filhos cujo visto está vencido.

Os membros das outras equipes agora também estão olhando para a tela principal, atraídos pela perseguição.

O piloto do drone que flagrou Kaitlyn entrando no táxi ainda não perdeu o veículo de vista, usando as habilidades que sua geração tem com videogames para controlar o veículo. Ele desvia dos postes, contorna árvores, mergulha para passar por baixo do viaduto sobre a Washington Street. Então, assim que sua visão é bloqueada, o táxi entra numa rua de tráfego intenso e se mistura com outros táxis, de modo que agora toda a equipe de perseguição está desviando entre as pistas da Stuart Street, depois seguindo para o norte pela Charles Street, evitando um ônibus, tentando sair da calçada, enquanto um segundo drone pega um atalho por baixo da copa das árvores e dá um voo rasante sobre a cabeça de turistas assustados ("Devia ter uma lei contra esses drones") — a tempo de ver o táxi à frente fazer uma curva fechada para a esquerda no meio de um coro de buzinas. O drone estremece. Responde. Retoma a perseguição.

— Ali! — grita Cy, quando, enfim, o táxi encosta no meio-fio ao lado da escada do metrô da Park Street, repleta de estudantes àquela hora do dia. Ele vê de relance uma mulher esbelta, de cabelos escuros, se juntar à multidão de adolescentes.

No instante seguinte, ela desaparece. Os drones ficam pairando, inúteis, sobre a entrada do metrô, enquanto a equipe de captura chega cantando pneu num SUV blindado e todos os ocupantes, exceto dois, correm para a escada em suas fardas pretas e seus casacos sem nenhuma identificação. Os outros dois puxam o motorista para fora do táxi e mostram os distintivos. O motorista não parece muito feliz em vê-los.

Enquanto a equipe de captura continua a caçada, Cy sorri e bate as mãos espalmadas na mesa, em reconhecimento das habilidades inesperadas da bibliotecária e da satisfação pelo fato de que, no fim das contas, ela está se revelando um desafio decente! Que maneiro! As câmeras usadas pelos membros da equipe de captura permitem que Cy acompanhe a perseguição quando eles (desarmados, é claro) tropeçam escada abaixo, abrindo caminho entre os estudantes aos empurrões na estreita escada rolante.

— O reconhecimento facial da estação não está captando nada — relata um dos membros da equipe de busca da zero 10. — E ela não usou o CharlieCard dela nas catracas.

A tela pisca com uma variedade de imagens do interior da estação quando seu pessoal se conecta à rede de câmeras de segurança do metrô. Centenas de moradores de Boston passam pelas câmaras. Pessoas de todas as formas, tamanhos e cores, todas se movendo, se cruzando, se misturando. Cy morde o lábio. É gente demais, muitos bonés dos Red Sox, gorros e golas levantadas (mesmo em maio), o caos urbano, e seus algoritmos de reconhecimento facial lutam para acompanhar a matemática estonteante da diversidade humana. Park Street. Duas linhas de metrô, quatro direções para escolher. Pontos cegos. Colunas. No primeiro minuto, Cy ainda está otimista, mas depois do segundo minuto começa a desconfiar que ela não está mais lá. Ela escapou.

Isso merece mais um sorriso de admiração. Quem diria?

— Dividam a equipe. Metade volta para o apartamento dela para completar a varredura, a outra metade permanece de prontidão na estação. Mantenham o reconhecimento facial ativo em todas as câmeras do centro da cidade. Aliás, rodem por toda a cidade.

Cy volta para o escritório, ainda sorrindo, com um pensamento perverso na cabeça: vai, Kaitlyn.

29 DIAS, 20 HORAS E 47 MINUTOS

BOSTON, MASSACHUSETTS

Eles conhecem meu rosto, pensa ela. Isso é quase certo. A essa altura, sua fisionomia está registrada nos bancos de dados de todo o país: Kaitlyn Day, zero 10. Isso significa que ela precisa esconder muito bem o rosto daqui por diante, aonde quer que decida ir.

Durante o processo de recrutamento, depois de assinar o acordo de confidencialidade, o pessoal da Fusão a surpreendeu por não coletar suas impressões digitais ou fazer uma cópia da sua carteira de motorista. Isso fazia parte do teste que a Fusão havia se proposto, explicaram. Isto é, deviam conhecer o mínimo possível a respeito das pessoas que estavam perseguindo, além do necessário para determinar a aptidão profissional e a capacidade mental delas. Eles precisavam de uma boa amostra de tipos e habilidades para testar o próprio preparo contra ameaças do mundo real mas também queriam dificultar as coisas para si mesmos. Seria feita uma seleção diversificada de candidatos, prometeram, com diferentes visões de mundo, perspectivas e aptidões. Kaitlyn concluiu que tinha sido selecionada para testar a capacidade da Fusão de enfrentar qualquer bibliotecária solteira, sem filhos e míope que viesse a representar uma ameaça à segurança nacional.

Kaitlyn segue o túnel de pedestres da Winter Street até a estação de metrô de Downtown Crossing e pega um metrô (em pé) para Back Bay. Ela nota umas dez pessoas de máscara contra a covid — talvez para alguns esse hábito se torne permanente, independentemente do que o futuro trouxer, com a lembrança da pandemia ainda presente na memória de muitos, um medo constante do perigo que outras pessoas representam, uma ameaça que exige autoproteção e um sinal de que o mundo se tornou um ambiente hostil. Talvez ela esteja experimentando isso com mais intensidade porque as pessoas mais bem treinadas do mundo estão nesse exato instante no seu encalço, mas ela já vem sentindo há muito tempo que caiu de nível, despencou pelas rachaduras na pirâmide social e está não só entre os perseguidos mas também entre os menosprezados, os exilados e os renegados no submundo dos indesejáveis.

Ela muda de direção, vai para a State Street e puxa o capuz enquanto sobe a escada até a calçada de tijolos vermelhos, parando numa banca de jornal para comprar um exemplar do *Washington Post*. Não pode cometer nenhum erro, instrui-se ela. Precisa se manter vigilante. Qual desses estranhos pode representar uma ameaça? A mulher mais velha de testa enrugada que olha para ela de cara feia? O adolescente de rosto magro e cabelo arrepiado, usando uma jaqueta puffer fluorescente, que a cumprimenta com um aceno de cabeça como se a conhecesse? O senhorzinho de cabelos brancos, o rosto vermelho por causa do frio, que parece ter medo de todo mundo que passa? O que as câmeras que procuram Kaitlyn Day enxergam? O que elas reconhecem?

Quando passa pelas câmeras da Congress Street, ela sabe que, longe dali, o software da Iniciativa Fusão está tentando descobrir se a mulher de capuz no saguão da estação de metrô poderia ser Kaitlyn Day, se existe uma identificação positiva, se a pessoa que está passando pela câmera se move ou se comporta como Kaitlyn

Day. Por isso, ela se concentra em usar a mente — a única arma de que dispõe — para *não ser* Kaitlyn Day. *Não sou* Kaitlyn Day. *Não sou* Kaitlyn Day. Não ando como ela, não penso como ela. Kaitlyn repete o mantra para si mesma ao passar pelas câmeras indiscretas, sem saber se aquela matriz invisível, calibrada para detectá-la, é capaz de reconhecer o que é único dela, aquelas coisas que ela nunca poderá esconder, que a tornam diferente das outras pessoas.

Saindo para a luz do sol, ela se dirige à rodoviária — há mais de um século o refúgio preferido de viciados, sem-teto, fugitivos, pobres, desesperados e todos que esperam que um futuro melhor esteja à espera em outro lugar que não aquele. Ela pega sua mochila surrada de segunda mão no depósito de bagagens (um elemento-chave do seu planejamento prévio) e compra uma passagem na máquina com dinheiro vivo. O ônibus já está à espera. É uma das linhas econômicas, com assentos rasgados e nenhuma câmera a bordo. Ela troca de blusa. Enfia o casaco com capuz na mochila. Respira fundo. Sente-se quase como uma nova pessoa. O ônibus sai da cidade.

29 DIAS E 20 HORAS

SEDE DA FUSÃO, WASHINGTON, D.C.

Só se passaram duas horas!

Desde que a caçada começou, apenas 120 minutos se passaram. Ou 7.200 segundos. Ainda falta tanto tempo que chega a ser ridículo, um tempo imenso: pouco menos que 30 dias, ou 720 horas, ou 43.200 minutos, ou ainda 3,25 milhões de batimentos cardíacos. Eles têm batimentos *de sobra*.

De volta ao escritório, Cy mexe no laptop e a calma se espalha pelos seus membros e permeia seus ossos imediatamente. Para ele, a tecnologia tem um efeito melhor que ansiolíticos. Só quando os dedos dançam no teclado e mundos ganham vida a partir do seu toque é que ele sente que tudo está *in Ordnung*. Sim, ele gosta da natureza, está ajudando a salvar o planeta de várias formas (carros elétricos; casas neutras em carbono; desenvolvimento de cidades flutuantes; combate ao uso de motosserras na Amazônia, em Daintree e no Congo; investimento em reatores modulares de pequeno porte), mas o que de fato o deixa feliz, desperta seu entusiasmo e sua motivação, é o mundo manufaturado, são os produtos criados pelos engenheiros nos computadores. Se dependesse dele, o universo teria cheiro de carro novo.

No fim das contas, é uma questão de controle. Ele admite que não se sente seguro quando não está no controle. Como é possível garantir o controle? Sendo competente, subindo a uma posição de comando, na qual se pode construir o mundo do jeito que achar melhor. Ele acredita que a vitória — e com certeza é alguém que venceu na vida — é subproduto do autoconhecimento e do cultivo dos próprios dons especiais, das próprias qualidades, dos pequenos grãos de genialidade que todos possuem em alguma medida, mas que poucos refinam e transformam numa arma poderosa. Cy *se fez* naquilo que é. Construiu sua pessoa. Está muito distante do menino que um dia perdeu um dente (de leite, felizmente) para o cotovelo de um valentão. Este ano, a *Forbes* informou que ele subiu oito posições, atingindo o 47º lugar na lista dos mais ricos do mundo — ele estaria ainda mais alto se seus sonhos não fossem tão ambiciosos, se não investisse tanto dinheiro em empreendimentos de alto risco ou se não contribuísse discretamente com tanto dinheiro para obras de caridade. Ele espera ser uma pessoa tão boa quanto alguém ambicioso como ele pode ser. Perfeito? Certamente não. Tentando ser cada vez melhor? Sim, e sim outra vez. *Vincit qui se vincit.*

Na sua opinião, a Fusão é o próximo passo, talvez o passo final, em direção ao tipo de mundo que as pessoas merecem. Claro, ele conhece todos os argumentos contra o projeto, a ideia de que a privacidade, uma vez sacrificada, não pode ser recuperada, de que futuros abusos podem acontecer, mas ele sabe que as vantagens da proteção superam em muito essas objeções. Ele acredita que as pessoas, quando monitoradas, se comportam melhor, e o fato de saberem que se saírem da linha serão severamente punidas tem um efeito salutar. Essa seria a fantasia fascista de um Estado policial? Não, de jeito nenhum. Cy não pensa assim. Ele sonha com um mundo mais justo no qual o impulso de fazer o mal se torne muito menos atraente. Existe presente melhor que ele possa oferecer à humanidade?

Curioso a respeito do recente insucesso, Cy abre o arquivo com os dados sobre a zero 10. Já adquiriu muitas informações. Interessante, de certo modo. Poucas surpresas. Já dá para construir um *tipo*, que não tem muita coisa fora do comum: uma pessoa frustrada, infeliz, com poucos sucessos na vida, instável (com base nos remédios e no histórico de saúde mental), solitária, que considera o mundo um osso duro de roer. Encontrou refúgio no mundo dos livros. É uma pena, para Kaitlyn Day, que sua escapada furtiva para as entranhas de Boston não seja suficiente para salvá-la; ganhar três milhões de dólares certamente mudaria a vida dela. Talvez haja algo que Cy possa fazer por ela quando o teste terminar.

Segunda questão: *por que* ela foi convidada para participar do teste? Se aquilo fosse uma partida de xadrez, entre todas as aberturas possíveis (mil trezentas e vinte e sete, de acordo com *The Oxford Companion to Chess*), essa novata de Boston acabou de dar sorte com uma abertura clássica (a Ruy López, por exemplo, com uma movimentação precoce dos cavalos e uma posição agressiva do bispo do rei), que é uma boa abertura apenas se você souber como explorá-la. Não é pouca coisa. Cy quer outra chance com ela, e dessa vez ele quer estar *pessoalmente* envolvido. Ela o intriga, esse fantasma do outro lado do tabuleiro invisível. Será que existem razões que ele desconhece para a escolha da moça? Seja como for, sua previsão é a seguinte: xeque-mate em três lances.

Ele se recosta na cadeira e tenta se lembrar da última vez que andou de transporte público. Deve ter sido em Nova York, nos primeiros dias da WorldShare, quando ele e Erika sacolejavam de Williamsburgh até Midtown toda manhã, tentando explicar para os investidores o que ele havia criado. Ficavam até tarde bebendo drinques caros e estourando cartões de crédito e depois voltavam para o apartamento alugado, onde ele combatia os efeitos do álcool com energéticos e Ritalina e programava até o sol nascer enquanto Erika dormia.

Erika aprendeu depressa a falar a língua dos investidores. Ela traduzia para Cy o que eles falavam e traduzia para *eles* o que Cy falava, explicando tudo a respeito de bancos de dados e escapamento digital de uma forma que Wall Street pudesse compreender. Ela mostrava a enorme quantidade de informação que os ávidos usuários da WorldShare estavam gerando enquanto vagavam pelo mundo digital: seus gostos e desejos, suas receitas culinárias e seus padrões de tricô, suas teorias da conspiração e suas preferências na hora do sexo. Tudo que eles tocavam, observavam, buscavam e compartilhavam deixava um rastro digital que ela conseguia explicar. Esses rastros podiam ser agrupados e vendidos como mercadoria, esclarecia ela. Com isso, era possível direcionar anúncios personalizados a cada usuário, aumentando enormemente a probabilidade de gerar uma venda. Eles lhe deram ouvidos.

Em pouco tempo, Erika ficou ocupada demais para dar conta do lado tecnológico das coisas. Ela se desligou do processo, aprendendo apenas o suficiente para dispor de um vocabulário decente. Concentrou-se em contratar as pessoas certas para lidar com os detalhes: advogados, analistas financeiros, publicitários, uma equipe de vendas reduzida, mas competente, enquanto Cy fazia o que sabia fazer de melhor: transformar aquela montanha de dados valiosos em previsões de futuros padrões de consumo ou afiliações políticas, com o potencial de mudar o mundo. Não estamos fazendo nada de errado, argumentava ele, estamos apenas descobrindo a audiência certa para vocês. Como vocês obtêm todas essas informações pessoais?, perguntavam. É fácil, respondia Cy. Encontramos maneiras sutis de convencer as pessoas a nos fornecerem voluntariamente essas informações. Um clique e pronto. Ninguém lê as letras miúdas. Como resultado, os investidores pagaram uma fortuna para ter acesso às redes sociais aparentemente inofensivas nas quais as pessoas compartilhavam fotos, vídeos e notícias, fornecendo assim dados de localização e reconhecimento facial a um gigantesco repositório de informação que documentava a reação do público a eventos e a evolução dos costumes. Naturalmente, essas informações podiam ser usadas para deixar as pessoas tristes, irritadas, otimistas, pessimistas, desesperadas, gananciosas. Graças a dedos excessivamente ativos no teclado dos computadores, a psicologia humana se abriu ao mundo. Acontece que não somos tão complicados quanto pensávamos. Só estávamos fingindo que somos complexos. Na verdade, somos parte de um rebanho. E agora a WorldShare estava conduzindo esse rebanho com chicotes, esporas e berrantes.

— Cy? — É a voz de Erika. Ela é a única com autorização para se comunicar diretamente com ele. — O sistema de realidade virtual já está montado no apartamento da zero 5. Quer testar?

Quinze minutos depois, Cy está usando óculos de realidade virtual que lhe dão a impressão de estar na sala de estar de um apartamento de classe média em Boise, Idaho. A equipe de captura da zero 5 entrou no apartamento e está examinando o corredor e os quartos, acompanhada por Cy na Fusão: televisão de tela grande, sofá um pouco velho, manchas de comida nas almofadas, o chão coberto de brinquedos. Cy está bem ali, no meio deles, olhando para a esquerda, olhando para a direita.

— Quem é ela? — pergunta Cy, enquanto passeia pela versão digital da mesma sala, a centenas de quilômetros de distância.

A voz de Erika responde no fone de ouvido.

— Zero 5. Rose Yeo. Mãe solo. Dois filhos.

Isso explica os brinquedos espalhados no chão. Cy atravessa o sofá virtual para chegar à lareira virtual e examina as fotos virtuais da família. Outra civil, pensa ele, aparentemente desprovida de talentos especiais. Por que foi escolhida? Talvez os recrutadores tenham detectado algum traço atípico que a torna mais difícil de rastrear. Pode ser que, finalmente, esteja diante de uma adversária à altura naquela brincadeira de esconde-esconde.

A interface de realidade virtual não está funcionando tão bem quanto Cy gostaria; as imagens piscam, param de piscar, piscam de novo. Os óculos são mais pesados do que deveriam, causando uma propriocepção anormal que faz o corpo pensar que a cabeça aumentou de repente e ficou desequilibrada. Os engenheiros já deveriam ter resolvido esse problema. Talvez devessem usar um vidro mais fino e contrapesos. Ele levanta a mão e os sensores nos pulsos desenham uma versão dos seus dedos na simulação da sala de estar de Rose Yeo para evitar que seu inconsciente entre em crise. É um pouco tosca, uma nuvem de bolhas azuis, mas suficiente para que seu cérebro pense "Tá bom, essa é a minha mão" e consiga se orientar.

— Você sabe como descobrir se está sonhando? — pergunta ele ao "fusionário" mais próximo, fazendo um coração bater mais depressa e um rosto simulado se voltar na sua direção, emocionado por ter sido abordado quase pessoalmente pelo chefão.

— Não senhor, eu...

— Olhe para suas mãos. Nos sonhos, o cérebro tem dificuldade em representá-las. As palmas parecem estranhas; você pode até ter dedos a mais. E, se olhar para os pés, é provável que não cheguem até o chão.

Cy olha para baixo, acompanhado pelo empregado. Os pés dos dois podem ser pouco nítidos, mas estão firmemente plantados no carpete.

— Precisa de ajustes, mas, pelo menos, estamos indo melhor do que na maioria dos sonhos.

Tá bom. Vamos ao que interessa.

Metade dos retratos em cima da lareira são de crianças. Um menino e uma menina. Quando ele olha para os retratos, seus nomes e idades aparecem no ar acima. O menino tem 7 anos, e a menina, 5. Cy usa o dedo simulado para arrastar novos dados para o quadro de informações. Essa nova interface está funcionando bem. Boas notas na escola. A menina precisa de um aparelho ortodôntico.

Ele se aproxima de uma foto de Rose, tirada num bar com duas amigas, os copos levantados para a câmera. Os dados das outras duas mulheres aparecem instantaneamente no ar acima da foto. Como ambas são amigas de Rose no WorldShare, seus dados estão disponíveis desde os primeiros segundos da busca. Gabrielle e Kaisa. Uma é casada, e a outra, solteira. Nenhuma das duas tem filhos. Trabalham na mesma firma local de processamento de dados que Rose.

Próxima foto. Um velho casal de asiáticos, Rose entre eles. Papai e mamãe. Locais. Mamãe é bastante ativa na WorldShare. Não tem postado tanto nos últimos dias quanto costuma, o que pode ou não significar algo importante para os analistas. Mas então eles encontram algo digno de nota. A informação pulsa em laranja, um sinal de alerta, o equivalente ao algoritmo parar o que está fazendo e dizer "Humm, interessante": a conta de supermercado da mamãe. Foi mais alta que o normal na semana passada. Muito mais alta. Além disso, ela não foi ao grupo de tricô na última terça à noite. As sinalizações em laranja estão se acumulando, mas ainda não apareceu nenhum alerta vermelho. E quanto ao papai? Papai é um vazio digital. Compartilha o endereço de e-mail com a mulher. Sem redes sociais. Não tem smartphone. Ainda existem pessoas como ele. Cy consulta os dados financeiros do homem, à procura de um alerta laranja. Ele pega os documentos no ar, examina-os e os joga por cima do ombro com os dedos simulados. Papai Yeo gosta de cupons de desconto. Ganha pontos de fidelidade toda vez que abastece o carro. O algoritmo destacou os três últimos registros. Não são as costumeiras idas semanais ao posto de gasolina. Ele tem ido toda manhã, mantendo o tanque do Ford cheio até a boca.

— Mostre o endereço da casa do pai — diz ele.

O mapa aparece no meio da sala, com um ponto vermelho piscando.

— Mostre como chegar lá.

Uma linha vermelha da casa A para a casa B é traçada no mapa.

Cy já tem uma hipótese.

— Os pais.

Pouco depois, ele ouve nos fones de ouvido:

— Localizamos o carro do avô.

— Como?

— Pelo registro, identificamos o computador de bordo e hackeamos a UCM. O carro está sendo rastreado agora mesmo.

Um novo mapa aparece, com um ponto piscante enviado pela unidade de controle do motor do carro. Rota 84.

— Ele está sozinho no carro?

— Achamos que sim.

— Por quê?

— Ele está escutando John Denver. No volume máximo. Quer ouvir?

— Quero.

— "Country Roads".

Cy começa a cantarolar para a equipe.

— *Almost heaven, West Virginia, Blue Ridge Mountains, Shenandoah River.*

Lakshmi Patel, ex-FBI, designada há algum tempo para a Fusão, uma mulher de trinta e poucos anos com cabelo preto e alisado, continua:

— *Life is old there, older than the trees...*

Por alguma razão, ninguém acha graça.

Cy interrompe:

— Podemos mandar um drone até lá?

— Já está em operação.

— Mantenham distância. Não o assustem. Ele vai nos levar até Rose.

Meridian, Idaho, a dezesseis quilômetros de Boise. É para lá que o velho Yeo leva a equipe da Fusão. Quinze minutos depois, ele chega ao destino. Eles o observam de cima quando estaciona o carro nos fundos da Churrascaria Big Daddy. A Fusão acessa a história do restaurante e encontra uma conexão. O gerente é ex-marido de uma prima da mamãe Yeo. Os Yeo sem dúvida acharam que esse tipo de ligação seria difícil de encontrar. Estavam enganados.

A equipe de captura encontra Rose e as duas crianças escondidas na despensa do restaurante. O plano, logo revelado, era que o papai Yeo os encontrasse ali e os levasse para Snakey, a Área de Conservação Nacional de Aves de Rapina do Rio Morley Nelson Snake. Acampariam lá. Não era um plano ruim — seria bem difícil encontrá-los naquela região —, mas não chegaram tão longe.

Quando a família sai pela porta dos fundos da churrascaria, junto com a equipe de captura, a menininha acena para o drone. Cy, em Washington, olhando de cima, se pega acenando também. Fofinha.

— Bom trabalho, Cy — diz Erika. — Um a menos.

Cy coloca os óculos de realidade virtual de volta no suporte e puxa o velcro para soltar os pulsos dos sensores. Fica se perguntando quando foi que Rose cometeu o primeiro erro. Talvez tenha planejado deixar as crianças com os pais, mas não teve coragem. A mãe de Cy nunca teve problema em deixá-lo com uma babá que mal conhecia quando viajava. Rose deveria ter seguido esse exemplo. A primeira família da qual Cy sentiu que realmente fazia parte tinha sido a dos Coogan. A casa deles era tão cheia de coisas aleatórias quanto essa. Ele passava incontáveis noites lá, com Erika estudando na mesa enquanto ele programava com Michael. Fazia muito tempo. Pois é. Pensar em família tinha um efeito estranho na sua cabeça.

Um a menos. Faltam nove.

28 DIAS E 5 HORAS

MILWAUKEE, WISCONSIN

Quando o segundo dia de buscas chega ao fim — os meios-dias agora substituíram as meias-noites no relógio mental dos fugitivos —, Ray Johnson, o zero 1, sente o peso da idade desabar sobre ele de repente. Consegue sentir o cheiro amargo da derrota na pele. Ainda está em forma, capaz de correr por meia hora toda manhã e de jogar uma partida de golfe com os amigos (arremessa a bola a cento e setenta metros), está mais conservado que a maioria dos homens da sua idade, aqueles com barriga de chope, cheios de rugas, cabelo penteado para disfarçar a calvície. Desde que se aposentou, Ray arranjou muitos hobbies — ele e a mulher descobriram que, contanto que passassem pelo menos cinco horas separados todo dia de semana, continuariam a ter um casamento muito bom. Menos que isso? Melhor nem perguntar.

Ele estava relutante em participar dessa empreitada maluca, mas o velho e conhecido senso de dever levou a melhor. Precisavam de homens como ele, disseram, um homem que não achava graça em compartilhar fotos na WorldShare, que não confiava em e-mail, um homem que ainda usava cheque. *Cheque!* Caramba, deviam ter tido um trabalhão para encontrar alguém como ele, agora que parou para pensar nisso. Um homem que gostava de resolver as coisas do banco pessoalmente, com um caixa conhecido, alguém que soubesse seu nome, o nome dos seus filhos, o modelo do seu carro. *Esses* eram os dados pessoais que estava disposto a compartilhar com pessoas de confiança. Ele *queria* compartilhar esses dados. Era isso o que fazia a vida (todos os quarenta e cinco mil batimentos cardíacos por hora) valer a pena.

Marjory, sua esposa há quarenta e três satisfatórios anos, vai ficar com a irmã até tudo isso terminar, graças a Deus. Ainda bem que ela reconheceu imediatamente que era dever dele e sabe que não deve esperar receber notícias. Na verdade, isso não custa muito esforço por parte dos dois depois de quarenta e três rodadas da "Auld Lang Syne".

Não tem tanta esperança de ganhar o grande prêmio. Reconhece que a capacidade de vigilância do Estado moderno é um mistério para ele e, portanto, não se sente em condições de adotar contramedidas eficazes. Está muito apegado a costumes antiquados. É o tipo de sujeito que depende da mulher para saber o que os filhos estão fazendo, como vão os amigos, quando é o aniversário dos parentes. Só depois da entrevista da Fusão foi que notou que agora ela obtém informações pelo celular e não pelo computador. Ele aprendeu a usar a Wikipedia (que, supõe, deve ter sido um pesadelo para a Enciclopédia Britânica), mas tudo lhe parece rápido demais, superficial demais, e ele perdeu a confiança no conteúdo depois que descobriu que qualquer moleque pode alterar os verbetes se for habilidoso o suficiente. Não dava para fazer isso com a Enciclopédia Britânica.

O fato de a Fusão ainda não ter conseguido encontrá-lo é uma surpresa. Ele não esperava durar mais que umas duas horas. O alerta do Protocolo Zero chegou ao seu telefone jurássico, como os netos chamam, quando estava no estacionamento do Home Depot ao meio-dia. Ele pretendia estar em casa antes que o aviso fosse dado, mas um acidente na estrada provocou um engarrafamento. Ele abandonou o carro e se lembrou de tirar a bateria do celular velho — uma sugestão da mulher, algo que ela viu num documentário — e pegou um ônibus para o centro da cidade. Colocou seu disfarce. Nada muito sofisticado. Um gorro de lã escondendo a testa e um velho par de óculos de leitura que atrapalhava tanto a visão que precisou apoiá-lo na ponta do nariz para olhar por cima das lentes. Parou de se barbear quando avisaram que era um dos finalistas. Ó, já era alguma coisa.

Tinha passado mais de vinte e quatro horas na rodoviária, com uma passagem para a Flórida (não precisou mostrar a identidade), cochilando toda hora num canto como se fosse um vagabundo. Quando perguntavam se estava bem, ele não dizia nada, apenas mostrava a passagem e o deixavam em paz. O Hilton dos pobres.

Alguns antigos colegas da Marinha moram na Flórida. Eles vão reunir a turma e fazer o possível para passar a perna nessa tal de Fusão num projeto ultrassecreto. Se Ray conseguir chegar a Orlando sem ser capturado, disseram, eles tomariam conta do resto.

— Nem o diabo em pessoa vai conseguir encontrar você, eu garanto, *hombre* — disse Scooter McIlleney, rindo.

Até agora tudo bem, pensa Ray quando o ônibus pega a estrada interestadual, balançando em direção ao sul, rumo ao sol e, talvez, apenas talvez, aos três milhões de dólares. Ele se imagina de calção e camiseta, na beira de uma piscina, com uma cerveja na mão, vendo todas aquelas belezuras passarem, e depois jantando numa churrascaria com a galera...

28 DIAS E 1 HORA

SEDE DA FUSÃO, WASHINGTON, D.C.

A equipe encarregada de Ray Johnson trabalha depressa. Mapas mentais das pessoas próximas a ele, do passado e do presente, já estão sendo exibidos e envolvem diferentes regiões dos Estados Unidos, mas com uma predominância notável na Flórida, especificamente em Orlando, com um destaque especial para os três melhores amigos. O modelo é eficiente: um dos especialistas da Agência de Segurança Nacional criou um algoritmo para mapear os colegas da Marinha e classificá-los de acordo com o número de anos que serviram juntos e de menções conjuntas nos arquivos militares, para revelar a qual deles Ray deve recorrer. A escolha mais provável: o suboficial de primeira classe Scooter McIlleney, reformado.

Cruzando essas informações estão as pesquisas no Google do celular da esposa de Ray por "casas de repouso na Flórida" exatamente quando, segundo os registros de uma academia, ela estava numa aula de hidroginástica. Ops. A equipe que monitora o zero 1 estima que existe uma probabilidade de setenta e três por cento de que Ray vá tomar um trem ou um ônibus — é mais provável que seja um ônibus — para a Flórida durante a Semana 1 da operação. Por isso, aconselha que a equipe de captura se desloque de Chicago para Milwaukee imediatamente e fique de prontidão para agir depressa nos terminais rodoviários ou ferroviários da cidade assim que os algoritmos de reconhecimento facial e de marcha emitirem um alerta. O programa de análise de marcha já está fazendo uma varredura de todas as ruas e lojas da cidade. Eles já "entraram" nas câmeras de trânsito. Além disso, algum gênio teve a brilhante ideia de integrar as câmeras de alerta de colisão dos carros fabricados a partir de 2016. O algoritmo navega por uma enxurrada de vídeos, engolindo a multidão e descartando quem caminha com passos largos, quem anda na ponta dos pés, quem arrasta os pés, quem anda encurvado (provavelmente sedentários), quem caminha cheio de energia (claramente uma mãe atarefada).

Cy está sendo um bom chefe, dizendo coisas positivas, o suficiente para deixar os subalternos felizes. E, de repente, *ping*.

O algoritmo de análise de marcha encontrou um suspeito. Rodoviária Central de Milwaukee. Registro obtido há noventa minutos.

Cy volta para a sala e observa os homens entrarem em ação, reunindo imagens de várias fontes que, quase instantaneamente, confirmam que Ray Johnson entrou no ônibus de nove e trinta e cinco da manhã para Orlando, via Nashville. Dali a sete horas, está prevista uma parada para descanso de passageiros e reabastecimento do veículo pouco antes de chegarem a Nashville. A equipe de captura é despachada.

Para a equipe do zero 1, encarregada de dar prioridade a Ray Johnson até sua captura, as horas passam como se estivessem se preparando para uma final de campeonato. Quando chega o momento, Cy se aproxima da tela da sala e olha para Ray, em gloriosa alta definição, saltando do ônibus, esticando os ossos. As outras equipes também se reúnem em silêncio para torcer pela captura iminente.

Um café bem ao lado da estação dispõe de câmeras de vigilância conectadas ao Wi-Fi para a conveniência dos gerentes, que gostam de ficar de olho nos funcionários quando não estão presentes. As imagens são compartilhadas com vários empreendimentos, o que reduz o custo do sistema para os proprietários do café e constitui uma valiosa fonte de dados para seguradoras, fornecedores e analistas de comportamento de consumidores, sempre ansiosos para aperfeiçoar suas técnicas de publicidade, para não falar dos órgãos de segurança do governo dos Estados Unidos. Cornbread Cafe, a nação agradece.

A sede da Fusão observa Ray escolher uma mesa, se ajeitar na cadeira e pedir o melhor frango frito apimentado que Nashville pode oferecer.

— Devemos pegá-lo agora? — pergunta Erika.

— Ainda não — responde Cy. — Eu gosto desse sujeito. Vamos esperar.

A garçonete registra o pedido de Ray via Bluetooth, transmitindo direto para a cozinha e, sem que ela saiba, para a equipe de busca em Washington. Hoje à noite, Ray não está preocupado com o colesterol. Frango apimentado, batata frita, torta de maçã com chantili *e* sorvete com calda de chocolate e nozes trituradas — uma refeição bem diferente da dieta de salada e peixe assado a que está acostumado em casa, de acordo com o cartão de débito da esposa. O pedido foi aplaudido com entusiasmo pela equipe da Fusão. Todo mundo estava simpatizando com aquele sujeito.

— Agora? — pergunta Erika.

Cy faz que não com a cabeça.

— Deixe o homem comer.

Erika sorri. São momentos como esse que a fazem lembrar por que ama Cy. Ela tenta guardar essa certeza para a próxima vez que precisar dela.

27 DIAS E 17 HORAS

CORNBREAD CAFE, NASHVILLE, TENNESSEE

Ray aproveita a sobremesa. Saboreia a última colherada e raspa a tigela. Um minuto depois, Benson, líder da equipe de captura do Tennessee, entra no café para informar ao homem que o jogo acabou. Ele se senta diante de Ray e mostra o distintivo.

— Boa noite, Sr. Johnson. Que tal o frango?

Ray, filmado pela câmera corporal de Benson e tendo a imagem transmitida para a equipe em Washington, não parece surpreso. Na verdade, ele acena, como se já esperasse esse desfecho.

— Como me encontraram? Eu paguei com dinheiro vivo.

Benson ri.

— Você foi bem.

— Foi difícil me achar?

— Mais ou menos.

— Não fui o primeiro a ser pego, fui?

— Foi o segundo.

— Merda. Tá bom. O que se pode fazer?

— Não muito, senhor.

— Então acabou, né?

— Isso mesmo.

A garçonete oferece café para Ray, mas ele faz que não com a cabeça. Pega um guardanapo do porta-guardanapo, um daqueles antigos com anúncios da Coca-Cola, e limpa os dedos meticulosamente.

— E o que acontece agora?

— Vamos levar você de volta para casa — responde Benson, colocando a mão no fone de ouvido. Uma pergunta chega da central.

— Estou recebendo uma mensagem. Querem saber se as previsões a respeito do seu comportamento futuro estavam corretas. O senhor pretendia ficar em Orlando durante o teste?

— O plano era esse. Tenho bons amigos por lá.

— Nós sabemos.

— Claro que sabem.

Benson mostra a Ray um formulário no iPad que ele deve assinar, reconhecendo que foi capturado e confirmando que honrará o acordo de confidencialidade. Ray assina com muito cuidado, a caneta digital escorregadia e pouco familiar para alguém acostumado a tinta e papel de verdade. Então, ele pigarreia e olha para Benson com ar de súplica.

— Eu tenho uma pergunta para fazer também, rapaz. E se... E se vocês não contarem para a minha mulher que a minha participação no teste acabou?

27 DIAS E 13 HORAS

UTICA, NOVA YORK

— Passageiros para Utica, passageiros para Utica!

O alto-falante do motorista chia e estala e é respondido por uma variedade de reações dos passageiros que acordam: grunhidos resignados daqueles que chegaram ao destino, bocejos ressentidos dos que ainda terão que enfrentar horas de ar viciado, lâmpadas fluorescentes e assentos desconfortáveis.

A mulher do assento 14A alonga os ombros. Faz quatro horas desde que saiu de Boston. Não dormiu. Em vez disso, entrou e saiu várias vezes de um estado de semiconsciência tingido de azul pela luz do celular das outras pessoas, a cabeça apoiada na janela fria, os olhos bombardeados pelos faróis de outros veículos. Ela leu a respeito dos efeitos do excesso de adrenalina no corpo humano. Não são bons. Levam direto ao coração e ao cérebro um impulso de luta ou fuga. Um milhão de anos atrás, isso teria feito um caçador-coletor subir numa árvore, sair de um rio infestado de crocodilos, correr de um leão ou de um homem maior que ele com um tacape maior; mas, no mundo moderno, é disparado com uma frequência assustadora pelo zumbido e pelo som das notificações do celular. O fluxo constante de cortisona e dopamina no sistema corrói as articulações e sobre-carrega as conexões neurais até que alguma coisa falhe. Assim é a vida moderna.

Triplique os pontos se a resposta à seguinte pergunta for positiva: você no momento está sendo caçada por uma iniciativa conjunta de um titã das redes sociais e do governo do país mais rico e poderoso do mundo?

Mas vale a pena, certo?, pergunta a si mesma, várias vezes. Invaria-velmente, responde que sim. É a única coisa que pode fazer. Alguns anos a menos na expectativa de vida? E daí? Vai ficar com o cérebro turvo e confuso um pouco mais cedo do que a maioria dos seus con-temporâneos? Sem problema. O coração vai falhar prematuramente? Paciência. É um preço alto, claro, mas qual é a vantagem de prolon-gar a vida? Quem precisa do tipo de vida que tem levado? Precisava explodir aquela vida. Pois aqui está ela, vivendo no meio dos cacos.

Ela consulta o relógio. Já se passaram onze horas do terceiro dia de fuga; chegou o momento de iniciar a etapa seguinte do plano.

Enquanto observa os primeiros passageiros desembarcarem, abre a mochila aos seus pés e tira o celular. Reinsere a bateria, liga o aparelho e a tela acende. Em poucos segundos, o sinal aparece. Está de volta à rede.

27 DIAS E 11 HORAS

VOLTA PLACE NW, GEORGETOWN, WASHINGTON, D.C.

Como o alerta vibra bem baixo no relógio de Cy à uma da manhã, ele não fica sabendo que uma equipe de captura foi acionada logo depois de receber um sinal do celular da zero 10 em algum lugar no norte do estado de Nova York. Às cinco da manhã, quando ele acorda, vê a mensagem e resmunga. Kaitlyn? Que Kaitlyn?, pensa. Ah, *aquela* Kaitlyn.

Ele se arrasta para fora da cama, empurrando para o lado o lençol de mil fios, livre de produtos químicos, que veio com o pacote luxo da mansão (com piscina, jardim, academia, home theater) que a WorldShare alugou para ele em Washington. Erika continua dormindo, elegante, serena. Ele se alonga, encosta as mãos nos dedos dos pés, prepara o corpo para o dia à frente. Erika sempre diz que o que ele precisa mesmo toda manhã é de alguém que gire a chavinha que tem nas costas e dê corda suficiente para enfrentar a árdua tarefa diária de ser Cy Baxter.

Cy olha para ela de novo. Gosta de observá-la enquanto dorme. Erika está sempre pronta para o Instagram, mesmo em repouso, o cabelo com um suave ondulado, o rosto apoiado nas mãos entrelaçadas, como se estivesse rezando. Às vezes, parece até coisa da *Town & Country*. É raro Cy duvidar que a ama. Está duvidando agora? Não, não está. Os dois combinam em praticamente tudo, são almas gêmeas. O sexo, embora menos frequente que no passado, claro, ainda é bom. O riso compartilhado vem fácil. Mas a alergia de Cy a compromissos sempre foi uma barreira. Almas não precisam se casar com papel passado, argumenta ele. Por que não podem se encontrar apenas nas noites de segunda, quarta e sábado? Além disso, o amor está lá embaixo na sua lista de prioridades; noventa por cento do senso de realização de Cy vem do trabalho. Assim, a não ser pela questão do casamento, eles estão bem, e, no lugar do casamento, pode dar a Erika os melhores lençóis do mundo.

Quando ele sai do chuveiro, envolto em vapor, perfumado e medicado, e começa a vestir uma roupa impecavelmente passada, toda combinada, discreta e cara, a equipe de captura já está de olho no ônibus em que a zero 10 está. O plano é interceptá-la na próxima parada, em menos de dez minutos. Maravilha. Perfeito. Esplêndido. Está contente por Kaitlyn ter chegado ao terceiro dia, mas era melhor se livrar dela logo; uma bibliotecária à solta por muito tempo não é lá boa propaganda.

Cy manda chamar o carro e relaxa no banco de trás, frio e com acolchoamento suntuoso. Ele aciona a função de massagem para trabalhar nos nós que nem o chuveiro nem os alongamentos conseguem desfazer e começa a planejar mentalmente o próximo relatório de progresso para Burt Walker, no qual vai falar do triunfo mais recente.

Quando ele entra na sede da Fusão, porém, descobre que existe um problema: eles não conseguiram capturar a zero 10.

A bibliotecária não estava no ônibus. A equipe de captura que esperava na parada do ônibus encontrou o celular dela enfiado entre dois assentos, deixado para trás de propósito, para despistá-los. A zero 10 pode ter saltado em Utica, a última parada antes daquela, ou em qualquer uma das anteriores. O exame mais detalhado das imagens das câmeras situadas em cada parada do ônibus se revela inconclusivo. O motorista não se lembra de ter visto aquela passageira entrar nem sair do ônibus. Era tarde da noite, o ônibus estava lotado, e ele nunca fazia uma contagem de cabeças.

— Isso aqui não é um ônibus escolar, cara.

— É um truque que qualquer criança conseguiria fazer — diz Cy para o grupo desolado que reuniu na sua sala, no primeiro andar.

Cy, o único sentado, corre os olhos pelos subordinados. Eles têm cara de quem passou a madrugada recebendo más notícias em série e agora temem pelo próprio emprego. Eles desapontaram o patrão. Eles sabem. Eles *sentem*. E, sinceramente, Cy quer que eles sintam. Quer que suem frio. Em geral, todo mundo quer chamar a atenção de Cy, receber um aceno de cabeça, um momento extra de conexão, mas hoje não. Ninguém ousa olhar para ele.

— Tá bom. — Ele suspira. — O que mais?

— Deixamos passar alguma coisa — responde Zack Bass, o líder da equipe de busca da zero 10. — Ontem. Lá em Boston. Quando levantamos o histórico de localização do celular de Kaitlyn Day nas últimas seis semanas e cruzamos esses dados com as imagens de câmeras de segurança das lojas e os recibos de compras, agora acreditamos que ela... bem, que ela comprou pelo menos oito celulares diferentes em três lojas diferentes no centro de Boston, todos registrados com versões ligeiramente modificadas do nome dela. — Ele pigarreia. — Sete desses celulares ainda estão ativos, circulando por aí. Um está desligado. Sem bateria.

Cy se levanta. Os benefícios do banho matinal, do perfume, da indumentária, da massagem no carro a caminho do trabalho, tudo isso desaparece, expondo seus nervos de repente. Ele aprecia cada vez mais a astúcia da bibliotecária — ela é de fato muito esperta —, mas não pode tolerar o descuido da parte dele. Sente a raiva aumentar e acha que pode ser benéfico passar isso aos subordinados, nesse momento inicial do projeto.

— Tá bom. A questão é que, no segundo em que ela desapareceu no metrô, vocês deveriam ter concluído que ela era mais ardilosa do que pensávamos. Todas essas informações que vocês têm a respeito dos celulares extras deveriam ter sido levantadas ontem à tarde. Ontem. *À tarde.*

Ele dá as costas para a equipe de forma teatral, fazendo questão de mostrar seu descontentamento, deixando-os sofrer de propósito enquanto aprecia o milagre natural de uma majestosa floresta de sequoias na parede do escritório, em cores perfeitas, com uma resolução de mil e duzentos pixels por polegada. Por fim, volta a encará-los.

— Quem é essa mulher? É uma pergunta simples. Aqui na Fusão precisamos ser capazes de fazer essa pergunta *e*, mais rápido do que já foi possível na história da humanidade, *respondê-la.* É isso que estamos fazendo aqui. Só isso. Nada mais. É o trabalho de vocês. *Quem é essa pessoa?* Algum de vocês está preparado para responder a essa pergunta? Alguém? — Ele espera, olhando de um rosto assustado para outro. — Ninguém? Tá bom. Relaxem. Para começar, vou fazer uma pergunta ainda mais simples: *O que ela pretende com isso?*

— Nos provocar — responde uma voz feminina.

Cy olha para ela. Ela é nova.

— Qual o seu nome? — pergunta Cy.

— Sonia Duvall.

— Explique melhor.

Sonia é bonita. Uns 27 anos. Do tipo que estudou em escolas particulares da Costa Leste. Cinquenta quilos de ambição envolvendo um esqueleto de ossos finos e, supõe ele, um coração frio como gelo.

Ela prossegue:

— Ela não queria que descobríssemos esses celulares de imediato, mas *queria* que os ligássemos a ela depois de algum tempo. Foi por isso que usou nomes parecidos.

— Tá bom. O que mais?

Zack Bass, cujo bigode parece um código de barras, quer contribuir para a discussão, mas está sem ideias.

Sonia passa por cima dele.

— Eu... hum... verifiquei todos os CharlieCards que foram usados até uma hora depois que a zero 10 saltou do táxi.

Tudo o que Zack faz é dar um muxoxo e tentar encerrar o assunto.

— Por que ela usaria um cartão registrado no nome dela?

Cy olha para o futuro *ex*-líder da equipe — o que faz com que ele se cale na mesma hora — e volta a atenção para Sonia.

— Prossiga.

— Ela não usou, mas pensei que poderia descobrir algo que escapasse ao algoritmo. E descobri. Um cartão que passou pelas catracas de Downtown Crossing três minutos depois que perdemos a zero 10 de vista estava registrado no nome de...

— De?

— De... Cy Baxter, e o e-mail associado é...

— Qual? — pergunta Cy.

— CyBaxtersabeondevoceesta@gmail.com.

Depois de quinze segundos de silêncio, nos quais tenta processar essa informação, Cy sorri. A bibliotecária está brincando com ele. Provocando. Sacaneando.

— É mesmo?

— Obviamente, essa mulher é muito esperta — afirma Sonia de repente. — E tem senso de humor.

Há certo tom de admiração pela moça na voz de Sonia, algo que Cy já não consegue sentir, porque o cérebro dele hesita e trava por um instante, o que não costuma acontecer. Parece que a chavinha que Erika imagina nas suas costas está precisando de mais algumas voltas.

— Onde estão os celulares que ela comprou?

Sonia olha para um colega que tem essa informação.

— Cinco estão na área de Boston — responde o colega, olhando para o tablet nas mãos. — Um está desligado, sem bateria. Um está em Nova York desde sexta passada, e outro está na Inglaterra, no centro de Londres. Quem quer que esteja com esse, suspeitamos que seja sem saber, porque ele foi assistir a *O rei leão: o musical* ontem à noite e está na... na galeria egípcia do Museu Britânico agora. — Ele faz uma pausa. — Olhando para a estátua de Tot, o deus da escrita.

— Muito bem. O que podemos concluir?

Sonia é a única que tem coragem de arriscar uma resposta.

— Desconfio que ela esteja plantando esses celulares discretamente na bagagem de outras pessoas para nos despistar.

— E... onde ela está?

— Ela deve estar onde está o celular sem bateria — responde Sonia. — O que guardou para emergências.

Cy tamborila com os dedos na mesa. Seu cérebro está voltando ao ritmo normal.

— Sonia merece uma estrelinha! Parece que temos um curinga no baralho. Palmas para ela. E palmas para o comitê de recrutamento. Eu estava mesmo querendo saber por que ela foi escolhida. É evidente que eles sabiam de alguma coisa, viram alguma coisa nela. Seja como for, esse é o desafio que esperávamos. Certo? Então vamos dobrar os nossos esforços. Já concluíram a revista do apartamento dela?

— Já — responde Sonia.

— Eu gostaria de inspecioná-lo. Preparem o sistema de realidade virtual. Dividam a equipe para rastrear e recolher esses celulares que ela comprou. Vejam se ela tem alguma ligação com a pista em Londres. Vamos limpar o terreno. Em resumo, em *resumo*, façam o trabalho de vocês. Ah, e Sonia...

— Sim?

— Bom trabalho.

Sonia fica radiante.

27 DIAS E 5 HORAS

SHREVEPORT, LOUISIANA

Ficar solteiro de repente na sua idade foi como estar num ambiente de gravidade zero. Freddie Daniels, zero 4, 46 anos, que já foi bonito — o rosto revela as surras que levou ao longo dos anos —, começou a se sentir tonto, avoado, com a cabeça toda embaralhada. Foi aí que os erros no trabalho começaram a acontecer, erros caros. Os colegas da empresa de construção civil insistiram que pedisse uma licença. E foi o que fez. Passou semanas sem fazer nada além de ver televisão e ficar de saco cheio disso, mas não adiantou nada. Foi então que um amigo do FBI mencionou aquele projeto estranho: Fusão, Protocolo Zero — três milhões de dólares se fosse capaz de driblar as forças do "deep state" e ficar na moita durante trinta dias. Quão difícil podia ser?

A ideia do esconderijo veio de um filme. Não lembrava o título, mas tinha gostado. Era sobre um rebelde solitário desafiando o sistema. Era com o Denzel, achava. Ou com aquele outro cara, como é mesmo o nome? Que trabalhou naquele outro filme... Ah, foda-se, tanto faz. O que importa é que, quando recebeu a carta oficial confirmando que tinha sido selecionado, já sabia o que fazer. Arranjou a madeira, a tinta e o reboco. Quando a mensagem do Protocolo Zero chegou, estava preparado.

O primeiro dia foi empolgante. Foi uma adrenalina nível final de campeonato escutar a equipe de captura revistando sua casa, ouvir pequenos trechos das conversas, enquanto ele estava ali, a centímetros de distância, totalmente invisível atrás da parede falsa sobre rodas que ele mesmo havia montado como uma porta de pedra de um sepulcro, antes de aparafusá-la ao piso, usando uns quinhentos parafusos. Antes disso, tinha pintado a sala inteira para que a tinta nova não destoasse da antiga. As rodas evitavam arranhar o chão. Tinha pensado em tudo. E, a cada hora que passava, sentia-se mais confiante. Se não o tinham descoberto até agora, o restante do mês era só uma questão de paciência.

Ele nunca tinha sido preso, mas já ouviu histórias suficientes para ter uma ideia do que é estar confinado. Estava preparado. Pretende se submeter a um regime rigoroso de exercício e atividades num espaço extremamente restrito. Fotos da família e de amigos penduradas na parede. Sobre a mesa, três cadernetas em branco e um velho rádio AM com fones de ouvido. O dia 3 chegou e está se saindo bem, dadas as circunstâncias. Comida enlatada para as refeições. Frutas, sucos, trinta latas de cerveja num frigobar. Mijando em garrafas de suco vazias, fazendo cocô em um vaso portátil que pediu a um amigo que comprasse no BigShopper. À noite, o rádio sussurra para ele enquanto abre uma lata de cerveja para comemorar. Um brinde a três milhões de dólares.

Cem mil por dia: a lembrança do prêmio era um consolo para a solidão. O dinheiro, o dinheiro, o dinheiro. Toda noite, na hora da cerveja, ele pensa no que vai fazer com o dinheiro. Voltar para Janey, pedir mais uma chance. Talvez levar uma mala cheia de dinheiro e dizer: "Essa é a sua parte, meu bem." Fazer promessas. Nada de bebida. Duas férias por ano garantidas. Se nada mais desse certo, até concordaria com a fecundação in vitro, como ela sempre quis. Dar a ela duas crianças, embora a ideia o apavorasse. Além disso, o casamento que ela sempre sonhou e ele negou, preferindo uma cerimônia corrida no cartório, seguida por uma festa no quintal dos pais dela, uma gambiarra de luzinhas penduradas no varal, churrasco e sorvete. Dessa vez, ela vai ter um vestido de noiva, ele vai usar terno e gravata, a cerimônia vai ser num hotel, vão servir petiscos minúsculos, beber champanhe e as fotos serão tiradas por um profissional, não pelo primo de Janey, cujas fotos ficaram todas fora de foco. E o restante? Depois da lua de mel, uma casa enorme novinha e uma van melhor. Cartões de visita grossos como uma torrada e quem sabe até uma secretária para anotar seus compromissos no computador, se encarregar das cobranças e chamá-lo de "Sr. Daniels", em vez de ele ter que fazer tudo sozinho.

Vozes.

Ele deve ter cochilado. Não ouviu a porta de casa ser aberta, mas agora dois homens estão conversando, bem perto. Ele prende a respiração em situações como essa e se certifica de que a tampa do vaso está bem fechada e de que o frigobar está desligado para que o zumbido não seja ouvido.

— Para mim, a casa está vazia — diz uma voz grave, parecida com a daquele ator famoso.

— Isso já foi confirmado. — A segunda voz é mais aguda, parece vir de um homem bem mais jovem, quase adolescente. — Mas tem alguma coisa consumindo eletricidade aqui...

Freddie, no escuro, leva a mão ao frigobar. Tinha sido um grande erro concordar com aquele medidor remoto, mas pelo menos tinha dado um jeito de puxar energia para o esconderijo de modo que eles nunca vão encontrar o ponto de conexão. Ele foi cuidadoso, mas talvez fosse melhor desligar o frigobar dali por diante.

— Tá bom — diz o outro homem.

Uma longa pausa. O coração de Freddie acelera.

Vozes.

A voz grave diz:

— É, tenho algo aqui. Acabou de chegar lá da sede da Fusão. Foi obtida pelo drone.

A voz aguda responde:

— Me conta. Me mostra.

Freddie, no escuro, pensa: O quê?

Freddie não ouve mais nada daqueles dois, a não ser coisas sinistras como "Tá bom", "Então é aqui?" e "Parece que é".

As vozes chegam mais perto da parede falsa, a apalpam...

A voz grave pergunta:

— Sr. Daniels? Está aí? Sr. Daniels?

Ai, merda. A voz soa tão próxima que é como se o homem estivesse praticamente sentado no colo de Freddie, mas ele não vai responder. Não vai desistir. O que vai acontecer se ele ficar calado?

— Sr. Daniels? Se estiver aí, preste atenção. Ou o senhor se rende ou vamos ter que derrubar a parede. A escolha é sua. Sr. Daniels? Está me ouvindo?

Freddie continua em silêncio.

— Tá bom. Nesse caso, vamos derrubar a parede. A decisão foi sua, Sr. Daniels.

A voz aguda:

— Vou ligar para a sede, Chester. Talvez eles queiram fazer um cerco. Que tal executarmos uma varredura térmica primeiro para ter certeza de que ele está aí dentro?

— Ah, ele está, sim.

Freddie se encolhe, tomado pelo arrependimento. Foi uma ideia idiota. Se pelo menos tivesse preparado uma rota de fuga, um alçapão no piso... Poderia estar agora embaixo da casa, escapando, e não ali, encurralado, esperando uma marreta abrir caminho.

Alguns minutos depois, mais vozes, e uma delas o adverte:

— Sr. Daniels? Mantenha a cabeça baixa e proteja os olhos. Vamos derrubar a parede.

26 DIAS E 18 HORAS

SEDE DA FUSÃO, WASHINGTON, D.C.

Plim.

Cy afasta o laptop para tocar o tampo de vidro da mesa. Magicamente, ele se torna opaco e mostra um mapa dos Estados Unidos, então um detalhe a mais.

Um ponto vermelho está piscando em Los Angeles.

Ele toca, rola a tela e seleciona. Acabaram de encerrar a busca pelo zero 4 — um drone com uma câmera especial identificou do alto o esconderijo de Freddie atrás de uma parede falsa usando um radar de penetração no solo (desenvolvido pelos israelenses para localizar os túneis construídos pelo Hamas) — e agora estão diante de uma possível pista para a zero 3, Maria Chan, uma ex-ativista estudantil de Hong Kong, recém-asilada nos Estados Unidos. Uma escolha interessante para o teste, considerando que ela passou vários anos se escondendo das autoridades. Essa jovem sabe que é melhor deixar o celular em casa e levar com ela um celular descartável, trocar os chips, nunca reutilizar aparelhos, já que cada um tem um número de identificação internacional que pode ser rastreado, alternar entre diferentes VPNs — redes virtuais privadas, que podem mascarar por algum tempo a localização do usuário —, além de pagar todas as despesas com dinheiro vivo ou com cartões de crédito pré-pagos não rastreáveis e só fazer chamadas de voz como último recurso.

Cy acha que é cedo demais para alguém tão experiente dar um mole desses. Como foi possível localizar Maria? Ele descobre que todos os aparelhos da jovem foram desligados ao meio-dia no dia do lançamento do Protocolo Zero, como era de esperar, mas a equipe de busca da zero 3 fez um levantamento dos contatos dela e identificou um cara de Los Angeles com quem ela andava passando tempo nos últimos meses cujo celular também foi desligado no *mesmo exato instante*. Se os dois estavam mancomunados, era uma boa notícia para a Fusão; dois suspeitos dobravam as chances de um deslize. O cara deveria ter deixado o próprio celular ligado, pensa Cy, mas é difícil pensar em tudo.

As equipes de busca foram atrás da rede de amigos desse cara. Quando três deles se encontraram num Starbucks em Koreatown, a Fusão estava à escuta. Do outro lado da rua, um especialista gravava a conversa usando um sensor sônico avançado que, ao ser apontado como um laser para determinado objeto, digamos, um copo de plástico (como o que, naquele momento, continha um Frappuccino com uma dose extra de leite), o objeto milagrosamente se transformava num microfone. Um software de tradução forneceu a transcrição da conversa sussurrada, mas muito animada, que revelou os planos de Maria para despistar os perseguidores e confirmou que ela estava trabalhando com o cúmplice. A Fusão rastreou o veículo do rapaz pelas câmeras de trânsito de Los Angeles; o carro estava, no momento, estacionado em San Bernardino.

Cy fala no headset:

— Temos olhos em San Bernardino?

Lakshmi responde:

— O drone de Los Angeles está indo para lá.

Logo, Cy recebe na sua sala imagens de baixa resolução, mas em tempo real, da grande reserva verde de San Manuel.

— Ela tem amigos na região?

— O cunhado do outro alvo pilota um avião particular de pequeno porte com base em San Bernardino. Ele acabou de registrar um plano de voo para Seattle.

— Então ela está indo para o aeroporto?

— É o que parece, senhor.

— Pode me chamar de Cy.

Os funcionários do governo são sempre tão formais...

— Tudo indica que sim, Cy.

O mapa diante dele traça um raio de cinco quilômetros ao redor da posição de Maria, incluindo, em seus limites, o aeroporto de San Bernardino.

— Relatório de ação? — pergunta Cy.

— Notificamos a segurança do aeroporto, detivemos o piloto e confiscamos a aeronave — responde o interlocutor.

— Bom trabalho.

Cy se levanta, vai até a parede de vidro e olha para baixo, para as equipes e a grande tela, que revela, com detalhes, os fatos da vida secreta de Maria, presente e pregressa, um registro íntimo e animado que nem ela poderia ter reunido, tudo sendo examinado, dissecado, estudado. Que arma assustadora estamos desenvolvendo, reflete Cy. Só exploramos uma pequena parcela do potencial. Ele entende os riscos melhor que ninguém: uma vida exposta é como se fosse uma cirurgia cardíaca, pensa ele, o esterno serrado, as costelas afastadas, os conteúdos vivos e crus expostos, para então serem catalogados, analisados, manuseados. Mas, qualquer que seja o aspecto negativo da invasão de privacidade, ele sabe — *sabe* — que é suplantado pelo bem maior que está em jogo. Se o mundo fosse mais amistoso, talvez o que estão fazendo fosse errado. Mas o mundo está cada vez menos amistoso, de modo que o cirurgião deve estar preparado para mergulhar os braços até o cotovelo no sangue e na carne. Se não fizer isso, o paciente pode morrer.

Ele ouve uma voz dizer nos fones:

— Imagens da Medusa no ar agora.

O lado direito da tela gigante passa a mostrar um vídeo de grande altitude, mas alta resolução, de casas, campos esportivos, um riacho, até que a imagem treme quando a câmera dá um zoom e torna a focalizar, treme de novo, focaliza de novo, e Cy começa a ver de uma altitude de seis quilômetros um homem e uma mulher correndo ao longo do leito de um rio seco. O superdrone, cujo desenvolvimento foi financiado por seu fundo de investidores a um custo altíssimo, está equipado com múltiplas câmeras e um sistema ótico de excelente qualidade, que permite mostrar um close perfeito de Maria Chan e seu parceiro, ao mesmo tempo que mantém sob vigilância uma área de quarenta quilômetros quadrados.

— Som — pede Cy.

Em resposta, a inocente garrafa de água azul na mão suada de Maria se transforma — por cortesia de um laser situado a quilômetros de distância — num microfone espião.

Cy consegue ouvir com clareza a respiração ofegante de Maria Chan, quase seus batimentos cardíacos. *Incrível*. Até a mais breve das trocas de palavras.

— Tudo bem? — indaga uma voz masculina.

— Ã-hã — responde a voz feminina.

Cy sorri, sai do escritório, vai até o parapeito e olha para baixo, para toda a atividade ali, em prol da sociedade.

— Quanto tempo para a captura?

— Vinte minutos. Estão esperando por ela no aeroporto.

Simples assim, pensa ele. O ápice de como a vigilância é conduzida, mas no estilo norte-americano, não no modelo chinês, que é do tipo "prenda todo mundo em todo lugar ao mesmo tempo"; em que, se você tenta baixar o WhatsApp, se viaja para o exterior com muita frequência, se deixa a barba crescer, se sai pela porta dos fundos ou frequenta uma mesquita, um algoritmo vai te identificar e decretar sua prisão junto a um milhão de outros infratores num campo de "reeducação" em Xinjiang para ajudar na sua "concentração". Não,

não: nos Estados Unidos, uma tecnologia avançada como essa é usada *apenas* conforme a necessidade; o direito à privacidade é respeitado a menos que um ato claramente criminoso prive um cidadão desse direito, como no caso que atormenta Cy e que sempre vai atormentá-lo, o caso que, de muitas formas, motivou tudo isso. Eu te amo, Michael, pensa ele. Eu te amo, irmão...

Ele olha para o relógio que está em contagem regressiva. Três dias se passaram, três zeros foram capturados, faltam sete. E depois? Admirável mundo novo, meu irmão. Admirável mundo novo.

26 DIAS E 16 HORAS

MOOSE RIVER PLAINS, NOVA YORK

Quando o sol se põe no quarto dia de fuga — ela é forçada a admitir que não esperava resistir tanto tempo —, a zero 10 só tem uma certeza: apesar de seguir todas as instruções, enfiando direitinho a vara A no encaixe B, o tecido verde opaco da sua barraca ainda não está esticado. Ela se senta numa toalha de piquenique xadrez com forro de alumínio e fica olhando para a barraca capenga até se dar conta de que, por um minuto inteiro, não pensou em absolutamente nada.

A mata está tão silenciosa que ela tem certeza de que ouviria o zumbido de um drone, o ronco de um motor de avião ou mesmo os passos de um andarilho muito antes que alguém a avistasse no meio das árvores. Está acampada a três quilômetros de onde deixou a pequena bicicleta de trilha que alugou em Utica. Sentiu-se tentada a ficar com ela, mas conduzir o pequeno veículo nas trilhas era como cavalgar uma vespa zangada. Agora, ela está a um milhão de quilômetros da Keyes Pancake House, em Old Forge, onde comeu o último café da manhã de verdade. Nada de panquecas por um bom tempo para Kaitlyn Day.

Como o baú que deixou ali no mês anterior permaneceu intacto, ela agora dispõe de uma barraca, rações (macarrão liofilizado e vitaminas) e pastilhas de purificação para beber a água do riacho que corre a pouco menos de um quilômetro morro abaixo do acampamento. Também trouxe um exemplar de *Anna Karenina*. O único problema são os mosquitos. Ela saca uma caderneta do bolso do casaco. Está mais para um diário bagunçado que para um bloco de anotações: um depósito de ideias. Entre as folhas da caderneta está o folheto que explica como montar a barraca.

Kaitlyn lê o folheto de novo e revira os olhos quando nota que as cores dos flanges entre varas tipo 1 e tipo 2 são diferentes. Ela fecha a caderneta, pousa-a sobre a toalha e está prestes a se levantar quando ouve uma voz — mais alta que o normal — dentro da sua cabeça: *Quais são as regras?*, diz a voz. (A voz é masculina. Clara. Amistosa.) *Vamos lá, quais são as regras?* Ela pega a caderneta e responde em voz alta:

— Jamais se separe da caderneta. Jamais se separe do dinheiro. Acenda uma fogueira à noite. Use uma bolsa térmica durante o dia. Jamais fique mais de três noites no mesmo lugar.

Por quê?

— Observada no primeiro dia, investigada no segundo, denunciada no terceiro.

É possível que uma voz na sua cabeça concorde com um aceno? É sim, se a voz pertencer a Warren. *Preste atenção, meu bem, ou você não vai chegar nem na metade. Mantenha-se vigilante.*

— Tá bom.

É assim que se fala!

Ela guarda a caderneta no bolso da coxa da calça de combate e volta à luta titânica de uma mulher contra os paus de uma barraca.

A barraca enfim fica em pé, mas o chão é duro e, pelo jeito, o macarrão com queijo aquecido quimicamente não lhe cai bem.

Ela acorda ao amanhecer, o cansaço dobrado depois de uma noite maldormida.

— Estou ficando mole — diz em voz alta.

Tem a impressão de que alguém trocou seu corpo pelo de uma vovozinha de 80 anos. Uma vovozinha de ressaca. Ela desiste de tentar dormir de novo. Senta-se, ainda no saco de dormir, com o cabelo desgrenhado.

Agora que o dia clareou, folheia algumas revistas sobre sobrevivência ao ar livre que pegou na rodoviária, faz algumas anotações na caderneta, bebe o restante da água. Pensa nos livros que deixou em Boston. As obras completas de Hemingway. Chega à conclusão de que não gosta de Hemingway; o sujeito fez essa história de viver no meio do mato, *Big Two-Hearted River*, parecer romântica. Uma vida errática, tão idealizada pelo povo desse país. Que se dane. Obrigada, Deus, pela revolução industrial. Viva o motor de combustão interna. Nesse momento, ela louva a inteligência de Michael Faraday e a existência do aquecimento central, das máquinas de lavar, das cafeteiras elétricas. Entregas em domicílio! Uber! Grubhub! Graças a Deus!

Mas ela precisa ter disciplina.

Eu sei, Warren, eu sei. Consigo ouvir sua voz grave, suas reprimendas gentis, seu conselho para que eu mantenha a disciplina, desacelere até acompanhar o ritmo da natureza, me iguale a ela, já que somos todos pouco mais que feras sofisticadas em nosso íntimo mais profundo. Como era mesmo aquela frase em latim que você costumava citar? Ah, sim, estou lembrando: *Homo homini lupus est.* O homem é o lobo do homem. E é verdade, amor, que *somos* lobos uns para os outros e lobos para nós mesmos, o que explica por que você não está aqui comigo agora. Você foi perseguido por predadores cruéis que o trataram como se fosse menos que um animal. Aguente firme, amor, aguente firme.

Com isso, os pensamentos de Kaitlyn voltam para o presente: como vai passar o dia? E o dia seguinte? E o outro? O que vai fazer? O que vai fazer com sua mente, com seus pensamentos rebeldes?

A resposta, a única resposta sensata, é a seguinte: nada. Absolutamente nada, se puder. Comer, beber, dormir, se lavar, fazer xixi, talvez cavar uma latrina. Hoje, o que o plano exige, e o que está decidida a cumprir, é uma grande quantidade de nada.

24 DIAS E 17 HORAS

SEDE DA FUSÃO, WASHINGTON, D.C.

Às cinco da tarde, Cy é chamado outra vez à sala de realidade virtual. Ele coloca sensores nos pulsos e os óculos de realidade virtual que parecem uma máscara de mergulho. Quando o sistema começa a rastrear seus globos oculares, uma espiral de luzes de teste os sincroniza com o software e — *bum!* — é como se tivesse entrado num quadro na parede, ele se encontra num apartamento repleto de livros.

Ele olha ao redor. Então é assim que vive uma bibliotecária de Boston. Um sofá abarrotado de livros com uma manta xadrez jogada por cima. Cy vai até a janela. Além da escada de incêndio, a chuva começa a cair, tornando o céu cinzento.

— Aconchegante — diz uma voz atrás dele.

Erika se juntou à sessão. Em resposta a sua presença em cena, o programa de realidade virtual preparou uma aproximação do corpo de Erika ao lado de Cy na forma de uma nuvem de pontos azuis. Isso significa que eles podem apontar para objetos no apartamento se acharem necessário e não vão esbarrar um no outro na sede da Fusão, que é o jeito mais fácil de alguém se sentir um completo imbecil ao brincar com seu holodeck de oito milhões de dólares.

Cy chega a esperar sentir o frio úmido de Boston no ar e precisa lembrar a si mesmo que está dentro de uma reprodução digital. Ele vai até a cozinha. Louça barata e descasada no escorredor. Uma tigela de cereal, uma caneca de café.

— Você acha que ela lavou a louça assim que acabou de comer, ou fez isso depois de receber a mensagem do Protocolo Zero? — pergunta Erika. — Isso mostraria que estava muito confiante, sem nenhum sinal de pânico ou de pressa.

— Ela já estava pronta para agir quando recebeu a mensagem — responde Cy com desdém.

É a cara de Erika, a pessoa que melhor me conhece no mundo inteiro, pensa Cy. Está tentando me animar depois de eu ter perdido a cabeça por causa do fiasco dos celulares. Ela conhece os melhores tratamentos para todos os meus males, observa os sintomas e está sempre disponível para cuidar de mim. Deus abençoe essa mulher.

Cy atravessa a parede como se fosse um fantasma. Seu corpo está se acostumando com isso, e os alarmes instintivos do inconsciente por estar andando através de objetos sólidos a uma velocidade que poderia quebrar seu nariz agora não passam de um leve resmungo e uma pontada na amígdala. A cama está arrumada: uma colcha de retalhos, quadrados de botões de rosas e tecido xadrez. Até aqui, parece se tratar de uma mulher que mora sozinha há muito tempo. Kaitlyn deve ter feito a colcha ela mesma; pelos pontos irregulares, parece um trabalho amador. Ela é do tipo artesanal que está na moda. Roupas baratas, produtos orgânicos. Insiste em fazer tudo sozinha, o que resulta em produtos malfeitos e dispendiosos (e, possivelmente, em certo desperdício): batas, saias, infinitos quadradinhos de tricô, velas de cera de abelha — e isso traz à sua mente, com um sobressalto, os esforços da própria mãe, arrimo de família, para fazer o dinheiro render, dedicando-se a atividades semelhantes, não para salvar o planeta ou levar uma vida mais saudável, mas para sobreviver e criar um filho. Não havia nada de elegante nos trabalhos manuais e nas tarefas domésticas da mãe, e, no entanto, de uma casa pobre em que a eletricidade podia ou não funcionar quando se ligava o interruptor, emergiu uma criatura como ele. É assombroso. Eu te amo, mãe.

Cy pisca os olhos para escapar das reminiscências. Volta para a sala, onde a nuvem azul de Erika está examinando as prateleiras, cheias de livros em vários idiomas: Baudelaire no original, Virgílio em latim, guias de viagem em diversas línguas. Esse lugar é a cara de Erika, pensa ele. A mulher ainda encontra tempo — embora seja no mínimo tão atarefada quanto ele — para ler livros de ficção. A mesa de cabeceira dela tem sempre uma pilha de romances, lidos em parte antes que outros livros cheguem, comprados na internet. Ele costuma brincar que talvez devesse ter investido na Amazon e não na WorldShare, mas é uma piada sem graça; ela está em vigésimo oitavo lugar na lista da *Forbes* das mulheres *self-made* mais ricas do mundo.

Os poucos espaços de parede que escaparam da desordem dos livros estão decorados com pôsteres de arte emoldurados. Grandes flores vermelhas, uma densa floresta com tigres de desenho animado à espreita no meio da folhagem. Aquele quadro de um cachimbo, com *"Ceci n'est pas une pipe"* escrito embaixo. Tanta tolice. Surrealistas o irritam quase tanto quanto artesãos. Essa parte da personalidade de Cy, seu lado inquieto, impaciente, temperamental e ferino, pode sair de controle quando está muito pressionado. Nesses raros momentos, não há nada que o pessoal das relações públicas, ou mesmo Erika, possa fazer. É como se algo diferente o possuísse, uma criança vingativa disposta a cobrar uma dívida antiga. Tem vontade de subir no telhado e gritar "Caiam na real! Caiam na real!", mas ela está misturada com um desejo de machucar, de arruinar o que foi cuidadosamente construído, e às vezes é difícil encontrar o botão de desligar dentro de si. Mas ele sabe, também, que é cada vez mais importante encontrar esse botão, controlar esses rompantes, em especial agora que ele e Erika têm uma influência real sobre o mercado financeiro. Num único dia, se Wall Street suspeitar que ele está surtando, perdendo o controle ou mesmo se sentindo um pouco fora do eixo, as ações da WorldShare podem cair dez ou vinte pontos. Seus humores têm um impacto direto na economia. Na verdade, dá até para fazer um *seguro* sobre os humores dele hoje em dia.

Pior que isso, porém, é o fato de que a segurança do país está vulnerável a seus rompantes, e a CIA, a NSA, os militares e até o Congresso, em certa medida, sabem disso. Ele passa a vida à luz de holofotes, monitorado de perto, mas, mesmo assim, tem dificuldade para assimilar as consequências da própria importância. Precisa aprender a se controlar, não só para manter o valor das suas ações mas também, *literalmente*, pelo bem do país, porque — e aqui está o defeito fatal do seu plano mestre — assim como ele *é* a WorldShare, agora também *é* a Fusão. Sem ele, tudo desmorona. Por mais sofisticada que seja a rede de vigilância, com sua miríade de recursos sem precedentes que ele acumulou meticulosamente, existe um bug no sistema, um bug conhecido, e esse bug é ele próprio.

— Cy? — A voz de Erika é cautelosa. Ela sabe que há algo de errado com o parceiro.

— Desculpe, meu bem, é que... nós temos que concluir esse teste com sucesso. — Ele não só precisa dessa mulher como sabe que vai *continuar* precisando dela pelo resto da vida. — Sei que estou um pouco nervoso. O teste precisa dar certo.

— Vai dar certo, Cy. Já está dando certo.

— Você acredita mesmo?

— Acredito. Com toda certeza.

Ele fica satisfeito.

— Não quero que mais ninguém passe pelo que eu... pelo que *nós* passamos — diz ele. A mão azul se aproxima e ele sente o toque no mundo real, o contato físico com a Erika de verdade. — Esse é o legado de Michael.

A voz dela treme ligeiramente ao responder:

— Eu sei, Cy.

— Eu não conseguiria fazer isso sem você.

— Não vou a lugar nenhum. Você sabe disso. — A voz de Erika fica mais grave quando ela se emociona.

As paredes, mesmo as paredes virtuais desse lugar, provocam em Cy uma sensação de claustrofobia. Não dá para ficar muito tempo num ambiente de realidade virtual. Começa a se sentir enjoado. Ele precisa sair dali logo, mas ainda não terminou a busca.

A TV é menor que um laptop e tem uma antena interna. Nada de cabo. Uma vitrola. Discos de jazz. É claro que Kaitlyn gosta de jazz. O lugar está sujo.

Embora não esteja fisicamente ali, Cy é afetado. Tem vontade de tossir, a pele começa a coçar. Gostaria de estar usando máscara e luvas.

— Fale sobre ela. Me conte tudo o que sabe.

24 DIAS E 16 HORAS

MOOSE RIVER PLAINS, NOVA YORK

Depois de dois dias acampada, a água potável acabou. Sem crise; Kaitlyn sabe o que fazer.

Ela mexe os membros para dissipar o torpor que a acometeu depois de três dias dormindo no chão duro. Engatinha para fora da barraca, onde o sol brilha por entre as árvores, e começa a andar pelo chão coberto de folhas em direção ao riacho, com a garrafa de água vazia na mão.

O silêncio começa a incomodá-la. A solidão da mata é um desafio. Ela desce escorregando até o riacho, se agacha na margem, lava as mãos e o choque da água fria ajuda a despertá-la. Com as mãos em concha, asperge o rosto com a H_2O mais pura que já viu. Pensa em outra viagem no passado remoto, com Warren.

Ele também não era fã de acampar. Ah, Warren *dizia* que adorava estar ao ar livre e era verdade que topava uma trilha leve ou um mergulho noturno, mas o que ele realmente gostava de fazer nas viagens era se recolher no chalé à noite, acender a lareira, beber uísque, pisar no tapete felpudo. Uma pequena extravagância quando sobrava um pouco de dinheiro.

Nada de divagar, diz para si mesma. Mantenha o foco. Levante a cabeça e olhe ao redor. As árvores estão com a exuberante folhagem da primavera. Ela enche a garrafa de água, acrescenta uma pastilha de purificação, sacode a garrafa e começa a viagem de volta para o acampamento. Todo aquele silêncio faz seus ouvidos zumbirem, como um tinido. Ou será que é o seu próprio sangue querendo falar com ela? Ou o coração? É um lugar difícil de suportar, no estado de espírito em que se encontra, mas qual é a alternativa? Está numa contagem regressiva parecida com a dos presidiários, de dias, horas, minutos... Talvez devesse ter ido direto para Las Vegas, assistir a um espetáculo. Não, não. *Disciplina*, senhora. Volte para o acampamento, controle-se, prepare um cronograma — ela gosta de uma rotina: hora de comer, de dormir, de se exercitar, de ler, de acender o fogareiro, de cozinhar, de lavar as panelas, de lavar a roupa, de dormir, de dormir se conseguir. A ideia de uma rotina lhe dá um pouco de conforto, a ajuda a preencher os vazios, reduz a pressão psicológica. Para ser bem-sucedida, ela precisa dominar a mente e manter as coisas em ordem.

Chegando ao topo da encosta, ela segue a trilha das próprias pegadas para voltar ao acampamento. A certa altura, a trilha é cortada por rastros de motos de trilha. Parece que ela não divide a mata só com esquilos, veados, pássaros e hordas de insetos mas também com jovens aventureiros de moto.

Fique atenta, lembra a si mesma. Tome cuidado. Deixando para trás os rastros de moto, recita em voz alta:

— Dois caminhos divergiam num bosque outonal / E infelizmente eu não podia seguir os dois / Sendo um único viajante...

Ah, antigamente ela sabia o poema inteiro de cor. Pelo menos, se lembra da parte que diz "e eu segui o menos trilhado". Esse é o ponto. E sim, ela está nesse caminho, com certeza. Pelo menos por enquanto. E é nisso que está pensando — estou em segurança aqui, estou em segurança... — quando o mundo desaparece.

Bum. E tudo fica escuro.

24 DIAS E 16 HORAS

SEDE DA FUSÃO, WASHINGTON, D.C.

— Ela trabalha em uma biblioteca pública — começa Erika, resumindo para Cy. — Mora nesse apartamento há cinco anos. É alugado. Só interage com outras pessoas na biblioteca. Não tem nenhuma rede social.

— Isso é possível hoje em dia?

— A moça é totalmente à prova de internet. Não aparece nada. Para ela, o único mundo que existe é o mundo real.

— Hum...

— Transtornos de saúde mental documentados.

— Isso está ficando interessante.

O vulto azul de Erika se aproxima das estantes.

— Como você pode ver, ela gosta de romances policiais e de ação... Deve ter sido assim que teve a ideia dos celulares. Mas, no momento, está lendo *Anna Karenina*.

— Como você sabe?

— Ela pegou emprestado na biblioteca, mas o livro não está aqui, então deve ter levado com ela.

— Por que ela levaria um livro?

— Para passar o tempo, imagino.

— Vamos fazer uma análise do livro. O que ele a inspiraria a fazer?

— Se jogar na frente de um trem?

— O quê?

— Anna se joga na frente de um trem. No livro. No final. Eu li faz alguns anos, lembra?

— O que acontece antes disso?

— Ela deixa o marido por um amante.

— Kaitlyn tem algum amante?

— Não que a gente saiba.

— Fale dos transtornos mentais.

— Foi diagnosticada com síndrome bipolar no fim da adolescência e hospitalizada duas vezes. Já começou e parou de tomar remédios várias vezes. No ano passado, apareceu descalça no aeroporto, alegando que havia perdido a passagem de avião e que o presidente estava no seu apartamento. Parece que no momento não está tomando remédios. A última receita foi passada há seis meses. O suprimento era para quatro semanas.

— Pensei que a ideia fosse evitar os malucos.

— O grupo que fez a seleção estava interessado na maior variedade possível de participantes. Eles devem ter achado que os malucos deviam ser representados. Afinal, alguns dos nossos inimigos pertencem a essa categoria.

Cy dá de ombros.

— Tem razão.

Cy examina as prateleiras abarrotadas de livros da bibliotecária. Era de esperar que ela visse livros suficientes no local de trabalho. Ele repara que tem muita capa laranja e verde, desbotada pelo tempo; edições de bolso de romances clássicos americanos e ingleses; alguns daqueles calhamaços russos que ele às vezes cita naquelas listas de "O que estou lendo", mas que nunca leu. As lombadas estão todas rachadas e desgastadas. Cy, por outro lado, ocupado como é, pressionado pelo tempo, costuma ouvir livros — exclusivamente de não ficção — em versões condensadas e em velocidade um e meio enquanto está malhando. É muito mais eficiente e a essência é preservada.

A qualidade da realidade virtual aqui é excelente. Ele tem a impressão de que poderia estender a mão, pegar um daqueles livros e folheá-lo.

— O que mais?

Cy atravessa de novo o sofá, em busca de fotos de parentes, qualquer coisa que possa usar para identificar pessoas, lugares. Nada. Apenas mais cartões-postais de obras de arte. A sala já foi revistada, é claro, os livros catalogados, as impressões digitais identificadas, qualquer coisa que pudesse engordar os arquivos digitais de Kaitlyn, a rata de biblioteca desaparecida.

— Ela é absurdamente inteligente — observa Erika. — Temos os boletins do ensino médio e o histórico da faculdade. O QI dela é altíssimo. Deve ser por isso que foi escolhida.

Cy assente. Isso faz mais sentido. Deve ser um caso de síndrome de Savant. Mas por que raios um prodígio como ela perderia tempo em uma biblioteca?

A equipe da zero 10 acaba de passar novas informações para Erika.

— Cy, o FBI acaba de deter uma pessoa que estava de posse de um dos celulares descartáveis de Kaitlyn. Eles podem nos enviar um link de realidade virtual. Quer participar?

— Quem é a pessoa?

— Uma mulher que concordou em ficar com um dos oito celulares. Ela conhece Kaitlyn.

— Beleza. Pode dar OK.

Com isso, holograficamente, a amiga de Kaitlyn em Boston, Wendy Hammerback, representada por pixels piscantes e envolvida por uma parte do ambiente onde se encontra, entra digitalmente na simulação principal, uma janela de um mundo dentro de outro mundo. Wendy parece confusa e com medo de ter feito alguma besteira. Deve ter uns 40 anos e está remexendo na bolsa. O cabelo dela é cacheado e grisalho e está meio amassado sob um gorro de lã colorido.

— É só isso — está dizendo quando o agente responsável pela captura (cuja câmera corporal é responsável pelas imagens ao vivo) mostra o distintivo do FBI. — Kaitlyn me deu o celular há algumas semanas. Só pediu que eu ficasse com ele por um tempo. Disse que eu podia jogar *Candy Crush* ou tirar fotos à vontade e que um dia alguém viria pegar.

— A senhora não achou isso estranho? — pergunta o agente, fora do campo de visão.

A mulher ri, uma risada alta e potente, que imediatamente a faz parecer mais jovem.

— Claro que sim, mas Kaitlyn *é* estranha! — Ela balança a cabeça. — Quero dizer, ela é um amor. Cuidou dos meus filhos dia sim, dia não, quando o meu marido estava fazendo quimioterapia. Não deixava que passassem o dia todo mexendo no celular. Ensinou a fazer lasanha e acampou com eles no quintal. Ela adora esse tipo de coisa. Mas tem umas ideias meio estranhas. Tipo... — ela parece um pouco envergonhada — ... quando veio com aquela história da Casa Branca.

— Você deixou essa mulher tomar conta dos seus filhos?

Wendy fica aborrecida; franze a testa e encara o agente. Estufa o peito. Seus dados pessoais aparecem na simulação: casada, dois filhos, arquiteta. Muitas fotos dela na WorldShare participando de protestos.

— Ela estava estável, medicada. Para ser franca, moço, muita gente acredita em coisas estranhas. Olha, Kaitlyn me pediu um favor muito simples. Fiquei feliz em ajudar.

— Senhora — disse o agente, depois de alguns segundos de silêncio —, os registros das suas ligações revelam que não falou recentemente com a Sra. Day por telefone. A senhora esteve pessoalmente em contato com ela?

— Não. Tem algumas semanas que ela não aparece na biblioteca. Como é que vocês obtiveram registros das minhas ligações sem a minha autorização?

Os dados logo confirmam que metade dos grupos de manifestantes com os quais Wendy está envolvida se reúne na biblioteca de Kaitlyn.

— Senhora, se me permite, vamos ficar com o celular que a Sra. Day lhe entregou. Isso é parte de uma operação de segurança nacional.

Wendy estende o celular, mas, quando o agente fecha a mão pesada sobre o aparelho, ela não o solta.

— Senhor, quero deixar claro que vou entregar o celular apenas porque Kaitlyn me disse que alguém viria pegar. Se não fosse por isso, eu exigiria um mandado de apreensão. Quando ela pediu que eu ficasse com o celular, achei que talvez estivesse delirando. Então tentei ficar de olho nela, e ela me pareceu bem toda vez que a gente se encontrou depois disso. — Ela baixa a cabeça até olhar para a câmera corporal do agente, para Cy, para Erika, para o pessoal do Vazio, que está acompanhando a cena na tela grande. — E agora o senhor aparece aqui com um distintivo, uma câmera e os meus registros telefônicos, o que me faz concluir que Kaitlyn não estava tão paranoica assim.

Cy já viu o suficiente. Ele encerra a transmissão.

— E os outros celulares? Com quem estão?

— Não temos imagens, mas posso te passar os detalhes.

— Vá em frente.

Mais uma vez, as informações aparecem no ar. Ele lê um breve resumo dos dados a respeito das pessoas que estão com os outros celulares. Alguns são amigos, outros são vizinhos e outros são pessoas que conheceram Kaitlyn num clube do livro a que ela pertence ou num grupo militante que se reúne na biblioteca. O mesmo se aplica ao homem que estava com o celular que foi parar em Londres. Cy examina os dados. *Essas pessoas* estão todas conectadas, de uma forma ou de outra, com múltiplos pontos de interseção, seja na biblioteca, em páginas da WorldShare, em grupos de pais e professores, em grupos de bate-papo, no X, no Instagram. Mas Kaitlyn não está em nenhuma dessas plataformas. Ela não aparece em lugar algum. Uma vida passada apenas no mundo real. Que coisa estranha de ver.

24 DIAS E 15 HORAS

MOOSE RIVER PLAINS, NOVA YORK

Frio. Friagem e sombras. Ela está sonhando. De repente, uma dor lancinante que a traz de volta à realidade. Um grito de agonia rasgando sua consciência, trazendo-a de volta para uma claridade ofuscante. Que porra é essa? Onde estou e o que, em nome de tudo que é mais sagrado, está acontecendo? Ela se força a respirar fundo até a dor e a primeira onda de pânico diminuírem um pouco.

Meu nome é Kaitlyn Day. Estou escondida na floresta.

Meu nome é Kaitlyn Day. Estou escondida na floresta.

Isso ajuda.

Ela sente algo nos olhos. Kaitlyn pisca, esfrega. Seu cérebro leva uma eternidade para entender onde está e, quando enfim consegue, ela não fica nada satisfeita. Está em um buraco. No fundo do buraco. Literalmente. Ela geme e muda de posição, o que faz a dor subir do tornozelo para a perna e estrelas piscarem diante dos olhos fechados.

— Você está ferrada — soletra o brilho.

É melhor você dar uma olhada, querida, diz uma voz interior, com muita firmeza.

Na sua imaginação, vê artérias jorrando sangue e a ponta de um fêmur fraturado rompendo a pele. Não. Se isso tivesse acontecido, ela não estaria consciente.

Dê uma olhada.

Ela obedece. Curva-se para a frente e puxa uma das pernas da calça de combate. Nenhum branco de osso, nem manchas escuras de sangue. Apenas uma pele vermelha, inflamada, começando a inchar. Tá bom. Risco de morrer nos próximos dez minutos por perda de sangue: mínimo. A menos que tenha caído em cima de uma estaca e ainda não tenha percebido. Isso pode acontecer.

Afinal, por que ela está num buraco e que tipo de buraco é esse? Kaitlyn se levanta com cuidado, apoiando-se nas paredes e tentando não colocar peso no pé machucado. O buraco foi feito por um ser humano, isso é evidente. Parece ser revestido de tijolos, como uma adega ou um depósito de gelo.

Que merda é essa?

O buraco tem uns três metros de diâmetro, como uma chaminé. Ela se lembra vagamente de ter lido a respeito de uma velha mina quando estava se informando sobre essas florestas. A natureza entrou em ação depois que os mineradores foram embora: as paredes estavam perfuradas por raízes e vários tijolos se soltaram e estão espalhados no fundo do buraco. Ela olha para cima.

Kaitlyn dá um passo à frente e geme por causa do tornozelo, mas o primeiro choque da dor já passou. O ar está frio e úmido. Cheira a adubo. Parte da parede cedeu, bloqueando a passagem para o restante da mina. Não importa. Ela não está ali para explorar cavernas. Os pés esbarram em alguma coisa a uns trinta centímetros de onde aterrissou. É uma grade de metal enferrujada. Certo. É a tampa que colocaram no respiradouro da mina para impedir que, sei lá, bibliotecárias paranoicas fugindo de uma aliança entre o governo e as Big Techs caíssem no buraco. Ela pensa num sujeito cimentando a tampa no lugar e indo embora satisfeito com o serviço bem-feito, sem se dar ao trabalho de pensar na ação do tempo e da água enferrujando a grade até transformar essa medida de segurança numa armadilha perfeita para um passante desavisado.

Nossa, ainda bem que não caiu em cima da grade! Ela sente um arrepio, examina as paredes mais uma vez e o círculo de luz acinzentada no alto. Será que consegue escalar pelos tijolos quebrados? Kaitlyn leva a mão ao bolso para pegar a garrafa de água. O bolso está vazio. Ela apalpa os outros bolsos, suando frio. Nada. Olha para cima de novo, protegendo os olhos com a mão. A garrafa está lá em cima, na beira do buraco. Tá bom. Tá bom. Sem problema. É só sair do buraco, mulher. Vai dar tudo certo; isso é só um contratempo. Ela enfia o pé bom numa fresta entre os tijolos, segura um tijolo mais acima com a mão direita e tenta se içar. Os dois tijolos saem do encaixe assim que ela começa a fazer força. Nada os mantém no lugar a não ser a força do hábito. Ela escorrega, tropeça e cai de bunda. Perde o fôlego ao descobrir, horrorizada, que sua mão está a um centímetro de distância de um fragmento pontiagudo da grade. A um centímetro de distância de hemorragia, gangrena, tétano. Ela fecha os olhos. Prioridade número um: tem que se livrar dessa coisa.

Três vezes ela tenta escalar, três vezes leva um tombo, gritando por socorro para o silêncio. A garganta está ardendo, a cabeça dói. Quase ganha um galo na cabeça jogando pedras na garrafa de água lá no alto, na tentativa de derrubá-la para dentro do buraco. Nada feito. Ocorre-lhe que ela pode morrer ali. Ser encontrada apenas meses, ou mesmo anos, depois.

— Sinto muito, meu bem — diz ela para as paredes da sua tumba.

Talvez seja o cansaço, o medo, ou talvez ela tenha ficado atordoada depois da última queda, mas poderia jurar que é a voz de Warren que responde: *você vai sair dessa, garota. Poupe suas forças. Pode demorar um pouco.*

Ele só a chamava pelo nome quando estava muito zangado. O resto do tempo, usava aquela palavra, em tom zombeteiro, reprovador, afetuoso, apaixonado, surpreso, levemente exasperado, suplicante ou inquisitivo, de acordo com a ocasião.

Kaitlyn tira o celular do bolso. Depois, a bateria. Olha para cima uma última vez, na esperança de um milagre salvador, uma chance em um milhão, uma raposa segurando uma escada de corda entre os dentes, um melro com um fio de ouro no bico, alguma criatura dos contos de fadas para ajudá-la a sair daquele poço de duendes. Mas aquilo não é um poço de duendes e ela não está numa floresta de contos de fadas.

— Eu desapontei você.

Faça o que for preciso para sobreviver. Não se preocupe comigo.

Kaitlyn suspira, como se pudesse sentir o peso da mão dele, reconfortante, no ombro. Ela sabe o que precisa fazer agora. Desistir. Acabou. As lágrimas começam a rolar. Acabou. Repita...

Acabou.

Acabou.

Acabou.

Reconhecendo que a sobrevivência agora é sua prioridade, ela está prestes a colocar a bateria no lugar e ligar o celular.

Mas hesita. Discorda de Warren na sua cabeça, os dois discutem.

E assim começam *mais* duas horas de arremessos de pedras e outras seis tentativas frustradas de escalar para fora, o que a deixa ainda mais fraca e frustrada.

No fim, ela insere a bateria no celular com rapidez, para assegurar que não mudará de ideia de novo, agindo como se outra pessoa estivesse fazendo isso por ela.

Clique. Pronto. Está feito. O celular está ligado. Ela o encara na palma da mão. A tela acende e o som que o aparelho emite parece um toque fúnebre. E então... nada. Sem sinal. Ela fica olhando para a tela por um instante, incrédula, e depois começa a rir. Sem sinal aqui embaixo. É claro. Todo aquele drama e discussão, e essa droga de celular não serve para nada. Sem sinal! É claro que não tem sinal. Sem sinal. Desse jeito, não vão poder rastreá-la, o que significa que não vão poder *salvá-la*. Ela está perdida. Desaparecida. Ironicamente, isso significa que ela ganhou o jogo.

Pensando bem, ainda resta uma tentativa, e você não precisa ser o Monsieur Dupin para saber qual é.

Ela se esforça para ficar de pé, apoiando as costas na parede, o tornozelo torcido enviando ondas de dor pela espinha, até encontrar uma posição precária que, pelo menos, deixe o braço direito livre. Tenta se acalmar. Se prepara. Altura do poço? Uns cinco metros. Ela consegue. Precisa conseguir. Tem uma força razoável no braço direito. Se falhar, pode tentar de novo.

Na primeira tentativa, não chega nem perto. O celular sobe apenas até a metade, bate nos tijolos e cai. Pelo menos, ela consegue pegá-lo no ar. Tente de novo. Você consegue. Você precisa conseguir.

A segunda tentativa é melhor: o celular chega quase até o topo, mas o ângulo está errado e ele bate na parede, desce rodopiando, escapando das mãos estendidas de Kaitlyn e afunda na lama. Será que quebrou? Está com a tela virada para baixo, deitado ali como um pequeno cadáver. Ela pega o celular e limpa a sujeira com dedos trêmulos. A tela ainda está acesa; ele sobreviveu à queda.

A terceira tentativa não é tão boa quanto a segunda. Agora a perna inteira está doendo. Droga. Ela tem vontade de chorar. Seus braços estão ficando moles como espaguete cozido. Em pouco tempo, não terá mais força para arremessar o celular. Uma quarta tentativa. Nada feito. Por favor, meu Deus. A quinta é melhor. A sexta é pior. Lá fora, está começando a escurecer. Depois de cada tentativa frustrada, ela acha que o celular vai quebrar, destruindo sua última esperança. É difícil encontrar o ângulo certo e a velocidade necessária para passar pela boca do buraco. A margem de erro é muito pequena e os choques com a parede vão acabar quebrando o aparelho. Pelo menos adquiriu um pouco de prática tentando atirar pedras na garrafa de água. Os músculos do braço estão cada vez mais fracos e o coração começa a acelerar. Ela não acredita em Deus. Não de verdade. Nem quando era criança. Não mais do que acredita numa raposa com uma escada de corda. Mesmo assim, ela reza. Tenta de novo. Desta vez, o celular não cai de volta.

O telefone não caiu de volta, repete mentalmente. A princípio, pensa que é uma ilusão. Tateia em torno, a lama escorrendo por entre os dedos. Nada do telefone. Ele está lá em cima, *em algum lugar*. Será que passou pelo buraco ou está só precariamente equilibrado em uma saliência da parede, prestes a cair na sua cabeça a qualquer momento? Se isso acontecer, ela vai perder o juízo antes de morrer de sede e inanição. Finalmente, ela dá um grito. Um grito que sai do poço e sobe para um céu no qual, de repente, um espaço se abre entre as nuvens pesadas, permitindo que a luz do luar mostre o brilho metálico do celular, equilibrado na borda do poço. Lá está ele, do lado de fora do poço, sua última, frágil e trêmula esperança. Está salva? Não tem como saber. *Se* o telefone ainda estiver funcionando e *se* alguém captar o sinal, há uma chance de que seus perseguidores logo venham buscá-la.

24 DIAS E 7 HORAS

PHOENIX, ARIZONA

Catherine Sawyers, a zero 6, está puta da vida. Alguém deveria tê--la alertado. Falaram um monte de coisa: que abraçar a carreira de policial ferraria sua chance de ter uma família; que depois de ser promovida a tenente teria necessariamente que fazer política; que pelo fato de ser mulher teria que trabalhar três vezes e meio mais que qualquer homem da mesma patente, enquanto todos agiriam como se ela só tivesse conseguido aquelas divisas para o prefeito se fazer de bom moço. Tinham avisado que o salário seria uma miséria. E estavam certos.

Mas ninguém avisou que chegaria o dia em que o universo acionaria uma chave e ela passaria de uma novata promissora e ambiciosa para uma matrona amarga em fim de carreira, perdida nos quarenta e poucos anos, atolada até o pescoço em prestações de carro e IPTU, perguntando-se cada vez que começa a suar se isso é sinal de uma menopausa precoce e o início de uma trajetória descendente rumo à inadimplência e à obsolescência. Também se esqueceram de mencionar que, à medida que o mundo se tornasse mais nebuloso e complicado e que levar o lixo para fora no dia certo começasse a parecer um feito tão importante quanto suas melhores investigações, alguns dos criminosos e dos sonegadores que havia denunciado em Alhambra passariam a viver em mansões em Paradise Valley, com gramados bem cuidados e SUVs zero quilômetro na garagem. Como era o caso de George. Justiça? Onde? *Onde?*

George Rivera a havia mantido em suspense por cinco dias, alegando que precisava analisar sua proposta: um milhão de dólares para mantê-la escondida durante trinta dias. Ele a manteve à espera, assistindo a programas de quinta categoria na TV num hotel na beira da I-17, suando e brigando com a máquina de gelo, até que finalmente recebeu a mensagem no celular descartável:

"Pode passar aqui quando quiser."

Babaca.

Ela leva uma hora para chegar. A casa de George Rivera tem uma piscina decorativa na frente e um mastro com a bandeira dos Estados Unidos. A piscina é cercada por flores rosa e vermelhas. Ali estão os frutos da criminalidade.

Catherine toca a campainha e espera. Ouve George, lá dentro, mandando um cachorro ficar quieto. Quando ele abre a porta, traz o cachorro nos braços. É uma bolinha de pelos brancos com olhos pretos e ferozes que fazem Catherine se lembrar da ex-cunhada.

— Tenente, seja bem-vinda à minha casa.

Ela entra, limpa as botas num tapete com a inscrição BEM-VINDO e o segue por um corredor de mármore rosa até uma cozinha em plano aberto com vista para os fundos da casa, onde há mais plantas decorativas, uma churrasqueira e uma segunda piscina.

George coloca o cachorro no chão e ele sai em disparada para o interior da casa. George serve a ela limonada de uma jarra que tirou da geladeira.

A bebida é deliciosa.

— Quem foi que disse que o crime não compensa?

— Tenente, agradeço a Deus todos os dias o fato de, apesar dos erros da minha juventude, ter sido capaz de usar os meus talentos empresariais para proporcionar à minha família o sonho americano.

Drogas, em outras palavras. E carros roubados. Depois que saiu da cadeia, clubes de striptease e bares, seguidos por uma construtora, obras de caridade, camarotes no Symphony Hall e dois filhos em escolas particulares. Catherine termina sua limonada.

Deixe de ser grosseira, diz para si mesma. Você precisa dele.

— Então, temos um trato?

Ele meio que dá de ombros, se senta num banco alto de bar e apoia os cotovelos na ilha de granito. Está com uma camisa branca reluzente, com uma fina listra vermelha. Catherine se junta a ele, se senta no banco ao lado e coloca o celular sobre a bancada. George olha para o aparelho.

— Eu não costumo fazer nada que, mesmo remotamente, possa ser considerado ilegal, Sra. Sawyers — diz ele. — Mas, à luz da nossa longa relação, e com a sua garantia de que esse "projeto" secreto no qual está envolvida é para o bem do país, então, sim, estou disposto a colaborar.

— Não é por um milhão de dólares?

George ri.

— Bom, tem isso também. Como eu disse, sou um empreendedor. — Ele puxa o celular dela para si. — E isso aqui é o quê?

— Um celular descartável. Acabei de comprar. Sei o que estou fazendo. É só para emergências.

— Lição número um, de criminoso para policial.

Catherine nota o ar de superioridade de George, deixando claro que a considera uma amadora nessa área.

— O problema não é o *seu* celular, é para quem *você* liga.

Seu olhar mostra que espera que Catherine reconheça essa aula de como cometer crimes e ela faz que sim com a cabeça.

— Eles grampearam o celular de *todos* os seus contatos. Todos — continua George. — Livre-se desse celular. Agora você está no meu mundo. Vai por mim, eles estão de olho em todos os filhos da mãe com quem você se encontrou na vida.

— Eu e você nunca nos encontramos.

— Ah, mas você esteve comigo todos os dias, tenente. Todos os dias durante sete anos.

Havia um traço de ressentimento nos olhos de George, algo que ela esperava, mas, ainda assim, não apreciava. Sete anos cumpridos por roubos de carros em oito estados. No total, mais de seiscentos carros. Mesmo depois que ela começou a suspeitar de George, Catherine levou quatro anos para descobrir como ele operava e conseguir provas contra ele. Tinha sido o caso mais difícil da sua carreira. Durante muito tempo, ela não conseguia entender o golpe, até que finalmente conseguiu. O esquema criminoso podia ser dividido em duas partes. A primeira não tinha nada de novo: consistia em alugar um carro numa locadora, trocar as placas e vender o carro roubado para um desavisado, no mercado de carros usados. Mas a segunda parte... *essa* era especial e permitiu que sua pilhagem passasse despercebida por muito tempo, tornando George uma espécie de gênio do crime. Depois de concluir a primeira parte do plano, ele roubava *o mesmo carro* do novo proprietário (numa garagem ou num estacionamento de rua), trocava a placa falsa pela placa *original* e devolvia o carro à locadora antes que o prazo do aluguel expirasse! A locadora não tinha do que se queixar. A pessoa que havia comprado o carro e os policiais ficavam coçando a cabeça enquanto o carro que procuravam circulava legalmente na frota da Hertz ou da Avis. Era um golpe de *mestre*.

— Lição número dois — diz George, servindo café para os dois de uma cafeteira de vidro. — Pense. Pense em como seus adversários vão pensar, e depois pense diferente. Eles não enxergam, não conseguem enxergar. Todos nós pensamos de acordo com certos padrões. Se você sair desses padrões, eles não vão te encontrar.

Por mais que detestasse o tom de superioridade de George, essa foi a razão pela qual ela o procurou, pela qual decidiu conhecer pessoalmente o homem que ela mesma colocou atrás das grades: ele sabe permanecer nas sombras como poucos.

— Um milhão de dólares? — confirma ele.

— Em espécie. Isso pode render quarenta mil por dia. Um SUV zero todo dia. Uma piscina nova a cada três.

— Só para te esconder?

— Isso mesmo.

— Você cometeu algum crime?

— Não se trata disso. Não.

Por fim, ele dá de ombros.

— Tudo bem, o dinheiro é seu. Mas precisa fazer exatamente o que eu mandar.

— Ou o quê? Você vai cobrir a minha cabeça com um saco?

— Agora? Não, primeiro termine o seu café. Eu recrutei ajuda. Amigos meus.

— Tá bom. Quando vou conhecer esses amigos? Onde eles vão me esconder?

— Você vai ver. — Preparado, ele tira do bolso uma bandana paisley. — Na verdade, você não vai ver. Vende os olhos com isso. Lição número três. Você não pode saber para onde está indo. Esses caras são supersticiosos por bons motivos. A propósito: como chegou aqui? Não me diga que alugou um carro.

Ela levanta a mão para recusar a bandana.

— Nem pensar. Vai se foder. E eu peguei um carro emprestado.

— De algum amigo?

Catherine está prestes a dizer que não, mas muda de ideia.

— Distante. Muito distante.

Ele balança a cabeça com ar de reprovação.

— E você se acha uma policial? Isso foi um descuido, Catherine.

— Relaxa. Faz vinte anos que não vejo essa mulher.

— Então como conseguiu a merda do carro?

— Eu a segui até em casa. Fui até lá e roubei o carro.

— Roubou? Você disse que tinha pegado emprestado.

— Roubei. Não chegamos a nos encontrar. Nenhum rastro.

— Mas você está dirigindo um carro roubado?

— Troquei as placas. Lição número um. Não deixar rastros.

— Sempre tem um rastro. Sempre. As prisões estão cheias de gente que achava que não havia deixado nenhum rastro. Se não vendar os olhos, não podemos continuar.

Ela espera até George dar de ombros e olhar para ela com uma expressão que torna claro que não há outra coisa a fazer. Só então ela cede e venda os olhos com a bandana.

— Aperte bem — diz ele.

Ela aperta a venda e dá um nó. Não consegue enxergar mais nada.

— Ótimo — diz George, um momento antes de puxar para trás as mãos de Catherine e prendê-las com o que ela sente que é uma abraçadeira de nylon.

Irritada, ela se debate.

— Não, não, não. De jeito nenhum. Preciso das minhas mãos. Me solta. Que porra é essa? George?

— Como se sente sendo algemada? Só que eu fui tratado com mais brutalidade. Vocês me fizeram deitar de bruços no asfalto, na frente dos meus filhos, com uma bota nas minhas costas e uma pistola na minha cabeça. Lembra, Catherine? Você lembra?

— Calma, George. E me solta. Ou não temos acordo.

— Na frente dos meus filhos. Eu disse que ia entrar na viatura sem resistir, que não me fizessem passar por aquilo na frente dos meus filhos.

— Que papo é esse, George?

— Eu sei mais do que você pensa.

— Como é?

— Você vai *me* colocar na mira dos federais, depois de tudo o que fiz para deixar aquela vida para trás? Minha filha estuda na Juilliard!

— George, eu estou te oferecendo um milhão de dólares.

— Quarenta mil de juros por dia, certo? Não é verdade, eu fiz as contas, estamos falando de quatrocentos dólares por dia... para cada dia que passei em cana, longe dos meus filhos. Não é tanto assim.

— George, não fui eu que roubei aqueles carros todos.

— Quatrocentos dólares por dia, Catherine. E você sai de boa com *dois milhões?*

Antes que possa tentar salvar o acordo, Catherine ouve veículos pesados se aproximando e diminuindo a velocidade.

— Você nunca ia conseguir — afirma George. — Você não tem a mente de um fugitivo, se me permite dizer. Essa merda não é para você. Além do mais, para o seu governo, estou pouco me lixando para um milhão de dólares a mais ou a menos.

— Você me dedurou?

— Não. Eles já esperavam por isso. Entraram em contato comigo antes de você. Disseram que um tal de algoritmo havia *previsto* que você ia me procurar. Sei lá que merda é essa. E aqui está você, achando que só porque foi a policial responsável pela investigação do meu caso, sete anos atrás, ninguém ia conectar os nossos nomes. Eles são muito espertos hoje em dia. Muito mais espertos que naquela época. Para ser sincero, não vale mais a pena ser criminoso.

Catherine ouve vozes e batidas à porta.

— Você está ótima, aliás — acrescenta George. — Caramba, foi bom colocar o papo em dia.

24 DIAS E 5 HORAS

MOOSE RIVER PLAINS, NOVA YORK

A noite está fria, mais escura que qualquer outra que viveu, e olha que ela já passou por algumas bem difíceis. Quando acorda, com sede e desorientada, está começando a clarear. Hora da verdade. Respira fundo, deixa a bolha de pânico no peito estourar e desaparecer. O celular continua lá em cima, mas deve estar sem sinal, caso contrário alguém já teria aparecido. Isso quer dizer que está de volta à estaca zero.

Esvazia os bolsos. Encontra a caderneta, dinheiro, uma barra de mel com aveia e um pacote com uma pulseira de sobrevivência. A pulseira foi uma compra de última hora. Quando estava pagando pelo material de acampamento, viu uma pilha delas, em cores fluorescentes, ao lado do caixa, e não pensou duas vezes. Custou dez dólares. Não chegou a ler o folheto de instruções, só enfiou o pacote no bolso quando recebeu a ordem para desaparecer e se esqueceu dele.

Kaitlyn abre o pacote. Uma corda colorida; uma linha de pesca e anzóis num envelope de aço do tamanho de um selo postal; uma peça miúda, bojuda, que ela imagina que seja para acender uma fogueira se não dispuser de fósforos; uma folha de polietileno, enrolada e torcida na corda; um formão afiado. Ela se recosta e pensa. A corda é fina e curta demais para tirá-la dali. O anzol é pequeno demais para servir como gancho. O formão? Seria uma saída. Mas, primeiro, água.

Ela examina as paredes, em busca de pontos de umidade, então vira uma mineradora, cavando a terra com o formão até encontrar um ponto em que a água começa a brotar. Ela abre um canal na lama, direciona a água para uma poça feita de tijolos caídos e forra com a folha de plástico.

Enquanto a água começa a se acumular, ela não consegue pensar em mais nada. Quando o nível chega a alguns centímetros de profundidade, baixa a cabeça e bebe. A água tem gosto de adubo. Tem gosto de que vai sobreviver por mais um dia. Tem gosto de uma vida frustrada. Depois de olhar, esperar e beber três vezes, ela percebe que é capaz de pensar em coisas fora daquele buraco de novo. Pensa em Warren. Na sorte de milhões de miseráveis. Nos problemas do mundo que em geral envolvem Kaitlyn Day. Solteirona de Boston. Bibliotecária e excêntrica superinteligente. Essas preocupações diminuíram e, seguindo as leis da perspectiva, ficaram em segundo plano, obscurecidas pelas necessidades de água, ar, comida, de sobreviver por mais um dia. Ela come metade da barra de aveia. Pensa na trilha que seguiu até o rio. Naquelas marcas de pneu. Nas pessoas responsáveis por aquelas marcas. Gritar não adiantou. Ficar ouvindo, esperando por algum som humano também não. Jogar o celular para fora do buraco não funcionou. Ela não dispõe de um pombo-correio nem de um tambor. Sinal de fumaça?

Talvez não seja má ideia. Na falta de algo melhor, ela corta raízes com o formão, usa folhas da caderneta como pavio. Depois de duas horas, tremendo de exaustão, ela obtém a primeira chama, que produz grandes nuvens de fumaça. Ela começa a tossir e sente ânsia de vômito, mas a fumaça faz o que ela não consegue, subindo em espiral, indo aonde ela não pode ir. Agora tem uma missão pela frente, que é manter a fogueira acesa. Eu sou mulher. Guardiã do fogo. Ela bebe mais água e come o restante da barra.

Amanhece. Dia 7, três dos quais passados ali. No inferno. Tremendo de frio, de desidratação, de fome. Ela marcou os três dias com riscos na pedra, como uma prisioneira. Um registro diário para quando a encontrassem, *se* a encontrassem.

Há um zumbido nos ouvidos. Ela se esforça para decifrá-lo. Será que é o som de alguma parte do corpo parando de funcionar? Não. Quando o barulho fica mais alto, ela se lembra dos objetos que fazem esse ruído, o primeiro som industrial que ouviu desde que caiu aqui: *motocicletas!* Ela se levanta e começa a gritar por ajuda, o mais alto que pode. Mesmo que sejam membros da equipe de busca, é melhor que nada, pensa ela. Ela para de gritar e escuta uma, duas motos com o motor roncando e passando perto do buraco. E então elas vão embora, o zumbido diminuindo de intensidade até o silêncio. Tem vontade de chorar.

Mas então, de repente, o ruído de um terceiro veículo, um retardatário, fica ainda mais alto. Dessa vez, em vez de passar direto, o motor engasga, como se a moto tivesse sido colocada em marcha lenta.

Kaitlyn dá um grito:

— Socorro!

Finalmente, a cabeça de um adolescente aparece na borda do poço, um jovem de capacete.

— Que porra é essa?

22 DIAS E 5 HORAS

CARTHAGE, NOVA YORK

— Oi! Está me ouvindo? Como você se chama, querida?

Ela abre os olhos com dificuldade. Está num pequeno quarto de hospital, com uma mulher de uns cinquenta e poucos anos olhando para ela com ar preocupado. Começa a se lembrar de algumas coisas: do homem descendo de rapel como um deus (não se lembra de ter murmurado "Você é mais bonito que uma raposa" antes de desmaiar nos braços dele); de que, ao sair do buraco, desligou o celular, tirou a bateria dele e agradeceu a Deus também não haver sinal ali; de que foi levada de ambulância, com as pessoas perguntando seu nome. Ela se manteve calada, como se um gato tivesse comido sua língua.

— Onde estou?

— No hospital, meu bem.

— Onde?

— Em Carthage. Agora é a minha vez. Preciso de um nome.

— Há quanto tempo estou aqui?

— A noite toda. Queremos transferi-la para uma enfermaria o mais rápido possível, mas estamos dependendo da papelada.

A mulher usa um jaleco com estampa floral e carrega um iPad ou algo parecido nas mãos. Só agora Kaitlyn percebe que está conectada a um soro. Solução salina, glicose. Sente dor, mas pelo menos conseguiu sair do buraco. Repara que suas roupas estão numa cadeira.

— Dói muito.

— Você torceu o tornozelo, sofreu alguns cortes e arranhões, mas não fraturou nenhum osso.

— Pois é. Acho que... — Ela tenta mover o pé e geme. — Acho que é o TFA.

— TFA?

— Ligamento talofibular anterior.

— Pode ser — diz a enfermeira. — Estamos hidratando você e cuidando dos seus machucados. Seus pertences estão no armário. Você sempre viaja com tanto dinheiro?

— Estou querendo comprar uma van.

Fazia tempo que ela havia inventado essa desculpa.

— Ah. Mas você vai me dizer se eu precisar chamar outros serviços?

— Não precisa.

— Está precisando de alguma coisa, querida?

— Não, obrigada.

— Tem certeza?

— Tenho. Só acho que... que deviam fechar direito esses poços abandonados.

O dedo da enfermeira paira sobre o tablet.

— Certo. E quanto ao seu nome?

Kaitlyn tem a impressão de que seus ossos estão moles, como se fossem feitos de marzipã. As pálpebras pesam e ela sente dificuldade para pensar. É como se ainda estivesse esperando a água escorrer da terra.

— Você não é daqui, é?

— Estou de férias.

A enfermeira assente e espera com toda a paciência.

O nome está na ponta da língua: Kaitlyn Day. É só falar e ela estará de volta ao apartamento em Boston ainda hoje.

— O... K.

— O que está OK?

— O-apóstrofo-K-E-E-F-F-E. O'Keeffe.

— O'Keeffe. É o seu sobrenome?

— Isso.

— E o nome?

Os olhos de Kaitlyn se voltam para duas muletas encostadas na parede.

22 DIAS E 4 HORAS

SEDE DA FUSÃO, WASHINGTON, D.C.

Os sucessos e as frustrações, as tempestades e as calmarias da primeira semana do teste beta mexeram com os nervos de Cy. Talvez seja apenas o nível de engajamento constante exigido, a emoção de ver todas as tecnologias que criou enfim aplicadas ao mundo real. É como se estivesse envolvido num filme de suspense que já dura sete dias e não dá trégua: uma perseguição de carro seguida por uma fuga astuta seguida por uma cena de romance seguida por uma vista deslumbrante e depois uma nova perseguição de carro, até que, finalmente, até as partes emocionantes se tornam cansativas.

Ele está acostumado com períodos de trabalho intenso, com dias ou semanas quase sem dormir, com telas e energéticos até que o código de repente se transforme em algo tão belo quanto a geometria de uma teia de aranha. Mais recentemente, porém, ele se acostumou a trabalhar pesado para fechar um negócio e depois comemorar o sucesso numa praia particular: drinques sem cafeína com rodelas de fruta; um chef particular preparando refeições sem glúten e sem carne; ioga; e apenas uma ligação ou outra de investidores em êxtase.

Pensa na zero 10, de quem não tem notícias há vários dias... Por mais impressionado que esteja, as coisas estão passando do ponto, não estão? Afinal, ela é só uma bibliotecária.

Pelo menos ele pode compartilhar toda essa experiência com Erika. A Fusão é mais um projeto dela que seu. Depois do que aconteceu com Michael, como poderia ser de outra forma?

Cy conheceu Erika quando Michael, seu colega de quarto no primeiro ano da faculdade, o convidou para passar o dia na casa dos Coogan durante as férias. Ele foi apresentado à família como o novo parceiro de programação de Michael. Cy tinha 18 anos (desajeitado, com o rosto cheio de espinhas), e Erika, 22. Os três, que se tornaram unha e carne depois daquele dia, passaram muito tempo juntos, os rapazes apenas dois jovens inexperientes, ela sua protetora e defensora. Na verdade, Erika tomava as dores do irmão desde que ele tinha 4 anos, quando quebrou o CD player do avô ao tentar desmontá-lo para ver como funcionava. Parecia natural que ela cuidasse daqueles dois nerds quando eles, movidos por um desejo sôfrego de criar mundos a partir de números, se esqueciam de comer ou se envolviam em brigas acaloradas em fóruns on-line obscuros. Mais tarde, quando ficou claro que eles estavam de fato produzindo algo de valor, o papel dela passou a ser o de assegurar que entendessem a fundo as leis de direitos autorais e propriedade intelectual. Juntos, os três estabeleceram os fundamentos da WorldShare. Sem recursos para comprar champanhe, comemoraram com cerveja o lançamento do primeiro site. Garrafas tilintaram. Michael acendeu um baseado. Os três disseram que aquilo era só o começo. Erika chorou de orgulho.

Então, aos 26 anos, Michael foi morto num tiroteio em massa em Flagstaff, Arizona, um evento tão cruel que ficou cravado como uma farpa nas mentes do país durante três semanas por causa das cenas filmadas pelos celulares. Essas filmagens não estão mais disponíveis na internet: Cy se certificou de que fossem tiradas do ar. Ele permanece vigilante até hoje; tem um programa de busca sempre ativo, que localiza e deleta qualquer cópia que seja lançada na rede, para que Erika nunca mais tenha que ver o irmão ser ressuscitado e depois morrer de novo, de novo e de novo... a não ser em seus pesadelos.

Naquele dia em Flagstaff, depois que a *primeira* pessoa foi assassinada, vinte e três minutos se passaram até a morte de Michael. Vinte e três minutos inteiros, tempo mais que suficiente para que o massacre fosse interrompido. O criminoso chegou a documentar o que estava fazendo, matando, postando, matando, postando. A polícia levou trinta minutos para chegar ao local e capturar o atirador. Onze vidas foram perdidas naquela meia hora, tempo em que, se a polícia tivesse melhores recursos de vigilância e antecipação, talvez a vida de Michael pudesse ter sido poupada.

Cy prometeu a Erika que, com a Fusão, seria impossível acontecer esse tipo de coisa. No futuro que construiriam *juntos*, aquele atirador jamais conseguiria uma arma semiautomática tendo um processo pendente por violência doméstica, e mesmo as leis vigentes já seriam suficientes para impedi-lo. Todos os movimentos e compras dele deveriam ter sido monitorados, de forma que a compra ilegal acionasse alarmes imediatamente, assim como as postagens carregadas de ódio que ele fez nos dias que precederam o massacre. Cy tem certeza de que, se a Fusão já existisse, poderia ter salvado a vida de Michael e das outras vítimas. Depois de ouvir esse tipo de argumento, Erika ficou obcecada pela Fusão. Ela ajudou Cy a conceber o projeto, manteve Cy fiel a ele, convenceu-o a considerá-lo uma prioridade. Na verdade, seu entusiasmo pela ideia talvez supere até o de Cy.

— Cy — diz Erika no fone de ouvido do marido. — Temos novidades.

— O que é? — Cy se ajeita na cadeira, acordando de um cochilo. Esfrega os olhos.

— Uma mulher foi resgatada após um acidente durante uma trilha na área da reserva de Moose River Plains, em Nova York. Ela deu o nome de Georgia O'Keeffe. Nós achamos que...

Cy não entende aonde ela quer chegar, o que o deixa irritado.

Uma imagem aparece na mesa de vidro: são as enormes flores vermelhas do cartaz pendurado no apartamento de Kaitlyn Day.

— Uma das gravuras que vimos no apartamento da zero 10 — diz Erika. — O nome da artista é...

— Georgia O'Keeffe. — Bem que o nome parecia familiar. — Ora, veja só. Sua memória é melhor que a minha — diz ele, enquanto a imagem na mesa muda. — E o que é isso?

— Uma cópia do relatório do corpo de bombeiros local a respeito do resgate, seguida pela gravação da live do adolescente falando sobre como ele resgatou uma mulher no fundo do poço de uma velha mina na floresta.

— E vocês acham...

— Observe — diz Erika.

Quando ele olha de novo para a mesa, palavras importantes começam a aparecer, "acampamento", "floresta", "mulher", destacadas e transformadas em palavras-chave: "mulher sozinha", "região isolada". Em seguida, a tela mostra um local situado a cem quilômetros do ponto onde acreditam que a zero 10 saltou do ônibus. Cy está observando, ao vivo, os esforços da Fusão, da ação coordenada de pessoas e máquinas. Nesse momento, eles recebem um link para o circuito fechado das câmeras de segurança do hospital.

— A equipe de captura está a caminho do hospital — diz Erika.

E, com isso, os dois estão dentro do hospital para onde Kaitlyn Day foi levada.

22 DIAS E 3 HORAS

CARTHAGE, NOVA YORK

A enfermeira, que se chama Tabitha, conduz os dois agentes da equipe de captura com um passo apressado. Ela sabia que aquela pobre mulher estava envolvida em alguma coisa. Tabitha, usando tênis novos que rangiam no piso de linóleo, aperta o tablet contra o peito. Uma mulher como aquela devia ter plano de saúde, diz aos agentes. As roupas eram de qualidade e, embora o cabelo estivesse sujo, desgrenhado e cheirando a fumaça, Tabitha sabia reconhecer um corte de cabeleireiro e uma tintura bem-feita. Quando os agentes chegaram, ela estava discutindo com a enfermeira de plantão a possibilidade de que Georgia O'Keeffe estivesse fugindo de um parceiro abusivo. Ela examina de novo o prontuário eletrônico. O Dr. Travers imobilizou o tornozelo (a entorse foi grave) com uma bota ortopédica e recomendou que ela passasse a noite no hospital para monitorar possíveis lesões internas ou uma concussão e assegurar que a paciente estivesse devidamente reidratada. Tabitha também notou que ela havia recusado os analgésicos.

— Espero que ela não tenha feito nada de errado — comenta Tabitha, sem obter nenhuma reação por parte dos agentes.

Ela os conduz até o quarto da paciente.

— Ela foi muito educada, só um pouco reticente.

Tabitha agarra a borda da cortina divisória com uma ponta de nervosismo. Será que Georgia vai gritar, chorar, abraçar os agentes como se fossem seus salvadores? Ela puxa a cortina com um gesto teatral.

A cama está vazia, exceto por uma camisola hospitalar jogada por cima dos lençóis amarrotados. O tubo de soro balança pendurado na bolsa de reidratação. Tabitha arregala os olhos e abre a porta do armário ao lado da cama. As roupas com cheiro de fumaça desapareceram. Um dos agentes se encolhe como se tivesse sido repreendido. O outro começa a dar ordens pelo microfone de pulso. Tabitha ouve palavras como "bloqueio" e "varredura completa".

Ela chama os outros enfermeiros.

— Gente! Alguém viu a minha paciente?

Eles levantam os olhos de celulares e telas e fazem que não com a cabeça.

Tabitha se vira para o agente que está falando no microfone.

— Tenho que chamar a segurança.

O agente olha para Tabitha como se ela fosse uma idiota, então fala para o colega:

— A equipe A vai se espalhar em formação radial a partir do hospital. Despache a equipe B para o local do acidente na floresta e encontre o acampamento.

Ele passa por Tabitha, não de maneira agressiva, mas como se ela simplesmente não existisse, e aponta o celular para um copo de água numa prateleira do armário. O aparelho ilumina o copo de plástico com uma luz verde. O copo brilha de um jeito estranho, o que faz Tabitha piscar. Quando a luz se apaga, o agente analisa a tela por um instante e depois fala no microfone de pulso:

— A impressão digital bate.

21 DIAS E 18 HORAS

VOLTA PLACE NW, GEORGETOWN, WASHINGTON, D.C.

Por sugestão de Erika, Cy concorda em sair da Fusão por algumas horas para "relaxar e recuperar o foco". (Quando ela usa aquele tom que não admite discussão, ele em geral obedece.) Ele está trabalhando demais, afirma Erika, precisa descansar um pouco, não pode manter esse ritmo por trinta dias. Ela lembra que Cy *não é* um dos caçados. São eles (e a Fusão como um todo) que não podem parar. E outra coisa: ela quer que ele saiba que adora vê-lo empolgado. De verdade. Fazia um tempo (na verdade, muito tempo) que ele não demonstrava tanto entusiasmo e foco, e significa muito para ela que esse monumento a Michael tenha sido o responsável.

Comovido, ele só consegue dizer, apertando a mão dela:

— Não há de quê.

Quando volta para casa, ele vai jogar tênis. Sozinho. Enfrentando o *tuf-tuf* da máquina que cospe bolas giratórias, ele devolve todas com força. É assim que todo mundo deveria jogar tênis: sem dar a mínima se a bola vai parar dentro ou fora da quadra, despejando cada watt de energia reprimida naquelas bolinhas amarelas felpudas e as arremessando na rede ou na cerca como se fossem mísseis.

Forehand! Quatro zeros capturados, faltam seis.

Backhand! Zero 10. O que essa mulher tem que me fascina tanto? O fato de ser um tipo absurdamente improvável?

Forehand! Bibliotecária 30, Fusão 0.

Backhand! Duas horas. O tempo que levou para minha equipe de gênios vasculhar as câmeras de segurança à procura de imagens da bibliotecária em Carthage usando o algoritmo de análise da marcha de Kaitlyn em Boston antes que algum espertinho se desse conta de que, talvez, o fato de ela ter torcido o tornozelo e roubado uma muleta pudesse ter reduzido ligeiramente a confiabilidade do método.

Smash! Noventa minutos para a equipe de captura encontrar o acampamento da zero 10 e revistá-lo. E tudo o que encontraram foi uma mochila bem abastecida, algumas revistas, indícios de que havia comido macarrão com queijo instantâneo e provas de que Kaitlyn era bem ruim em montar barracas. Não parece justificar um gasto de dez bilhões de dólares.

Forehand! Três minutos e meio. O tempo que levei para explicar a todas as equipes, em alto e bom som, que elas não deveriam mais subestimar a última candidata civil, Kaitlyn Day, que estava demonstrando resiliência e inventividade excepcionais. Erros eram esperados, mas agora tinham que ser eliminados. Ele exigia um desempenho melhor, mais eficiente, mais rápido. Nenhuma posição, incluindo a dele, era permanente se as expectativas dos investidores não fossem atendidas.

Backhand! Imensuravelmente curto, o período de tempo entre o fim desse discurso e Erika me dizendo, com um beijo resignado na bochecha, que preciso tirar uma folga, ir para casa "relaxar e recuperar o foco".

Já está escurecendo quando Cy baixa a raquete e deixa meia dúzia de bolas passarem sem ser golpeadas. *Tuf. Tuf. Tuf.* Quando ele sai da quadra e as luzes apagam automaticamente, a máquina continua trabalhando sozinha, até as bolas acabarem e ela se aquietar sob a brisa fria da noite.

21 DIAS E 16 HORAS

WRIGHT'S LANDING MARINA, LAKE STREET, OSWEGO, NOVA YORK

Quando a noite chega, um velho está terminando seus rituais no cais. Enrola com cuidado as cordas no convés da chalupa de madeira e tranca a escotilha com um cadeado, descansando a mão por um instante no teto da cabine antes de pegar o galão de combustível e sair para o pontão. Sua chalupa, construída num estaleiro na margem do lago Michigan em 1954, parece uma peça de museu ao lado das lanchas modernas e iates de fibra de vidro atracados por ali, mas ele sabe que qualquer marujo de verdade que passa não deixa de admirar o convés envernizado, as peças de latão, o artesanato perdido de outrora.

Ele se dirige ao galpão, sua base de operações, onde aluga barcos de todo tipo para marinheiros de fim de semana e turistas de Syracuse. O verão está chegando, o que significa dias mais longos e temperaturas mais amenas. Amanhã é quarta-feira e ele deveria passar o dia preparando os barcos para o movimento do fim de semana, mas, se o dia for como o de hoje, com um sol radiante e uma brisa constante, talvez falte com as obrigações de novo e vá pegar mariscos por conta própria, fique à deriva na maré, abra um chablis. Um golpe de sorte como o de hoje deve ser comemorado. Ele ri baixinho.

Está tão absorto nos seus planos que não repara nos dois homens de corta-vento preto e calça de combate até que o abordam. O sol já se pôs, as luzes se acenderam nas varandas da West Third Street, o céu está tingido de rosa, roxo e dourado, e a estrela-d'alva começa a brilhar.

— Sr. Steinsvik? Lasse Steinsvik? — pergunta um deles.

— Talvez.

O homem mostra um distintivo; Lasse vê de relance um emblema do governo federal.

— O senhor é ou não é Lasse Steinsvik?

Lasse pousa o galão de combustível no chão.

— O que posso fazer pelos senhores?

O homem puxa um celular do bolso e exibe a foto de uma mulher. Ela está sorrindo. O fundo da foto é branco.

— Conhece essa mulher?

Lasse coça o lado do nariz. Droga.

— A papelada daquele barco está toda em dia. Podem ver no galpão. A lei diz que precisa ser entregue em até cinco dias úteis. É minha mulher que cuida disso, e ela vai ficar na casa da nossa filha até amanhã à noite. Mais alguma coisa que eu possa fazer pelos senhores?

21 DIAS E 14 HORAS

SEDE DA FUSÃO, WASHINGTON, D.C.

Cy nota os olhares de relance quando entra decidido na sede da Fusão, senta na sua poltrona de capitão Kirk, coloca o fone de ouvido e ativa a tela principal.

— Me atualizem.

— Entramos em contato com esse sujeito há duas horas — responde um dos jovens de calça chino, em tom animado. — Depois, começamos a vigiar o lago Ontário, com a ajuda da seção 9 da Guarda Costeira.

— E como vocês *o* encontraram? — pergunta Cy, olhando para a imagem na tela de um Lasse Steinsvik de cara amarrada. — Que sobrancelhas, hein?

Dessa vez, quem responde é Sonia, a novata espertinha que descobriu que Kaitlyn havia usado um cartão registrado no nome de Cy Baxter no metrô de Boston.

— Na revista *Outside* que a equipe de captura encontrou no acampamento da zero 10 havia uma preponderância de impressões digitais em uma página dos classificados. Depreendemos que o que a fez consultar repetidamente essa página tinha relação com seus planos.

Por isso, enviamos agentes para conversar com todos os anunciantes que apareciam.

Cy faz que sim com a cabeça em sinal de aprovação, embora não goste do uso de palavras como "preponderância" ou "depreendemos". Quem ela pensa que é, Emily Dickinson?

— Bom trabalho. Muito bem.

Então, enquanto pequenos picos de dopamina aconteciam no cérebro dos membros da equipe em resposta ao elogio de Cy, ele pergunta:

— O que mais?

O jovem de calça chino "não tão esperto quanto Sonia" se intromete:

— Localizamos uma embarcação que está navegando para o Canadá sem nenhum tipo de comunicação. Nada de rastreamento, sinais de rádio ou celulares ativos. O barco está sendo seguido pelo nosso drone equipado com sensor térmico. Ele vai cruzar a fronteira e sair da nossa jurisdição daqui a sete minutos, senhor. Devemos entrar em contato com alguém no Canadá?

Não, diz o olhar de Cy.

— Continue na cola dela. Nós dividimos o espaço aéreo com o Canadá. Quanto tempo até o drone fazer contato?

O rapaz gagueja:

— M-mas, Cy... hum... não precisamos de autorização do Canadá para a equipe de captura atravessar a fronteira?

Cy morde a língua e olha para o rapaz com cara de "me ajude a te ajudar".

— Nós pedimos autorização aos paquistaneses para pegar bin Laden?

— Hum...

Cy massageia a ponte do nariz.

— Escuta... Qual é o seu nome?

— Leo.

— Leo, fronteiras são coisa do passado. Países são coisa do passado. Das cem entidades financeiras mais ricas do mundo, quarenta e nove são nações e cinquenta e uma são corporações multinacionais. Atravessar uma fronteira não só está dentro das regras desse teste beta como é um excelente exercício para situações reais. Aonde os zeros vão, nós vamos atrás. Mãos à obra.

Três minutos depois, imagens de visão noturna começam a chegar de um helicóptero que partiu de Buffalo e está cruzando o lago Ontário. Ao mesmo tempo, uma equipe em solo chega à fronteira canadense. Com a zero 10 a três minutos da fronteira, Cy não para de balançar a perna.

— E a equipe em solo?

— Chegando à fronteira agora — informa Sonia, fazendo um percurso tortuoso entre as mesas, com um tablet na mão. — A solicitação para perseguir uma fugitiva já foi enviada ao posto da fronteira.

Cy, cada vez mais tenso, observa o ponto que representa o barco na imagem transmitida pelo drone se aproximar da margem do lago, enquanto o helicóptero encurta a distância entre eles e a equipe de captura entra no Canadá e se dirige para o ponto provável de desembarque.

Os pensamentos de Cy se voltam para Kaitlyn Day. Ele a admira imensamente. Essa mulher caiu num *poço* e continuou competindo! Quase no Canadá, provavelmente já se imaginando vencedora do prêmio, uma mulher rica, ela ainda está por aí. E com todos os transtornos mentais que ela enfrenta? Em teoria, deveria ter sido a primeira a ser capturada. O que serve para provar, mais uma vez, que não se deve julgar um livro pela capa. Ele quase deseja (se isso fosse possível) que ambos, ele e Kaitlyn, saíssem vitoriosos da empreitada.

— A equipe de captura vai levar aproximadamente vinte e cinco minutos para chegar ao ponto provável de desembarque — informa Sonia. — A equipe do helicóptero vai levar doze. Langley está enviando imagens térmicas captadas pelo drone, senhor. Vou colocar na tela.

E lá está ela, ou, pelo menos, sua imagem térmica, uma mancha vermelha que contrasta com a terra fria e a água gelada. Todos na sala observam quando ela chega à margem, amarra o barco num píer e começa a subir uma trilha. Notam que anda com dificuldade por causa do tornozelo torcido. Quase sentem sua dor.

— Visão noturna — ordena Cy. — Para onde ela está indo? Preciso de um mapa de previsão.

Saindo do mundo térmico, a tela é preenchida por imagens do mundo como se visto por um gato; a luz fraca das estrelas é suficiente para iluminar uma pessoa que anda em direção a quatro construções com luzes acesas.

— Deve estar indo para uma dessas casas.

Imagens e informações aparecem nos cantos das telas, a identidade dos donos canadenses das casas, fotos, tudo o que se sabe a respeito deles. O fato de se tratar de outro país não é problema quando a base de dados da Fusão tenta descobrir uma ligação entre algum canadense e Kaitlyn Day.

Entretanto, enquanto os computadores procuram sem sucesso, a pessoa se desvia das casas, atravessa uma ponte sobre uma linha férrea e se dirige para o norte. Ela anda devagar, com evidente esforço. O mapa que aparece nas telas mostra que o helicóptero e a equipe em solo estão se aproximando rapidamente, o que torna as previsões desnecessárias. O drama é intenso, como num documentário da vida selvagem no qual um veado pasta, alheio aos lobos que preparam uma emboscada.

Quando a zero 10 entra numa floresta e a câmera de visão noturna a perde de vista, a imagem térmica volta a ser exibida na tela. A floresta é cortada por várias trilhas de extração de madeira.

— A equipe em solo está se preparando para interceptá-la — anuncia Sonia, justo quando o olhar de Cy capta um borrão.

— O que é aquilo?

— O quê? — pergunta Sonia.

— Alguma coisa na estrada. Olhe ali na estrada, pela visão noturna. Quinhentos metros à frente de onde ela está. — Cy aponta para a tela principal. — Dê zoom e aumente a definição.

A imagem da estrada na tela principal aumenta, fica borrada e depois recupera a nitidez. Tons de verde. Um veículo. Um carro.

— Fabricante e modelo — pede Sonia, toda a alegria desaparecendo da voz. — Pegue um ângulo que dê para ver a placa.

— É um Mini Cooper 2005. Ainda não dá para ver a placa.

A zero 10 manca em direção ao carro, mas dá para ver o esforço que isso exige, a luta lenta e arrastada. Agora é possível ver até o brilho metálico de uma das muletas e uma bota ortopédica gigante no pé direito. Deus do céu! Duzentos metros.

— Entrem no computador do carro! — grita Cy. — Acessem o sistema de bordo. Executem a rotina de desligamento remoto!

— O modelo é antigo demais — informa Sonia. — Não tem sistema de bordo. Nem GPS. Nem LoJack. O carro não tem nenhuma conexão com a internet.

— A equipe de captura deve interceptá-la daqui a sete minutos — diz outro membro da equipe.

Todos observam quando a figura na estrada para, olha para trás, parece ouvir alguma coisa e faz uma tentativa desesperada de apertar o passo. As muletas brilham.

Em outra tela, aparece uma vista parcial da placa do carro.

— Extrapole os dígitos que faltam! — grita Sonia.

No instante seguinte, dígitos começam a passar por todas as combinações possíveis na tela até que uma combinação válida seja encontrada.

— O carro está registrado no nome de Briony Parker, de Boston, Massachusetts — informa Sonia. — Parece que ela mora em Beacon Hill. Possível conexão... Biblioteca Pública de Boston, usuária frequente.

— Usuária frequente — repete Cy. — Que bom para ela. Algum livro atrasado?

— Ela passou quarenta e oito horas no Canadá há três semanas.

Todos os olhos acompanham a zero 10 chegar ao carro, enfiar a mão atrás de uma roda traseira, provavelmente para pegar uma chave escondida, abrir a porta do carro e entrar. As imagens térmicas mostram que o cano de descarga está esquentando.

— Três minutos para a interceptação.

— Não a percam de vista! — Cy agora está gritando como um torcedor numa prorrogação acirrada. — Que tipo de drone Langley colocou no ar?

— Um Predator, senhor.

— Então dispõe de armas?

Quando duas dezenas de cabeças se voltam para ele, alarmadas, ele acrescenta, levantando as mãos:

— Só estou perguntando.

Erika entra no Vazio nessa hora. Ainda bem que não ouviu as palavras de Cy.

— O que mais tem no Predator?

— Um laser.

O Mini sai da estrada e desaparece sob as árvores. A câmera do drone se reorienta a tempo de mostrar o carro derrapar em alta velocidade para outra trilha lateral. Segundos depois, o primeiro veículo da equipe de captura erra a mesma curva.

— Apontem o laser para o carro dela — rosna Cy. — Passem as coordenadas em tempo real para a equipe. E falem para eles aprenderem a dirigir, porra.

Dois minutos se passam, depois três, depois cinco...

A câmera do drone está tendo que ampliar cada vez mais o campo de visão para poder mostrar tanto o Mini quanto os veículos em perseguição, enquanto o carro ruma para leste usando uma trilha que não consta no software de mapeamento, até que ele entra numa estrada de cascalho que vai para o norte. O primeiro SUV da equipe em solo para bruscamente no meio da floresta.

— O que está acontecendo? — vocifera Cy.

— A trilha é estreita demais para o nosso veículo.

— O Predator está seguindo o alvo.

— Cy, a zero 10 está a menos de dois quilômetros, se tanto, da Ontário 401 — informa Sonia. — Parece que ela vai entrar na 401, a Rodovia dos Heróis.

— Essa estrada... é muito movimentada?

— A mais movimentada da América do Norte.

— Nesse caso...

Ela sabe de antemão o que Cy vai dizer.

— Qualquer tipo de intervenção com o drone vai ser impossível assim que o carro dela entrar no tráfego intenso.

Brincadeiras à parte, Cy consegue imaginar, nesse instante, a adrenalina que os pilotos dos drones militares devem sentir quando, numa missão no exterior, são autorizados a lançar um foguete que, como se surgisse do nada, rasga o céu e oblitera, numa nuvem de fumaça na tela, um alvo desavisado, uma ameaça, ceifando talvez muitas vidas. Um poder terrível, quase divino na rapidez de sua justiça.

A expressão consternada de Cy é clara e não precisa ser traduzida para a equipe quando, na tela, o carro de Kaitlyn chega à rodovia e se junta aos outros veículos.

— Senhor? É o Controle de Tráfego Aéreo do Canadá — interrompe Sonia. — Eles querem saber por que invadimos o espaço aéreo controlado.

— Cy? — chama Erika.

Todos os olhares se voltam para ele.

— Continuem a perseguição com o drone — decide ele, por fim.

Mais olhares surpresos.

— O vice-diretor Walker também está na linha — avisa Sonia. — Senhor, é urgente.

— Diga que depois eu retorno.

21 DIAS E 13 HORAS

RODOVIA 401, ONTÁRIO, CANADÁ

A porcaria do coração segue disparado. Desde que ouviu vários carros se aproximando, seu cérebro vem sendo martelado pela ideia de que fracassou, de que não tem nem forças nem estratégia para continuar. A bota ortopédica envolvendo o tornozelo manteve a dor num latejar constante até chegar ao carro, mas, depois da corrida patética para alcançá-lo, a agonia é tanta que ela teme perder os sentidos.

Ela conversa consigo mesma, num esforço para se distrair da dor: Kaitlyn, você tem amigos fora de série. Briony, da biblioteca, concordou em emprestar o Mini Cooper por um mês. E, quando você perguntou se ela poderia levar o carro para outro país e deixá-lo em coordenadas exatas no meio do nada, com a chave escondida na roda traseira do lado do motorista, ela outra vez disse que sim. Aproveitaria para fazer um passeio de fim de semana, dirigindo em comboio com o marido, deixando o carro e indo conhecer a região dos lagos Kawartha no conversível dele. É verdade que Kaitlyn também tinha entregado a Briony um envelope recheado de notas de cem dólares estalando de novas. O total era mais do que o carro valia, além de cobrir a hospedagem e as duas garrafas de vinho branco especial que Briony e o marido desfrutaram durante o jantar no Riverside Inn. Ainda assim, Kaitlyn pode mesmo dizer que seus amigos são fora de série.

Depois de entrar na rodovia, ela relaxa um pouco e deixa a memória muscular tomar conta da direção, liberando a mente para analisar por que foi tão difícil escapar dos perseguidores. Só pode concluir que as tecnologias usadas pela Fusão agora são assustadoras de tão rápidas e abrangentes. Hoje em dia é muito fácil obter informações pessoais; o Facebook, a WorldShare e o Google estão aí para isso. Mas reconhecimento facial no hospital? Será que a enfermeira tirou uma foto dela para anexar ao prontuário eletrônico? Não que se recorde disso. E o barco? Não havia nada no apartamento de Kaitlyn que indicasse que se sentia à vontade na água. Ela chega à conclusão de que deve ter sido o anúncio da revista. Não deveria tê-la deixado para trás. O plano original era queimá-la. Esse descuido pode acabar sendo fatal.

Está cansada, sem foco e sentindo muita dor. Nesse estado, é muito fácil cometer um erro. E, à medida que fica mais fraca, seu rival permanece forte e, talvez, depois de reunir novas informações, fique mais forte ainda. A balança parece estar pendendo a favor deles. A verdade, porém, é que por três vezes, contando a escapada de Boston, ela conseguiu enganá-los, e isso deve ter feito com que eles repensassem as estratégias. A solução é óbvia: para compensar o estado físico precário, ela precisa reforçar a determinação. Quanto mais assustador e difícil vai ficando o problema, mais ela tem que acreditar que está fazendo a coisa certa. Só assim terá uma chance de vencer.

Sua atenção é despertada pelo som das hélices de um helicóptero. Não demora para concluir que está sendo seguida. Aperta com mais força o volante. O som das hélices fica mais alto. Muito mais alto. Então o holofote a atinge. Ela dá uma guinada na pista, momentaneamente cega pela luz forte, mas logo recupera o controle. Não dá para ser mais rápido que um helicóptero num Mini Cooper. Felizmente, Kaitlyn tem um plano. De acordo com uma placa pela qual acabou de passar, faltam menos de quinze quilômetros para o aeroporto. Ela pisa fundo no acelerador e o carro dá um salto para a frente, como um cachorrinho solto da coleira. Tá bom, garoto. Vamos ver o que podemos fazer.

A pouco menos de um quilômetro do entroncamento de Pelmo Park, quando está passando embaixo de um viaduto, Kaitlyn pisa no freio, dá uma guinada, atravessa três pistas e passa para o acostamento, grudando na lateral de um ônibus na pista da direita. Quando o ônibus, o Mini e os carros das outras duas pistas emergem do outro lado do viaduto engarrafado, ela se mantém rente ao ônibus, usando-o para se esconder da visão aérea. Vê o helicóptero vários metros à frente, usando o holofote para tentar localizar o Mini. O acostamento é estreito. Serve para um Mini, mas não para carros maiores. Ela acelera e pega a primeira saída. Afastando-se da rodovia, ainda consegue ouvir o helicóptero, mas não mais vê-lo.

SEDE DA FUSÃO, WASHINGTON, D.C.

Cy e a equipe acompanharam na tela, com aflição crescente, a zero 10 fazer a tripulação do helicóptero de Detroit parecer ridícula. O drone, porém, não tem problema nenhum em localizar e seguir o Mini. Ele informa a localização atualizada do carro para o piloto do helicóptero que, minutos depois, corrige o foco do holofote. Parece que está se dirigindo para o local que os programas de previsão da Fusão consideraram mais provável: o aeroporto.

Todos estão tão atentos às imagens na tela que poucos se dão conta da chegada discreta de Justin Amari, assistente especial do vice-diretor Walker, à sala de operações. Ele masca um chiclete, encostado no batente da porta, de braços cruzados.

— Mas por que ela está indo para o aeroporto? — pergunta Erika a qualquer um que possa oferecer uma resposta, enquanto encara o mar de luzes, alarmes e imagens. — Será que ela acha que vamos deixar que *embarque num avião?*

A resposta não demora. O piloto do helicóptero recebe ordens dos superiores para abortar a perseguição ao chegar ao perímetro da zona de exclusão aérea do aeroporto, cuja violação colocaria em risco os voos comerciais. A mesma regra se aplica ao drone da Fusão.

— Ah, ela é muito esperta — comenta Erika. — Não podemos segui-la nas proximidades de um aeroporto comercial.

— Continuem a seguir o carro com o drone — ordena Cy, os olhos brilhando de empolgação com as imagens do drone, totalmente imerso na perseguição. — Não o percam de vista.

— Cy! — protesta Erika. — Não podemos fazer isso.

Ela sempre apreciou o entusiasmo de Cy, mas nesse caso ele estava indo longe demais.

— Não tem problema. Só o drone.

— Cy! Isso não é possível! Com todos esses aviões decolando e pousando...

A voz dele sobe de tom.

— Eu estou mandando. *Eu* estou mandando. Continuem a segui-la com o drone.

Erika arranca o fone de ouvido e marcha até Cy para falar com ele em particular. Em tom baixo, mas com intensidade crescente, diz a ele:

— A gente *não pode* fazer isso.

Antes que Cy responda, as imagens transmitidas pelo drone começam a tremer e falhar. Segundos depois, o localizador do drone deixa de indicar sua posição. A aeronave desapareceu.

— Perdemos o drone — anuncia alguém.

— O que aconteceu? — pergunta Cy, frustrado.

— O controle de tráfego aéreo canadense deve ter usado alguma tecnologia antidrone para derrubá-lo, interferindo no sistema de comunicações e desligando o motor — sugere Sonia.

Quando Cy tira os olhos da tela e confere o entorno, percebe que todos ali no Vazio estão encarando-o, tentando interpretar seus movimentos, esperando que ele fale alguma coisa.

— Tá bom. Diga para... manterem posição. Diga para manterem.

Só então ele nota, com certa apreensão, a presença de Justin Amari, mascando chiclete. Os dois trocam olhares, mas nada de sorrisos. Nenhum gesto amigável.

Com os olhos ainda fixos em Justin, ele dá uma ordem.

— Respeitem as regras de segurança do aeroporto, mas enviem as equipes de captura em solo para fazer uma revista. Também quero que verifiquem a identidade de *todos* os passageiros de *todos* os voos.

Quando está saindo do centro de controle, Cy passa por Erika. Ela também notou a presença de Justin.

— Merda — murmura ele, depois de passar por Erika e desligar o microfone.

Em seguida, torna a ligá-lo, para declarar, enquanto sobe a escada que leva à sua sala.

— Vocês *não vão deixar* a zero 10 sair desse aeroporto.

Depois que ele vai embora, Erika cumprimenta Justin com um aceno de cabeça. Após um retardo deliberado, ele responde com um tipo de cumprimento que deixa claro que haverá uma discussão séria, o mais cedo possível, a respeito do que acabou de acontecer.

21 DIAS E 4 HORAS

SEDE DA FUSÃO, WASHINGTON, D.C.

Erika tem enfrentado dias exaustivamente longos desde que começou a trabalhar com Cy. Ela o viu sair da linha em inúmeras ocasiões, mas só quando está sob uma enorme pressão, provocada pelo medo recorrente de decepcionar os dois, pondo por terra tudo pelo que se esforçaram tanto. Quando ele está nesse estado, começa a imaginar cenários apocalípticos, torna-se irracional, grosseiro ou impulsivo, e é nessas ocasiões que Erika assume seu papel mais importante no negócio: recalibrar o parceiro. Ela não o julga nesses momentos, mesmo quando Cy se descontrola e deixa escapar algo repreensível. Algumas concessões têm que ser feitas para pessoas especiais. Não se pode esperar que um gênio desse nível se comporte como uma pessoa comum o tempo todo.

Mesmo assim, a ordem para pilotar um drone no espaço aéreo de um aeroporto comercial movimentado — num país estrangeiro — era algo novo, fora de propósito, mesmo para alguém como Cy, sempre tão insaciável e obstinado a vencer. Ela se encarregou, como sempre, de consertar os estragos e limpar a bagunça: acalmou os representantes da Transport Canada Civil Aviation, que estavam bastante aborrecidos com a história do drone, e tranquilizou Burt Walker (era melhor falar diretamente com ele do que deixar Justin Amari contar sua versão dos fatos), disse algumas meias verdades, maquiou certos detalhes (como havia feito no caso do CD player), mas o maior desafio agora era entender o que estava acontecendo com o parceiro, seu mais antigo e único amigo de verdade, para assegurar que episódios como aquele não se repetissem.

Erika consulta o tablet no saguão aberto enquanto saboreia o café da manhã. O relatório diz que Cy ainda está na mansão alugada, provavelmente dormindo. Ela se permite sentar por um minuto num banco e apreciar a tela de LED que vai do chão ao teto e mostra uma bétula prateada digital crescendo em ritmo acelerado, com invernos de noventa segundos, primaveras de mesma duração, a vida das folhas, das borboletas e dos pássaros muito abreviadas, mas, ainda assim, fascinantes. Em seguida, observa as pessoas comprando sucos e cafés para começar um longo dia de trabalho. Jovens brilhantes. Erika ajudou Cy a ganhar muitos, muitos milhões de dólares identificando e cultivando novos talentos. Ela vê um deles, uma garota, magra demais, o cabelo pintado de azul, que para ao notar que está sendo observada.

— Como vai? — pergunta Erika.

A garota se aproxima, cautelosa. Moletom com capuz. Jeans. Tênis Allbirds.

— Vou bem, obrigada. — Ela passa a mão pelo cabelo. — Eu acho...

— Sim?

— Acho que descobri um método mais eficiente de rastrear as pessoas que usam celulares descartáveis.

Ela parece ter mais a dizer, mas se limita a baixar os olhos.

Erika faz um gesto encorajador com a cabeça.

— Isso é ótimo. Bom trabalho.

— Pode ser, mas será que isso... é certo? Quer dizer, rastrear as pessoas sem que elas tenham dado consentimento?

Erika leva algum tempo para responder, como se estivesse pensando, mas não é necessário. Já teve que responder a perguntas parecidas um zilhão de vezes. Olha para as folhas do digitalmente acelerado galho de bétula (velocidade: um dia por segundo) e depois para o teto de vidro do saguão, iluminado pela luz vermelha do amanhecer. É melhor ir devagar.

— Se outros usuários da rede já deram consentimento, os mesmos termos e condições se aplicam, de modo que a resposta é sim, estamos agindo dentro da lei. Mas... Qual é o seu nome?

— Josie.

Erika tem a impressão de que pode ver aquela garota crescendo tão depressa quanto a bétula prateada digital, com a cabeça recebendo o dobro das informações que uma pessoa tão jovem é capaz de processar, sofrendo com os antigos dilemas de certo e errado, o bem maior, a liberdade individual *versus* a segurança do coletivo, num mundo extremamente acelerado. Que diabo, há três mil anos, obrigaram Sócrates a beber cicuta porque ele insistia em fazer esse tipo de pergunta.

— "Não há nada bom ou mau, mas o pensamento o faz assim" — cita Erika.

A garota transfere o peso de um pé para o outro, totalmente confusa.

— Desculpa, não entendi o que a senhora quis dizer.

— Peço perdão, Josie. Venha, sente-se aqui comigo.

A garota obedece.

— Você sabe que tenho um interesse pessoal nessa questão, certo? — pergunta Erika.

Plim. Uma mensagem de Cy chega no iPad. São apenas três palavras: "Desculpa por hoje." Erika coloca o tablet de lado.

— Sei. Eu sinto muito pelo que aconteceu com o seu irmão — diz Josie. — Eu não... não consigo nem imaginar.

— Obrigada. Foi quando decidimos tentar usar a tecnologia para evitar que coisas assim voltassem a acontecer. Se conseguirmos tornar a Fusão tão poderosa quanto acreditamos que ela pode ser, como ela *precisa* ser, se Cy conseguir transformar em realidade o que ele tem em mente, o próximo assassino em massa não vai chegar nem a sair de casa.

Erika, pela milionésima vez, revisita a fantasia de sua imaginação de que Michael ainda está vivo, já pai a essa altura. Ela passa fins de semana mimando os sobrinhos e as sobrinhas. Quase consegue ver os rostos, vislumbres de um multiverso tão distante e ao mesmo tempo tão imaginável, uma quase vida.

— Eu também perdi uma pessoa — afirma Josie.

— É mesmo?

— Um primo. Num tiroteio em massa na escola.

— Virou algo tão americano quanto o Halloween.

— Foi por isso que vim trabalhar aqui.

— Fez muito bem. — Está na hora de liberar Josie. — Estamos falando de uma questão complicada, mas nossa preocupação com a privacidade é sincera. Se você vir alguma coisa que não lhe agrade, traga a questão à baila. Sempre. Precisamos de vozes discordantes aqui também. Por que não vai falar com Aiden? Ele é o chefe do comitê de ética. Diga que fui eu que mandei. Nunca tenha medo de se manifestar. Essa é a nossa filosofia.

Josie se levanta, agradecida.

— Muito obrigada, Erika.

Ela se dirige ao cubículo que ocupa no grande prédio com um novo ânimo refletido na postura.

Esse trabalho todo vale a pena, pensa Erika, mesmo com todos os erros que a Fusão vai cometer. Tudo vale a pena, considerando o objetivo final em potencial.

Depois que Josie vai embora, Erika consulta o relógio. São oito e vinte e cinco da manhã. Meu Deus! De repente, sente vontade de voltar para casa, de estar com Cy enquanto ele acorda. Talvez até de fazer as pazes com ele. Mas, em vez disso, ela entra no prédio, no Vazio tão atarefado com espionagem e, depois de dar uma olhada no grande relógio e nos retratos dos zeros que faltam, vai para sua sala.

20 DIAS E 22 HORAS

DALLAS, TEXAS

Para James Kenner, 26 anos, o zero 2, o prêmio de três milhões de dólares é irrelevante. Troco de pinga. Ele já vale muito mais que isso. Não, o que convenceu esse especialista em proteção de privacidade a dizer "sim" quando o convidaram para participar do teste foi a oportunidade de vencer os melhores e, assim, provar para si mesmo e para seus investidores a eficácia da sua nova tecnologia de mascaramento, que permite criar avatares (ou máscaras) para operar on-line sem jamais revelar a identidade: um fantasma na máquina. Escondido atrás do seu avatar, com um cartão de crédito mascarado, um celular mascarado e um endereço de e-mail mascarado, pode-se navegar no que costumavam chamar de rede mundial de computadores, certo de que permanecerá anônimo para todos que busquem informações suas, alternando a balança de poder.

Em resumo: se Cy Baxter e sua turma esperam ganhar dinheiro coletando dados pessoais, ele pretende fazer uma fortuna ainda maior protegendo esses dados.

Apresentando o MaskIt.

Em desenvolvimento há oito anos, usando criptografia AES-256 com sal em nível de linha para os dados mais críticos, minimização de informações e hospedagem à prova do hospedeiro (de modo que nem os engenheiros do MaskIt podem descobrir suas senhas ou identidade), essa resposta à invasão sem-vergonha da privacidade das pessoas por parte de WorldShare, Google, Facebook, X e congêneres está pronta para ser testada. E que teste (e propaganda) melhor do que participar de um teste beta da tecnologia mais avançada do governo e levar a melhor?

Cy Baxter, você vai se ferrar.

Tá, ele sabe que a Fusão e tudo o que lhe diz respeito, incluindo o teste beta, deve ser mantido em sigilo até que o teste termine, e sua participação será para sempre um segredo protegido por um acordo de confidencialidade. Mas ele não pretende cumprir o acordo. Que me processem; isso só vai despertar mais atenção para o MaskIt. Quando ganhar aquela competiçãozinha, quando os trinta dias terminarem, ele vai sair do esconderijo e contar tudo para Wall Street e para investidores de capital de risco.

Até agora, tudo está indo bem.

O dia 1 do sumiço foi emocionante. Quando recebeu a ordem de desaparecer, usou a janela de duas horas para se instalar no seu pequeno sepulcro, uma unidade de depósito industrial alugada com um cartão de crédito MaskIt em nome de um dos seus avatares MaskIt. O depósito contém tudo de que poderia precisar. Um banheiro simples, com pia e vaso sanitário. Uma cama. Uma geladeira bem abastecida, incluindo enlatados para o caso de queda de energia. Mas ele pode também encomendar o que quiser no Grubhub e clicar em "Deixar na porta", como qualquer outra pessoa. Entretenimento? Uma assinatura de TV no nome de Tomás Turbando (não pôde resistir à infantilidade). À noite, costuma ouvir suas músicas preferidas ou assistir a um filme no computador enquanto abre uma garrafa de champanhe para comemorar a futura vitória. Não precisa ser frugal, não com o MaskIt. A ideia é provar que é possível levar uma vida on-line inteiramente normal e permanecer irrastreável.

Para se manter em forma, James comprou uma bicicleta ergométrica Peloton (em nome de Paula Tejando). Ele quer estar com a melhor aparência possível no fim do teste, pronto para se tornar uma figura lendária na história dos Estados Unidos, o herói moderno que fez as Big Techs recuarem, lucrando no nível delas no processo.

Ele sabe que a Fusão o considera uma ameaça e tem grande interesse em decifrar seu sistema de criptografia, mas o que há de revolucionário no MaskIt é que o programa cria aleatoriamente um novo código para cada uso. É uma máquina Enigma dos tempos modernos, que gera novas permutações do código em ciclos, de modo que seriam necessários mais de 20^{600} decifradores para sequer localizar um único usuário.

Assim, a cada dia, a cada hora que passa, ele se sente mais confiante. Seguro no seu esconderijo, só lhe resta esperar. A vitória é certa.

20 DIAS E 6 HORAS

SEDE DA FUSÃO, WASHINGTON, D.C.

Quando ele entra, é cumprimentado por todos que estão no Vazio.

Cy olha para a tela grande. Menos de dez dias se passaram, e cinco dos zeros já foram capturados, incluindo uma especialista, a garota de Hong Kong. Só faltam James Kenner, Brad Williams, Jenn May e Don White, todos profissionais de segurança, mas ele já previa que seriam os últimos a serem capturados — além, naturalmente, da única zebra: a bibliotecária Kaitlyn Day. Agora ele tem certeza de que pode se comportar por mais algumas semanas, manter o controle, ser o bom menino que Erika insiste que seja, para garantir o financiamento do governo. Depois que o teste terminar, e só então, poderá relaxar e voltar para a Califórnia e para sua vida real.

Andando pelo Vazio, ele sorri para os funcionários, dá tapinhas nas costas de alguns, troca um aperto de mão com o rapaz de calça chino.

— Bom trabalho — diz ele, antes de subir a escada de vidro que leva à sua sala. Ali, olhando de cima para todos aqueles jovens talentos, tanto estudo e esforço representados, ele se maravilha ao ver que estão dispostos a dar o máximo para provar seu valor para ele, para Cy Baxter, o mesmo cara que sempre era o último a ser escolhido nas brincadeiras de criança. Graças a muito esforço, conseguiu subir na vida, e, se agora dá ordens aos outros, faz isso em prol da coletividade, não por orgulho pessoal ou para compensar as humilhações que sofreu na infância. Não tem contas a acertar com o passado, apenas com o futuro. Só restam cinco pessoas para que seus planos se concretizem, com nomes tão banais quanto

James,
Brad,
Jenn,
Don,
Kaitlyn.

19 DIAS E 23 HORAS

RENFREW, ONTÁRIO, CANADÁ

Ela se apresenta à dona da pousada como Jemima Reynolds. Escondida na parte de trás da doleira, tem uma carteira de motorista com esse nome, que pegou nos achados e perdidos da biblioteca.

A dona da pousada, uma mulher simpática na casa dos 60 (sotaque europeu, blusa solta estampada com pássaros exóticos), examina a carteira com óculos de leitura e escreve os detalhes num caderno de capa de couro.

A pousada se orgulha de ser tradicional, com uma placa de madeira VAGAS/NÃO HÁ VAGAS pendurada abaixo de uma placa maior, que dizia THE BOWER. Mas o que chamou mesmo a atenção de Kaitlyn quando pesquisou o lugar na internet, antes do início do Protocolo Zero, foi um aviso na porta que dizia: DESCULPE, NÃO TEMOS WI-FI, ENTÃO NEM PEÇA. Tinha viajado até Renfrew num Golf com três lindos rapazes do tipo "vinte e poucos anos que vão fazer rafting ao amanhecer", que, sendo canadenses, lhe ofereceram uma carona no estacionamento do aeroporto, onde, fora do alcance das câmeras e impossível de ser seguida pelo helicóptero por se tratar de um espaço aéreo restrito, ela abandonou o Mini e entrou no Golf.

Quando o comércio abriu nessa cidade, comprou com dinheiro em espécie outra mochila, roupas, outra garrafa de água e uma bússola, além de uma pulseira de sobrevivência (nunca mais ficaria sem uma, *nunca*) e foi ver se havia um quarto disponível na pousada sem Wi-Fi.

Depois de uma conversa mole com a dona — ela adora trilhas, o marido não liga muito —, Kaitlyn fica escondida no quarto até a hora do jantar: um cozido acompanhado de salada e pão caseiro. Ela come sozinha num jardinzinho de inverno e depois se encaminha para o quarto.

— Você tem tudo de que precisa? — pergunta a dona da pousada quando ela passa pela sala de estar. — Deixei chá e café no seu quarto, além de uns biscoitos fresquinhos que assei hoje de tarde.

A ideia de comer biscoitos caseiros deixa Kaitlyn meio emotiva e enjoada ao mesmo tempo.

— Obrigada.

— E você vai embora amanhã de manhã?

— Ainda não decidi. Aqui é tão bonito.

A mulher olha para ela com um misto de timidez e orgulho.

— Posso dar certeza amanhã?

— É claro, sem problemas.

Kaitlyn sobe a escada, exausta, pensando em se arriscar a ficar ali. A pousada é discreta. Desconectada. Se ficar na dela, comer sozinha, ler todos os livros que estão nas prateleiras da pousada, como poderiam encontrá-la? Até a Fusão precisa de pistas.

A questão é que esse não é o seu plano. Se ela só quisesse ganhar os três milhões de dólares, poderia até fazer isso.

O quarto de Kaitlyn é minúsculo e decorado com meia dúzia de estampas florais de chita, que lembram a casa da avó, se bem que nem mesmo a avó tinha tanta imagem de Jesus. Ela deita na cama, come um biscoito, pega a caderneta, abre a aba de trás e puxa a foto de Warren. Pode se dar a esse luxo. É a recompensa pela fuga do aeroporto. Quer contar tudo para ele. Talvez tenha sido ele a primeira pessoa que conversou com ela a respeito de espaços aéreos restritos.

Ele sabia tudo sobre o assunto, claro. Medidas de segurança eram sua especialidade. Muito mais a praia dele que a dela. Mas ele não poderia ter previsto que aquele factoide salvaria a vida dela ou, de forma menos dramática, salvaria seu plano (e o destino dele, se pensar bem), permitindo que abandonasse o Mini no estacionamento subterrâneo, sem ser vista, e conseguisse pegar uma carona para fora do aeroporto por cortesia de três jovens decentes.

— Oi, querido — diz para a foto, ao mesmo tempo sonolenta, sofrendo uma descarga de açúcar, com medo, mas também muito, muito confortável. Warren sorri também. Está usando roupas alegres de verão. É um homem bonito. Não tem o queixo quadrado dos heróis norte-americanos, mas os supera de longe. É esbelto, mas firme. Cabelos pretos e volumosos e o suficiente da mãe argelina para que a TSA sempre o faça passar por uma revista. Ele é como parece. Extremamente inteligente, diabolicamente engraçado, carinhoso. E todo dela.

Agora, na sua imaginação, estão deitados no píer do lago, à luz das estrelas, no segundo aniversário de casamento. Uma semana antes de ele partir. Naquele píer, em frente ao chalé, com um champanhe no gelo e duas taças de plástico, ainda eram felizes. Quase...

— Só estou com um mau pressentimento, só isso — disse ela, olhando para a Ursa Maior.

— Você teve um mau pressentimento na minha última viagem — retrucou ele, com um sotaque que é uma mistura de Upper East Side e francês. Herança da mãe, um ocasional "r" brando, uma inversão na ordem das palavras.

— E eu tinha razão, não tinha?

Ela estava certa. A última missão de Warren tinha sido rastrear as transações entre os países do golfo e a Síria. Foi num posto de controle que a coisa ficou feia. Ele estava na fronteira síria, segurando um passaporte marroquino. Era o segundo da fila, atrás de uma velha picape cujo motorista discutia com os guardas da fronteira — provavelmente quanto ao valor do suborno — quando um rapaz fardado, com um AK-47, apareceu e deu um tiro na cabeça do motorista. Foi a brutalidade casual que o chocou, contou para ela mais tarde. Tédio, susto, *bangue*. Acabou. O que estou fazendo aqui?, pensou Warren.

E, mesmo assim, ele continuava voltando para lá. Warren sempre se colocava em perigo. Isso fazia bem a ele. Dizia que pagavam bem e, mesmo que ganhasse mal, era um patriota. Queria acreditar que o governo precisava da sua ajuda e era digno dela. Ela entendia. Acreditava nele, mas odiava que ele precisasse ser tão misterioso, não se cansava de repetir que jamais se acostumaria com aquilo, insistia que ele precisava tomar todas as precauções e pensar seriamente em mudar de profissão.

Ele também estava observando as estrelas, sem olhar para ela, mas Kaitlyn sentiu os dedos dele se entrelaçarem nos seus. Warren sempre fez questão de complicar a própria vida. Depois de fazer o mestrado, deu aula por dois anos em escolas em áreas carentes. Aprendeu persa. Conseguiu o doutorado e a estabilidade acadêmica, depois ofereceu seus serviços ao governo dos Estados Unidos em vez de trabalhar para a iniciativa privada... Casou-se com ela.

— Para de ficar pensando nos piores desdobramentos — disse ele.

Ela se limitou a suspirar.

Agora ela ouve a própria voz. Preciso pensar nos piores desdobramentos, só isso vai nos ajudar.

Ele tinha resolvido mudar de assunto. Virou-se de lado e olhou para ela.

— Não quero falar sobre isso no nosso aniversário de casamento. Quero falar sobre o quanto você está linda hoje. Parece um gaio-azul ao luar.

— E por que exatamente você quer falar sobre isso?

Ela ainda consegue ouvir o tom cobiçoso na voz do marido.

— Por que quero pensar no *melhor* desdobramento.

— Pois inclua isso nos seus desdobramentos — disse ela, levantando-se com um impulso. — Vai ficar chupando dedo se eu chegar primeiro na praia.

Então, num piscar de olhos, ela mergulhou no lago e foi envolvida pelas águas escuras. Quando voltou à superfície e avançou com braçadas rápidas em direção à margem, o champanhe correndo no sangue, Warren, que nadava melhor, emparelhou com ela. Os dois chegaram a terra firme, se jogaram sobre a toalha de lã e rolaram juntos, ele por cima, ela por cima, ele por cima.

Mas, quando Kaitlyn acorda no meio da noite, o sonho é uma lembrança distante e nebulosa, e Warren não está ali, está perdido de novo, quase irreal agora, não passa de uma vaga lembrança que às vezes parece fruto da sua imaginação. Quanto a ela, sabe que vive no mundo dos piores desdobramentos. Nada de estrelas, sexo ou champanhe.

Ela se levanta ao amanhecer, guarda a caderneta de volta no bolso da calça, faz o check-out da pequena pousada e segue a trilha a pé.

17 DIAS E 20 HORAS

SEDE DA FUSÃO, WASHINGTON, D.C.

Burt Walker e Sandra Cliffe são acompanhados pelo sempre vigilante Justin Amari numa visita surpresa.

É a primeira vez que Erika vê o trio desde o incidente do Canadá, e ela se preparou mentalmente para enfrentar a resistência do governo e pedidos por mais supervisão sobre Cy. Felizmente, como Walker comenta com ela em particular, tanto a CIA quanto Ottawa estão dispostos a fazer vista grossa para o episódio, já que ambos os lados compreendem a importância de manter o projeto fora do noticiário.

— Cy vai se juntar a nós? — pergunta Walker, com um leve tom de desagrado.

— Acabei de enviar uma mensagem. Ele tinha outra reunião. — Erika mostra o telefone. — Está a caminho.

Felizmente, logo a conversa se torna um festival de bravatas a respeito do modo como a Fusão capturou vários zeros.

Após o almoço, o grupo se dirige à sala de conferências para uma prévia dos brinquedos que serão usados para capturar os últimos cinco. A mesa de vidro fosco mostra retratos dos cinco zeros capturados e dos cinco que ainda estão à solta.

— Como sabemos, as pessoas não deixam de ser elas mesmas quando estão fugindo. Pelo contrário: quanto maior a pressão, maior a probabilidade de agirem por instinto.

Dito isso, Erika passa a palavra para Lakshmi Patel, uma mulher pequena com a energia de quem faz ioga, cabelo preto bem preso para trás e enormes e atentos olhos castanhos.

Ela apresenta aos representantes da CIA dois programas especiais que estão sendo testados: Clarividente e Anjo Chorão. De acordo com Lakshmi, ambos são supermaneiros e de fato vão fazer a diferença na captura dos quatro zeros que são adeptos das novas tecnologias. De propósito, ela evita falar da bibliotecária.

— Duas horas depois do início do teste beta do Protocolo Zero — informa ela —, acessamos remotamente programas espiões em todos os aparelhos eletrônicos de cada participante.

— Então vocês estão usando recursos que seriam considerados ilegais numa situação real? — intervém Justin Amari. — Instalar programas espiões sem o conhecimento do usuário é uma violação das leis de proteção de dados pessoais.

Esse cara de novo, pensa Erika.

— Não exatamente, mas bom ponto. Para *não violar* as leis de proteção dos dados, tudo o que fizemos foi, em vez de instalar novos programas, acessar programas espiões que essas pessoas já haviam instalado inadvertidamente em seus computadores e celulares. Todos nós temos programas espiões nos nossos aparelhos, da mesma forma que nossos intestinos estão cheios de bactérias, mas três zeros, Brad Williams, Jenn May e Don White, usaram a janela de duas horas entre o início do teste e o começo da busca para instalar um bloqueio geográfico em seus dispositivos, o que nos impede de acessá-los. Isso significa que pretendiam levá-los com eles, apesar dos riscos envolvidos, o que é uma indicação de que consideravam os aparelhos necessários para seus planos.

— Como esses dispositivos podem ser necessários se não podem usá-los?

— Ótima pergunta. Todos eles sabem que qualquer deslize numa área com alta cobertura 5G pode denunciá-los, mesmo com os aparelhos desligados. Nossa previsão é de que eles se deslocaram para... mostre o mapa, por favor... áreas com baixa cobertura 5G, mostradas em cinza.

Os retratos dos zeros são substituídos na mesa da sala de conferências por um mapa dos Estados Unidos com várias partes destacadas. Os visitantes não conseguem esconder sua admiração. Até Justin está impressionado com a rápida transformação.

— É o que os nossos modelos de previsão nos informam. Isso significa que o bloqueio geográfico não se estende a algumas das áreas em cinza. — Lakshmi parece satisfeita com o interesse que está despertando. — Elas têm algumas coisas em comum. São quase todas rurais, de florestas ou montanhas. Em raros casos, ficam em bairros urbanos pobres. Graças ao 5G, o rastreamento em áreas urbanas se tornou brincadeira de criança, mas o sinal tem seus problemas. Ele não gosta de paredes, nem de árvores, nem de chuva. Nas cidades, o problema foi resolvido criando uma densa rede de antenas retransmissoras e amplificadores de sinal. Ótimo. Em todo lugar onde se gasta dinheiro, o sinal é forte. Fora das cidades, porém, existem muitos pontos cegos e os dados precisam passar por tubulações antigas. Eles ainda chegam, mas em gotas, e não como em uma enchente.

Burt Walker parece confuso.

— Tenho uma dúvida técnica. Se vocês não podem acessar os dispositivos deles, e se eles forem espertos e decidirem se esconder numa dessas zonas cinzentas, como vão localizá-los?

— É aí que os nossos programas Clarividente e Anjo Chorão entram em cena. — Lakshmi passa a palavra à chefe. — Erika, você pode...

— Claro. Com prazer. — Chegou a hora de Erika revelar algo que nem seus parceiros da CIA sabem que existe. — Temos dois programas adicionais incríveis que desenvolvemos de forma independente e decidimos disponibilizar para a Fusão, então estou bem animada para contar para vocês. O primeiro é o Clarividente. Ele envolve, basicamente, o processamento de enormes quantidades de dados pessoais para construir um perfil psicológico dos indivíduos. Extraímos o perfil psicológico de uma pessoa por meio de uma análise completa dos seus antecedentes on e off-line, histórico escolar, estratégias de comunicação preferidas e palavras escritas e faladas. Isso nos permite gerar cenários preditivos com estimativas de probabilidade muito precisas usando, como base epistemológica, uma rotina heurística de alta precisão.

— Com que taxa de sucesso? — pergunta Sandra Cliffe.

— Sabemos, por exemplo, que todo residente dos Estados Unidos com 35 anos ou menos tem uma dependência psicológica de acesso a telas. Apesar disso, no caso do zero 7, Brad Williams, que tem 35 anos e é especialista em segurança, o Clarividente indicou uma alta probabilidade de que ele evite usar qualquer dispositivo com recursos de Wi-Fi. Entretanto, o programa também previu, com base em seus hábitos e outras fontes, que ele vai combater o tédio nesse período de inatividade assistindo a programas de TV aberta. O garoto precisa disso. Além disso, de acordo com o perfil psicológico dele, acreditamos que está compartilhando o esconderijo com uma companheira. O garoto também precisa de uma garota.

— Mas um homem com um passado como o dele não sabe que levar companhia dobra os riscos? — interrompe Sandra Cliffe.

— Como eu já disse, quanto maior a pressão, maior a probabilidade de que as pessoas ajam por instinto. Ele sabe do risco, mas acreditamos que não vai conseguir se conter. Brad vem de uma família grande. Ele tem dinheiro suficiente para morar sozinho, mas ainda divide uma casa com dois amigos da faculdade. Ele precisa de companhia. — Erika faz aparecer na mesa a imagem de uma mulher esbelta, de maçãs do rosto salientes, usando um vestido de noite decotado. — Essa mulher costuma ser usuária assídua das redes sociais e mencionou o nome de Brad recentemente, mas está em silêncio desde que o teste beta começou. Antes disso, os dois trocaram muitos emojis de coração e até mensagens de "Vou sentir sua falta", que acreditamos serem para nos despistar.

— E aonde isso nos leva? — pergunta Burt.

— Isso nos leva ao Anjo Chorão — responde Lakshmi.

— Não sei se quero saber como vocês escolheram esse nome — comenta Sandra Cliffe, seca.

Lakshmi explica que o nome surgiu quando descobriram que todos os candidatos acessavam conteúdo sensacionalista no celular.

— Erika, não foi você que comentou que era de fazer um anjo chorar? Seja como for, o nome pegou.

Erika acha que é um bom momento para oferecer mais café. Os dois doutores da CIA recusam.

— De acordo com o programa, acreditamos que Brad e a companheira passam o tempo sentados em frente a uma TV em alguma zona cinza — continua Erika. — É a oportunidade perfeita para usarmos as informações do Anjo Chorão. Vamos usar aparelhos de TV dessas zonas cinzentas para monitorar os espectadores.

— Pode explicar melhor? — pede Burt.

Erika se volta para o vice-diretor.

— A coisa funciona assim: pegando carona nas frequências das emissoras, podemos assumir o controle de qualquer receptor de TV e passá-lo para o que chamamos de "modo de falso desligamento", no qual o usuário pensa que o aparelho está desligado quando, na verdade, permanece ligado. Assim, o receptor de TV passa a funcionar como uma escuta, captando os sons das proximidades e transmitindo esses dados para nós. Nosso software filtra automaticamente esses sons em busca de palavras-chave, como o nome do alvo ou de entes queridos e amigos e assim por diante. E essa é apenas uma das funções do Anjo Chorão. Na verdade, ele é capaz de assumir o controle de praticamente qualquer aparelho que use um microprocessador.

— Então — começa Justin, quase sem voz —, vocês estão... vocês estão ouvindo... as conversas privadas de milhões de cidadãos dos

Estados Unidos... usando aparelhos de TV... para espioná-los... para localizar um único indivíduo?

Burt intervém. Ele entendeu.

— Vai com calma, Justin. Pelo que entendi, eles estão usando essas escutas apenas como filtros, para *eliminar* suspeitos. E são apenas os computadores da Fusão que recebem essas informações, certo? Não é como se as equipes humanas estivessem tomando conhecimento de conversas privadas, é isso?

— Isso mesmo — confirma Erika. — O sistema faz toda a triagem automaticamente, e apenas quando identifica uma probabilidade de pelo menos oitenta e cinco por cento de que a informação possa estar relacionada ao alvo da busca é que transfere os sons para um analista humano. Todos os nossos funcionários estão vinculados a acordos de confidencialidade rigorosos, então você pode pensar nisso como uma proteção completa da privacidade.

— Oitenta e cinco por cento, não é? — pergunta a Dra. Cliffe. — E como chegaram a esse percentual?

— Bem, esse é o número a partir do qual nossos modelos julgam que é preciso um observador humano para refinar a busca — explica Erika. — Inteligência humana para fornecer uma análise mais profunda. No fim das contas, podemos afirmar que a intimidade das pessoas está segura.

— Segura com *vocês* — acrescenta Justin.

Sandra Cliffe parece pouquíssimo à vontade.

— Então, só para deixar as coisas bem claras — prossegue Justin —, vocês conseguem bisbilhotar o que se passa no entorno de qualquer televisão moderna, esteja ela ligada ou desligada, em tempo real, executando um simples programa de computador? Para fazer uma televisão entrar no modo de falso desligamento, basta digitar alguma coisa em qualquer estação de trabalho do Vazio?

— Correto — responde Erika.

— E, nesse estado, uma TV que parece estar desligada pode gravar conversas?

— Correto.

— Em teoria, vocês poderiam, se quisessem, voltar para ouvir *qualquer uma* dessas conversas se acharem que pode ser relevante?

— Em teoria, sim.

— Nesse caso, sou forçado a concluir que vocês estão espionando toda a população do país sem seu conhecimento ou permissão.

— Vocês se esqueceram de qual é o propósito da Fusão? — pergunta Erika.

O triunvirato da CIA a encara. Enquanto Walker parece calmo, dizendo "Claro que não", a preocupação é evidente nos rostos da Dra. Cliffe e de Justin Amari.

— O objetivo deste projeto — afirma Erika, enfaticamente — é desenvolver novas ferramentas para nos manter em segurança.

— Mesmo assim, para que conste nos registros, já que é a primeira vez que o governo toma conhecimento da existência desses programas, eu gostaria de saber há quanto tempo eles estão ativos e quantos aparelhos de TV já foram acessados — retruca Justin. — A senhora pode nos fornecer um número?

Quando Erika hesita em responder, a Dra. Cliffe apoia o colega.

— Acho que todos nós gostaríamos de saber.

— Não foram muitos. O programa ainda está na fase de testes e o projeto dos zeros, naturalmente, faz parte desse processo.

Através das paredes de vidro da sala de conferências, os visitantes veem que Cy está chegando.

— Chegou a cavalaria — brinca Justin Amari.

Quando entra na sala, Cy parece um pouco tenso, mas consegue sorrir.

— Oi, pessoal. Perdi alguma coisa? Peço mil desculpas pelo atraso.

— Chegou bem na hora — diz a Dra. Cliffe. — Fomos informados a respeito desses dois novos programas, Anjo Chorão e Clarividente, e acabamos de perguntar a Erika quantos aparelhos de TV já foram acessados no país.

— Ah, quantos? Aparelhos de TV? Milhões — responde Cy, sem hesitar. Ao se sentar, ele nota a expressão de Erika. — Algum problema? Esse é um programa experimental, desenvolvido pela WorldShare, conforme nosso acordo com a CIA. Vocês não precisam usá-lo, mas achamos que pode ser útil em trabalhos de investigação em que a segurança nacional esteja em jogo.

— Quantos "milhões" de lares e quartos de hotel você diria que estão sendo grampeados agora?

— Está falando só das TVs? Ah, eu diria que praticamente todos os aparelhos de TV do país fabricados depois de 2018 foram colocados vez ou outra no modo de falso desligamento nos últimos seis meses.

— Sério? — Há um breve silêncio antes que Justin prossiga. — E todas as informações de áudio que vocês coletaram continuam disponíveis?

— Isso mesmo.

— Onde?

— Numa das nossas fazendas de dados. Um local de armazenamento extremamente seguro.

— Quer dizer que essas informações vêm sendo coletadas de forma passiva, continuamente, e estão em mãos de uma empresa privada?

Cy olha em torno e fica surpreso ao ver sinais de preocupação.

— Algum problema?

— Acho que algumas pessoas não iriam gostar, se soubessem disso — afirma Justin.

— Jura? — retruca Cy. — Com todo respeito, vocês são da CIA. — Cy analisa a expressão dos três visitantes. — Vocês, mais do que ninguém, têm um histórico de fazer o que é necessário para o bem do país; foi por isso que ficamos tão ansiosos com essa parceria. — Ele deixa a última frase ressoar antes de prosseguir. — Por outro lado, existem limites para o que podem fazer dentro dos Estados Unidos. Me corrijam se eu estiver errado, mas até agora a divisão doméstica da CIA, a Divisão de Recursos Nacionais, tem permissão para executar operações em solo americano apenas contra alvos estrangeiros. Nosso valor para vocês, na minha opinião, é que, por nosso intermédio, vão poder expandir consideravelmente as atividades de vigilância interna. Se eu estiver enganado, seria bom saber, porque nós da Fusão estamos sendo totalmente transparentes e colocando tudo à disposição de vocês. Se não concordam com os nossos métodos... — Ele deixa o fim da frase em suspenso.

Burt Walker está ouvindo com atenção. Claramente, ele tem grandes planos para essa parceria.

— Concordo — diz ele. — Mas ainda precisamos apresentar uma justificativa para essa coleta de informações.

— Eu, pessoalmente, não tenho nenhuma necessidade de justificá-la, já que ela será usada apenas para proteger a população — afirma Cy. — Acho que a grande maioria pensa como eu. Vocês não queriam que a segurança interna atingisse um novo patamar? Sejam bem-vindos ao novo patamar. Para que o progresso aconteça, temos que ser superagressivos. Essa é a filosofia da WorldShare, que queremos compartilhar com vocês por meio da Fusão.

A expressão de Justin Amari mostra que ele jamais se deixará convencer por esse tipo de argumento.

— A vigilância irrestrita à custa dos direitos dos cidadãos não vai colar. Esse é apenas um dos problemas desse projeto — diz ele.

Sandra Cliffe o apoia.

— Acho que essa tecnologia, da qual *só hoje* tomamos conhecimento, não deve ser usada para os propósitos desse teste. Um nível de vigilância como esse não tem precedentes no país e dificilmente seria autorizado para uso doméstico. Sendo assim, por que usar uma tecnologia agora que, no futuro, não estará à disposição da Fusão? Além disso, uma vez concluído o teste beta, o Dr. Walker terá que vender esse projeto para o diretor, depois para o Congresso e, finalmente, para o presidente. Em cada um desses estágios, haverá uma revisão dos métodos utilizados, consulta a especialistas, análise de todas as tecnologias envolvidas e só então *talvez* a CIA seja autorizada a expandir suas atividades em solo americano. Para usar as palavras de Justin, o uso do Anjo Chorão é apenas *um* dos problemas desse projeto.

As engrenagens de Burt Walker agora estão se mexendo — e rápido.

— A meu ver, nosso interesse é aumentar o nível de segurança sem chamar a atenção do público. Tudo deve ser feito com cautela e moderação. Devagar e sempre. Por experiência de longa data, a CIA sabe que qualquer sugestão no sentido de nos tornarmos uma "sociedade vigiada" assusta a população, é vista como uma atitude antidemocrática e desperta uma resistência que, a longo prazo, prejudica nossa atuação. Assim, devemos nos limitar a avanços sutis, e esses dois programas de vocês, bem, por mais que eu os admire do ponto de vista científico, jamais poderiam ser chamados de sutis.

Sandra Cliffe acrescenta:

— Se alguma coisa faz lembrar o modelo russo ou chinês, temos que ser extremamente cautelosos. Vocês estão falando com pessoas esclarecidas, mas esse Anjo Chorão em particular... me parece muito... digamos... chinês.

Burt concorda:

— Você tocou num ponto interessante. Por exemplo: quinze mil motoristas de táxi em Chongqing usam câmeras de reconhecimento facial. Imagine isso aqui, nos Estados Unidos. Quem andaria de táxi se soubesse que tudo o que diz ou faz está sendo gravado pelo governo? Como política doméstica, isso seria antiamericano. *Internacionalmente*, OK, a coleta de informações é o nosso forte. Temos muita margem de manobra nessa área. Tenho certeza de que teríamos apoio total, tanto da CIA quanto do Congresso, para instalar o modo de falso desligamento nas televisões de Moscou, Beijing, Teerã, Pyongyang... mas não no nosso território. Pelo menos, ainda não.

— Então o que vocês esperam de nós, exatamente? — pergunta Cy. — Estou confuso.

— Para começo de conversa, desativem o Anjo Chorão — recomenda Walker.

— Desativar?

— Acho que estamos buscando um meio-termo aqui — resume Cliffe, voltando-se para Justin como quem espera um gesto de aprovação, como se estivesse pronunciando um roteiro escrito por ele.

Alguma coisa naquele rápido olhar entre uma funcionária sênior e um subordinado irrita Cy.

— É isso que estamos fazendo aqui?

— Isso mesmo — concorda Cliffe. — Um equilíbrio entre o que os chineses chamam de *bem comum*, que legitima um Estado policial, e o que aqui nos Estados Unidos nós chamamos de liberdade civil.

Ouvindo esses argumentos antigos, tediosos, retrógrados, Cy não consegue conter um suspiro alto quando seus olhos encontram sucessivamente os da irritantemente silenciosa Erika, da iludida Sandra Cliffe, do covarde Burt Walker e, para culminar, do hipócrita e grotescamente influente Justin Amari, provocando um silêncio prolongado que parece estranhamente apropriado para uma sala cujos ocupantes cautelosos sabem que qualquer coisa que disserem pode ser usada contra eles.

16 DIAS E 23 HORAS

MONTANHAS BLUE RIDGE, DILLARD, GEÓRGIA

Brad Williams, o zero 7, com um QI de 168 que tecnicamente o classifica na categoria de gênio, está arrependido da decisão não tão genial de trazer a namorada junto. Ele e Kimmy se conheciam havia pouco tempo; quando recebeu a carta comunicando que tinha sido selecionado para o teste beta do Protocolo Zero, ele ainda estava nos primeiros estágios do desejo. Ela aparecia com tanta frequência nos seus sonhos eróticos, nos quais imaginava o que faria com três milhões de dólares, que o convite se tornou quase uma formalidade. Nem todas as fantasias envolviam sexo. Brad a via comemorando com ele a vitória conjunta na mansão que comprariam com o prêmio, ela naquele vestido amarelo de costas nuas, sem calcinha, recebendo clientes milionários na porta da mansão com aquele sorriso insinuante. Ou Kimmy no clube, esperando junto com outras esposas e namoradas enquanto ele voltava de uma partida de golfe ligeiramente acima do par com o diretor executivo. Ou ainda Kimmy, se ele decidisse pedi-la em casamento, com os filhos perfeitos no cartão de Natal da família: "Nossa família, pronta para proteger a sua." Brad sabia que o teste era confidencial, mas acreditava que haveria meios de deixar escapar que ele, sozinho, havia vencido heroicamente as forças combinadas do serviço de informações dos Estados Unidos e revelado suas falhas. Uma medalha seria legal, mas ele se contentava com o dinheiro.

Brad Williams: ex-militar, agora um conceituado ERR: especialista no reparo de reputações. Seu trabalho diário é atender empresas da Fortune 500 e estrelas de Hollywood. Ele sabe o quanto é frustrante ver todos os anos de trabalho duro serem desacreditados por conta de uma cobertura negativa on-line; como é irritante ter cometido um pequeno erro no passado, que você gostaria de apagar e corrigir, mas não pode, e agora ser o dono de um negócio fabuloso que não consegue passar por um simples teste de credibilidade. Mesmo aos 19 anos, ele já enxergava um mercado a ser explorado ali. Escreveu seu primeiro código e desenvolveu uma tecnologia para reparar rapidamente reputações manchadas, proteger vulnerabilidades e permitir que uma pessoa ou marca danificada tenha ainda mais sucesso que antes. Ele escolheu chamar sua empresa de SegundaChance. Por uma quantia razoável, ele devolve homens, mulheres e empresas a seus cônjuges, empregadores, eleitores e acionistas com a ficha limpa e a reputação reparada. Até o momento (bate na madeira), o negócio vai bem: não faltam pessoas precisando desse tipo de ajuda, que suas fraquezas sejam apagadas, mas os ganhos deixaram de crescer desde que a concorrência aumentou, de modo que a publicidade pela vitória sobre a Fusão viria num bom momento, destacando-o acima dos rivais. Com novas instalações e um bom relações-públicas (e a esposa ideal), ele dominaria o setor e teria aqueles bilionários que investem em capital de risco aos seus pés.

Kimmy, porém, se revelou uma decepção. Por baixo daquela superfície leve e sorridente, a garota tem certas ideias, acompanhadas de uma vontade de ferro. Também tem um talento que o deixa atônito: ignorar totalmente as coisas que não quer ouvir. No dia 2, Brad a surpreendeu quase comprando roupas com o próprio cartão de crédito na butique mais fofa de todas, nos arredores de Savannah. E, depois de passarem a noite inteira viajando para se distanciar de uma compra que ela havia considerado "totalmente necessária", ele teve que impedir que ela usasse a porcaria do cartão *de novo*, dessa vez para comprar um monte de bugiganga numa loja de lembrancinhas de uma reserva indígena pela qual por algum motivo inexplicável se encantou.

Deveria ser tão fácil ganhar o prêmio. Há muitos anos, Brad se mantém a par das últimas novidades nas técnicas de vigilância e mineração de dados. É parte do seu negócio ou, mais precisamente, de um negócio correlato. Ele implantou um bloqueio geográfico nos celulares e nos laptops do casal antes de partirem. De brincadeira, revistou Kimmy em busca de qualquer equipamento digital que estivesse carregando inadvertidamente no corpo, o que, na prática, se revelou muito sexy. No quarto 18 de um hotel barato nos arredores de Atlanta, ela o cavalgou como um peão, gritando como uma alma penada na hora do orgasmo. Isso foi apenas um aperitivo para o que viria nos dias seguintes: eles planejavam, transavam, planejavam, transavam. Mas a coisa perdeu a graça quando Brad descobriu e despachou para casa pelo correio, furioso, o Fitbit e o contador de calorias que ela havia prometido não levar na viagem. Meu Jesus Cristo! Foi então que as discussões começaram. Ela disse que Brad não tinha a menor chance de ganhar e devia pegar leve. Ele respondeu que isso era típico dela, não confiar nele, e pediu que, a partir de então, ela parasse de arruinar os sonhos dele.

Acontece que, quando Kimmy não está narrando as últimas fofocas insignificantes do Instagram ou rindo de vídeos de gatinhos na WorldShare, ela não tem muito o que dizer.

Por mais minuciosas que fossem as precauções — evitar cidades, passar de zona cinza para zona cinza (nada de sinal de celular ou câmeras de reconhecimento facial) —, continuar viajando resultaria em deixar mais rastros para trás. Foi por isso que pararam ali, hospedados usando nomes falsos num hotelzinho no meio do vale do Little Tennessee. Brad pagou adiantado, em espécie, por duas semanas de estada. O lugar fica no meio de uma floresta, numa das melhores zonas isentas de 5G que ele havia identificado previamente, destinado a eremitas que querem se manter distantes dos males da civilização. O spa deveria deixar Kimmy feliz (roupões e chinelos de cortesia, serviço de quarto vinte e quatro horas, drenagem linfática), mas ela continua de mau humor.

Além de conhecer as vulnerabilidades da segurança nos Estados Unidos — como a existência de regiões do país sem nenhum tipo de informação digital —, ter a pele preta conferia a Brad uma vantagem adicional. Um fato pouco conhecido: os algoritmos de reconhecimento facial, projetados por programadores brancos, têm a impressão de que todas as pessoas negras — para a surpresa de ninguém — são parecidas, o que significa que a Fusão vai ser inundada com falsos positivos quando procurar por ele — um exército de clones, uma legião de sósias de Brad Williams induzindo a Fusão a executar uma caçada inútil de enormes proporções por todo o país.

— Estou tão entediada que li um livro inteiro hoje — queixa-se Kimmy ao entrar no quarto.

Brad a observa andar descalça, passando entre ele e a televisão. Está usando um biquíni minúsculo que lhe cai muito bem. Ele está tão concentrado olhando para a bunda dela que não nota que o livro que ela mencionou está voando na sua direção. Ele o atinge em cheio nas partes íntimas.

Quando o eco do seu grito desaparece e, muito mais tarde, a dor passa, e depois que o pedido de desculpas de Kimmy é aceito, Brad percebe que ela continua insatisfeita.

— Vamos sair hoje à noite, benzinho? — propõe ela. — Estou morrendo de tédio. Vamos até a cidade procurar um lugar para dançar. Não aguento mais ficar aqui sem fazer nada.

Ele desliga a TV, na qual estava assistindo a uma série policial com um detetive cujo visual Brad usava como inspiração. Ele pega o livro. É um tijolo com capa prateada e título em letras floreadas: *Desejo*. Quem se importa?

— Não. Eu já disse um milhão de vezes que a gente não vai para a cidade. Tem câmera em todo sinal. Não vale a pena arriscar. Esses computadores aprendem depressa.

— Você não pode usar um disfarce ou algo assim?

— Não! Eles conseguem enxergar através dos disfarces. Você não entendeu ainda? Os programas de última geração conseguem enxergar até mesmo através de uma máscara N95. Pelo amor de Deus, por que é tão difícil para você simplesmente ficar deitada na beira da piscina por umas semanas e bronzear essa sua bunda de uma vez? Ou ler outra porcaria de livro?

— Essas são as piores férias da minha vida! Não posso nem conversar com as minhas amigas!

— A gente não está de férias!

— Eu já entendi, *Bradley*!

Kimmy pega um vestido verde amarrotado no canto da mala, coloca por cima do biquíni minúsculo e se joga no sofá ao lado de Brad, deixando o decote e o fio-dental à mostra, transbordando suas curvas opulentas. Brad sente cheiro de cloro.

— Estamos fugindo — lembra ele, esfregando a mão no seio esquerdo dela, sem encontrar resistência.

— Mas você não fez nada de errado, não é?

Ela chupa o polegar como se fosse uma criancinha.

— Não, é um teste. Já expliquei. Esse pessoal da Fusão quer desenvolver um método de busca à prova de furos. Fui escolhido para ajudar a aperfeiçoar o sistema. Eu, o melhor dos melhores. Eles me mandaram desaparecer, e é isso que estamos fazendo. *Desaparecendo*. Isso significa nada de celular, nada de computador, nada de cartão de crédito, nada de Fitbit. E a gente deve permanecer o tempo todo em zonas cinzentas.

— Zonas cinzentas — repete ela, em tom choroso.

— Isso mesmo, zonas cinzentas. O teste vai terminar daqui a duas semanas. Brad: um; governo dos Estados Unidos: zero. Caramba, Kimmy, eu já contei tudo isso para você.

— Esse tal de Cy Baxter é um gato. Será que ele tem namorada?

— Vou apresentá-lo a você assim que o filho da mãe me passar os três milhões.

— *Nos* passar — corrige ela. — Assim que ele *nos* passar o dinheiro, benzinho.

Brad parece genuinamente surpreso.

— O que você quer dizer com "nós"?

— Nós!

— Eu que fui recrutado. Sou eu que estou fazendo todo o trabalho e pagando todas as despesas. O que você está fazendo?

— Acha que isso aqui é fácil para mim? — pergunta Kimmy. — Ficar aqui, desconectada de tudo? Metade desse prêmio é meu, seu desgraçado. Senão vou te denunciar agora mesmo!

— Você não vai ganhar um milhão e meio de dólares só por ficar num spa lendo um livro, sua imbecil. E eu faço questão de deixar isso bem claro, aqui e agora.

Acontece que Kimmy não se conforma e dispara uma seleção bem escolhida de palavras de baixo calão como se fosse uma rajada de tiros de um fuzil de combate M16, rá-tá-tá-tá, todas certeiras e a curta distância de uma TV OLED Sony Bravia, inocentemente apagada e repousada numa mesa encostada na parede, com uma luzinha vermelha de modo de espera como única indicação de sua atividade interior secreta.

Quando a equipe de captura da Fusão chega, às seis horas da manhã seguinte, Brad quase agradece.

14 DIAS E 22 HORAS

FRONTEIRA ENTRE ESTADOS UNIDOS E CANADÁ

O tornozelo está aguentando bem. O ibuprofeno ajuda. A última semana, pegando carona de cidade em cidade e ficando em quartos cheios de quinquilharias de mulheres idosas donas de pousadas que fazem compras em feiras livres e *ainda* escrevem cartões-postais umas para as outras, lhe fez um bem danado. Está mais calma. Tem dormido bem. Permitiu-se pensar, pensar de verdade, sobre Warren e sobre o que está fazendo.

O que está fazendo é positivo. Vale a pena. É verdade que tem sido muito mais difícil do que esperava — o pesadelo que viveu no poço, os ferimentos, a fuga do hospital, níveis de estresse regularmente fora da escala, tudo isso —, mas o plano de atravessar a fronteira de barco e passar algum tempo em segurança no Canadá funcionou a contento. Mas uma palavra de encorajamento seria bem-vinda, implora ela mentalmente a Warren. Um abraço fantasma?

Kaitlyn compra um exemplar do *Washington Post* e examina os classificados. Nada. Meu Deus, onde você está?

Encontra um quarto numa pousada perto da fronteira, em Hamilton, Ontário, para passar a noite. Decide deixar o Canadá no dia seguinte, como planejado, para estar mais perto do destino final. A última dona de pousada serve frango frito e conta casos dos netos.

13 DIAS E 21 HORAS

BRYCE CANYON, UTAH

Jenn May, a zero 8, tem uma filosofia de vida muito simples: não se envolva. Ela foi criada por uma grande família católica na cidade de Nova York. Dezoito anos de constantes dramas domésticos lhe proporcionaram todo o contato humano necessário para uma vida inteira.

Jenn descobriu os computadores numa biblioteca pública e, imediatamente, se sentiu fascinada pela lógica daquelas máquinas. Elas nunca estavam mal-humoradas ou eram cruéis. Um sistema binário, sim ou não, escolhas simples, bifurcando-se como um delta. Pois é, Jenn e os computadores se davam muito bem.

Na faculdade, seus conhecimentos de computação eram mais que suficientes para competir com os rapazes que passavam três dias jogando videogame antes das provas, e nesse ambiente ela progrediu rápido, enquanto os caras brigavam e se xingavam ao seu redor. Jenn fingia que eles não existiam. Eles não conseguiam tirar os olhos dela.

Depois de se formar, interessou-se por cibersegurança. Uma empresa grande lhe ofereceu um salário polpudo e estável e a oportunidade de trabalhar remotamente. Ela aceitou e alugou um apartamento minimalista em Sacramento. Frequentadora assídua de um estúdio de ioga nas redondezas, vez ou outra ela flerta com alguém quando viaja a trabalho. Quando um desses homens recentemente se declarou, ela se sentiu um tanto enojada. Consultou uma psicóloga para tentar descobrir o que causou essa reação. Os irmãos nem sequer têm seu endereço ou número de celular, e ela prefere que as coisas continuem assim.

Foi um dos seus contatos no governo que pediu que ela se candidatasse para o teste beta da Iniciativa Fusão. Precisavam de alguém que pudesse de fato desafiar o sistema. Ela concordou, se preparou e recebeu a ordem de desaparecer com a mesma calma com a qual enfrentava qualquer problema. Implantou um bloqueio geográfico em todos os aparelhos. Ela nem usa as redes sociais mesmo. Programou o e-mail do trabalho para informar que estará ausente por um mês. Encaminhou aos clientes o número de telefone de três excelentes técnicos que a conhecem e que podem cuidar de problemas urgentes.

Como Jenn tem uma conta de Bitcoin, não foi difícil usar a dark web para comprar uma carteira de motorista e um cartão de crédito falsos decentes. Com isso, deixou a cidade.

13 DIAS E 18 HORAS

FRONTEIRA ENTRE ESTADOS UNIDOS E CANADÁ

Ao amanhecer, uma pessoa solitária fazendo trilha num caminho pouco usado perto da fronteira se detém diante de uma placa de advertência presa a um poste de aço.

ATENÇÃO:

FRONTEIRA DOS ESTADOS UNIDOS.

TRAVESSIA DE PEDESTRES ILEGAL.

VIOLADORES ESTÃO SUJEITOS A PRISÃO, MULTA

E/OU CONFISCO DE BENS.

SERVIÇO DE ALFÂNDEGA E PROTEÇÃO DAS FRONTEIRAS

DOS ESTADOS UNIDOS.

USE O TELEFONE 1-800-218-9788 PARA RELATAR

ATIVIDADES SUSPEITAS.

Ela para e bebe água de uma garrafa. *God bless America, land that I love.* Ah, por que, ah, por que me abandonaste?

Mas ela precisa voltar ao país. Esse era o plano original. Ir para o Canadá e depois dar meia-volta. Tem um encontro marcado.

Ela rosqueia a tampa da garrafa e a guarda na mochila. Encosta a mão na placa para dar boa sorte e segue em frente, afastando a folhagem para o lado, encontrando, perdendo e reencontrando o caminho naquela trilha pouco usada.

12 DIAS E 21 HORAS

SEDE DA FUSÃO, WASHINGTON, D.C.

Sonia Duvall, transferida (a pedido próprio) para a equipe de captura de Jenn May, sempre acreditou nas chances dessa candidata e, justamente por isso, capturá-la vai ter um sabor especial. Se existe alguém que pode escapar da Fusão, esse alguém é Jenn, e Sonia é do tipo que adora um desafio.

Ao examinar a vida particular de Jenn em busca de pistas, Sonia se identificou fortemente com o que encontrou: filha única, perdeu o pai precocemente e, no que diz respeito a relacionamentos, Sonia também não se interessa pelos homens que estão ao seu alcance e anseia pelos que não estão. Existem outras semelhanças: cor do cabelo, altura, o fato de grafarem o número 7 do mesmo jeito... Não admira que Sonia tenha a impressão de que está caçando uma cópia de si mesma.

Os dias se passaram sem que nada de concreto surgisse. Foi quando consultou o histórico de todas as locadoras de carros onde Jenn havia alugado algum veículo nos últimos cinco anos que identificou um padrão que nem mesmo as máquinas tinham percebido. Sua equipe começou a examinar câmeras de trânsito em zonas cinzentas, lugares que Jenn costumava visitar quando viajava a passeio, cruzando essas informações com os modelos de carro preferidos dela. Usando um programa de reconhecimento facial, ela acessou imagens das câmeras de trânsito pelas quais Jenn já havia passado de carro, ensinando os algoritmos a assimilar seu estilo de direção, como ela desacelerava ao chegar aos semáforos, relutando em parar, como estacionava de frente, subindo o meio-fio com os pneus dianteiros, como sempre ligava a seta muito antes de fazer uma curva e como seus olhos tinham dificuldade à noite, preferindo a pista da direita e dirigindo bem abaixo do limite de velocidade. Depois de doze dias, tinham dezoito mil possíveis correspondências. As câmeras das rodovias com pedágio, calibradas para ler as placas, nem sempre apresentavam uma imagem nítida do motorista. Os algoritmos se esforçavam para reconhecer quem estava atrás dos para-brisas.

Sonia supôs que Jenn fosse evitar as estradas com pedágio, mas eles precisavam verificar. Subtraindo todos os motoristas homens, restaram sete mil candidatas. Com o programa de reconhecimento facial eliminando a maior parte do restante, a lista se reduziu a oitenta e quatro mulheres cujos rostos ou pareciam com o de Jenn ou não podiam ser vistos com clareza atrás de vidros sujos. Quando todos os rostos visíveis foram descartados — nariz longo demais, olhos muito juntos, lábios muito grossos —, um exame mais detalhado dos carros do segundo grupo forneceu a Sonia, no dia 17, a placa de um automóvel que pertencia a um primo de terceiro grau de uma tal Jenn May.

Depois disso, foi fácil localizar o carro.

12 DIAS E 20 HORAS

BRYCE CANYON, UTAH

O ar ali parece mais leve, mais puro. Jenn May não é de ficar deslumbrada com a natureza, mesmo diante das finas agulhas de rocha vermelha que criam um efeito alienígena, mas ela contempla a vista por um bom tempo quando o sol poente enche a paisagem de sombras. Depois de fazer os exercícios de ioga, ela entra no carro, pronta para passar o resto do dia na estrada, uma viagem de nove horas até Jackson Hole, onde, ao que parece, existe uma excelente pousada no meio do mato onde pretende se hospedar.

Depois de duas horas de viagem pela rodovia 89, o rádio do carro para de tocar uma cantata de Bach e começa uma composição de *hardstyle* com um refrão que, quatro vezes, repete as palavras "Morra, sua puta". Jenn franze a testa. Sintoniza de novo a estação que está tocando Bach. Vinte segundos depois, "Morra, sua puta" de novo. Tem alguma coisa estranha acontecendo com o sistema de som. Está mudando de estação por algum motivo. Ela desliga o rádio. Depois de alguns segundos de silêncio, o rádio liga sozinho! Mas que diabos?

Jenn ergue uma sobrancelha e decide pegar a próxima saída até uma cidadezinha segura onde possa estacionar o carro e desprogramar o sistema de som de alguma forma, nem que tenha que usar uma pedra e força bruta. Mas, de repente, o carro acelera. Ela pisa no freio, sem resultado. Nada. Pelo menos, a direção ainda funciona. Ela consegue manter o controle, desviando dos poucos carros que encontra pela frente, mas sente as mãos começarem a suar e o coração disparar. Dez anos de meditação a ajudam a evitar uma crise nervosa, mas por pouco. Então ela também perde o controle da direção. O carro freia, acelera de novo e inicia um pique-pega assustador com picapes velhas e vans com famílias sonolentas. Jenn começa a gritar enquanto o rádio berra "Morra, sua puta". Não importa o quanto gire o volante, o contato com as rodas está perdido. Por oito minutos aterrorizantes, ela se sente impotente, como se estivesse numa montanha-russa, com o carro sendo dirigido por um motorista fantasma insano que serpenteia por entre os carros, ultrapassa pelo acostamento, cola na traseira de carretas gigantes piscando o farol e tocando a buzina, tudo isso com a tortura de "Morra, sua puta" em *looping* nos alto-falantes.

De repente, tudo para. O carro dá um solavanco para a frente mais uma vez, depois desacelera. "Morra, sua puta" muda para Bach. O ar-condicionado liga sozinho, soprando um vento fresco, enquanto o carro é conduzido por uma saída, agora de forma tranquila e conscienciosa, respeitando o limite de velocidade, até um estacionamento nos arredores de Holden, onde é parado na sombra com uma precisão impecável por forças desconhecidas, enquanto ela se limita a observar, com as mãos ainda no volante imprestável. Jenn tenta abrir a porta, mas ela está trancada. Solta o cinto de segurança, se estica sobre o outro banco e tenta a porta do carona, sem sucesso. Os comandos elétricos para baixar os vidros do carro não funcionam. Outro carro se aproxima. Ela acena. Acena como uma louca. Grita a plenos pulmões. Tenta apertar a buzina, que não funciona. Seus acenos são ignorados, ou simplesmente não vistos. O carro segue em frente e desaparece. Durante meia hora, ela chora, presa ali. De vez em quando, explode de raiva, tentando em vão quebrar os vidros das janelas. Inquebráveis, pelo menos para ela. Por fim, desiste. Está à mercê daquele carro fantasma, possuído pelo demônio.

A equipe de captura leva duas horas para alcançar Jenn May. Eles lhe entregam um tablet. A equipe se mantém distante enquanto ela se apoia no carro e assina o termo de captura, então conecta um fone de ouvido, conforme instruído, para conversar com Sonia Duvall. A tela do tablet exibe a imagem de Sonia, com os cabelos presos para trás, de casaco cinza e blusa vermelho-sangue. É estranho, mas ela parece estar numa floresta de sequoias.

— Você se lembra de George Phillipson, da faculdade? — pergunta Sonia.

Jenn se lembra vagamente do rapaz: um tipo muito reservado, que tinha lampejos de inteligência, mas a maior parte do tempo parecia de mal com a vida.

— Lembro, uma vez ele me chamou para sair, mas eu disse "não".

— Pura coincidência, mas ele trabalhava aqui. Temos vários programadores muito bons — explica Sonia. — De qualquer forma, é claro que descobrimos a conexão entre vocês dois assim que tivemos acesso ao seu histórico da faculdade. Ele confirmou que conhecia você, o que, tecnicamente, não vai contra as regras. E conseguiu nos convencer de que isso era uma vantagem para nós e que não havia nenhuma animosidade pessoal nessa relação. Infelizmente, a última parte não era verdade.

Sonia mantém contato visual, e Jenn sente que está sendo lida por aquela mulher distante, mas isso não a incomoda.

— Isso explica o "Morra, sua puta"?

— Pois é.

— Posso presumir que ele não trabalha mais para vocês?

— Pode.

— Que babaca.

— Sou forçada a concordar.

11 DIAS E 13 HORAS

ROTA MUNICIPAL 17, AO NORTE DE MOIRA, NOVA YORK

Ela comete uma imprudência. Todo mundo faz isso, vez ou outra, e é mais provável que aconteça quando a pessoa está cansada, emocionalmente abalada, com algum tipo de dor ou simplesmente quando a fome ou a sede entram em cena.

Àquela altura, numa estrada quase deserta, ao anoitecer, depois de andar três horas sustentando metade do peso em um pé machucado, Kaitlyn começa a divagar. Ora pensa em Warren, ora na letra de uma música da infância: *Se você gosta da Senhora Ukelele, a Senhora Ukelele gosta de você. Se você quer ficar na sombra, a Senhora Ukelele também fica para ver...* E então ela se pega sem saber exatamente onde está no mapa. Está começando a esfriar e não há nenhuma pousada à vista. Um vento cortante açoita seu rosto. Precisa sair dessa estrada e buscar abrigo. Imagina lobos nas matas que ladeiam a estrada, aranhas passeando pelo seu rosto se ela dormir ao relento. Talvez fosse sua última noite! Os sons da bota ortopédica e da bota Timberland de couro se alternam no asfalto como dois bongôs: *tump, plec, tump, plec, tump, plec... Talvez ela vá suspirar... lá-lá-lá-lá-lá... Talvez ela vá chorar...* Ela vê a luz do farol de um carro. Em vez de se esconder, ela começa a acenar. O veículo se aproxima. Ela protege os olhos da luz do farol, acena mais uma vez e, felizmente, o motorista reduz a velocidade.

Até agora em sua aventura, ao pegar carona, ela sempre foi super, supercautelosa, escolhendo apenas motoristas mulheres (com exceção dos três belos rapazes canadenses). Nesse caso, porém, não pode ser muito seletiva, além do fato de que a picape parou ao seu lado antes que pudesse constatar que se trata de um homem mais velho e que ele está sozinho.

Kaitlyn avalia os riscos e conclui que deve conseguir lidar com esse cara. O homem aparenta ter uns cinquenta e poucos anos e a observa, sem dúvida surpreso ao ver uma mulher sozinha na estrada. Para ela, ele parece inofensivo. Camisa de flanela. Magro e forte. Nenhuma lata de cerveja aberta no painel. Um pouco de ferrugem aqui e ali na lataria, sugerindo que ele também entende uma coisa ou outra sobre tempos difíceis.

O homem continua a observá-la, seu rosto iluminado pelos faróis.

— Você está bem? — pergunta.

— Preciso de uma carona.

— Sobe aí, então. Pode colocar as suas coisas lá atrás.

Depois de jogar a mochila na caçamba, ela se senta no banco do carona e fecha a porta. É um grande alívio se ver livre do vento gelado.

— O que você está fazendo nessa estrada velha uma hora dessas?

Ele olha para o espelho retrovisor, engata a marcha e volta para o asfalto da estrada.

Kaitlyn inventa uma história sobre gostar de fazer caminhadas e que está só voltando para casa.

O homem passa a marcha e olha para ela de esguelha.

— Tem certeza de que não está com nenhum problema?

— Tenho. Por quê?

— Esses cortes no seu rosto, esses hematomas. Parece que levou uma surra. O que aconteceu? Topou com um urso?

Ela sorri.

— Não, nada de urso. Estou bem.

— Você é que sabe.

Kaitlyn não se sente nem um pouco à vontade. A história que inventou é fraca e o homem não para de olhar para ela, o que a faz pensar que não deveria ter entrado na picape. Por outro lado, o tornozelo está doendo como o diabo, os seis analgésicos que engoliu não estão fazendo mais do que deixá-la tonta e a noite estava ficando fria demais para dormir ao relento. Enquanto tenta organizar os pensamentos, impregnados pelo ibuprofeno, vem-lhe à cabeça a imagem de um banho quente, vívida e cheia de vapor. Ah, que delícia! Algumas dessas pousadas têm frasquinhos com sais de banho. Warren uma vez preparou um banho de espuma caprichado para ela depois de um dia horroroso no trabalho. Velas, vinho, bolhas. Ela entrou na banheira, mexeu na espuma, se esfregou... e ficou entediada depois de dez minutos. Foi até a cozinha reclamar que a espuma tinha deixado seu cabelo grudento e havia cera derretida no azulejo.

— Agora é a sua vez, Príncipe Encantado.

Warren começou a rir. Ela conseguia vê-lo agora. Seu rosto ficou sério de repente, como se pressentisse algum perigo.

Acorde, querida. Agora!

Ela volta à realidade. Vê uma placa na beira da estrada: MOIRA, 20KM. Lembra-se do truque que Warren havia lhe ensinado e, antes que o motorista possa protestar, estende a mão e acende a luz da cabine.

— O senhor se importa?

Então, quando ele não está olhando, ela leva o celular ao ouvido, escondendo a tela para que, quando ele olhar para ela de novo, seja como se Kaitlyn já estivesse com o aparelho pronto para a ligação.

O próximo olhar de soslaio dele convida Kaitlyn a informar:

— Estou ligando para o meu marido, Warren.

Em seguida, ela fala ao telefone.

— Querido? Pois é. Agora estou bem. Tive sorte. Consegui uma carona com... — Ela se volta para o motorista. — Perdão, como o senhor se chama mesmo?

— Bill — responde o motorista, de má vontade.

— Peguei uma carona com Bill — diz ela ao telefone. — Ah, estamos a exatos vinte quilômetros de Moira, em Nova York. Na estrada municipal 17. Isso, 17. Ah, não. Não se preocupa. Não foi nada... Não precisa lembrar, eu sempre anoto as placas. — Ela sorri para Bill. — É uma picape Ford vermelha antiga, placa PJL69243... Placa de Nova York, isso. Bill foi muito gentil em me dar carona. Ele vai me levar até...

E pergunta a Bill:

— Até onde o senhor está indo mesmo?

— Potsdam — responde Bill, de cara feia.

— Até Potsdam, querido... Não, não precisa fazer isso. Foi só o susto. Agora estou bem. Tem certeza? Tá bom. Te amo.

Ela encerra a encenação e guarda o celular no bolso, sem mostrar a tela.

— Warren mandou dizer que está muito agradecido pela gentileza do senhor.

— Ã-hã.

Bill, talvez ofendido pelo que acabou de ouvir (Ela anotou a minha placa? Quem ela pensa que eu sou?), não diz mais nada, nem um "Você é uma gracinha" ou qualquer outra coisa, até chegarem a Potsdam. Bill é apenas o primeiro de vários motoristas homens, silenciosos, levemente ofendidos, que, sem qualquer incidente, vão dar carona à astuta Kaitlyn por mais de duzentos e cinquenta quilômetros nas trinta e seis horas seguintes.

10 DIAS E 5 HORAS

SEDE DA FUSÃO, WASHINGTON, D.C.

Burt Walker acha que a sede da Fusão parece um parque de diversões. Os recepcionistas não estão fantasiados de roedores antropomorfizados, mas é como se estivessem. Desde os sorrisos forçados na recepção até os truques em alta definição da bétula interna, passando pelos técnicos circulando como Oompa-Loompas solucionadores de problemas numa versão tecnológica de *A fantástica fábrica de chocolate*, tudo ali é projetado para que as pessoas se sintam engajadas, seguras e felizes, como se trabalhar ali fosse pura diversão. Isso faz o sangue de Walker ferver. Seu ambiente, o ambiente em Langley, é austero, frio, frugal e prático. A CIA tem um código de vestuário de verdade; é um lugar para pessoas sérias fazerem um trabalho sério, e essas pessoas sabem que a estabilidade é frágil e pode se despedaçar como uma xícara de porcelana num piso de azulejo com o menor estalar de dedos de Deus. Diversão? Quando se está diante de uma crise como a da Ucrânia, com o mundo passando de um momento de paz para um código vermelho da noite para o dia, com os céus estrangeiros se enchendo de bombardeiros carregados de munição, com democracias sendo atacadas e cidadãos inocentes forçados, aos milhões, a deixar seu país, com o egoísta Ocidente sendo obrigado, em resposta, a recuperar seus pequenos traços de nobreza, que lugar existe para camisetas com estampas do Mickey Mouse, confraternizações, balas grátis em cumbucas gigantes, fliperamas nos corredores, "diversão"?

Burt, no banco de trás de uma limusine que está se aproximando do mundo mágico de Cy, ignora os relatórios que a maleta aberta ao seu lado contém. Em vez disso, se preocupa com os novos brinquedos de Cy, como o programa de falso desligamento e o Clarividente, ambos possivelmente úteis, mas provavelmente desastrosos, e de qualquer forma ele já está envolvido no impacto futuro dessas ferramentas. Fornecendo dinheiro e recursos para sua implementação, é como se fosse um dos inventores! Como cientista, pode prever as novas ameaças que essas armas representam, embora não envolva os danos que podem causar à privacidade dos cidadãos. Esse debate, um resquício do século XX, não passa de ruído inócuo; o direito à privacidade é coisa do passado, já foi perdido, ou, no mínimo, está tão comprometido que é como se não existisse. Não, a ameaça real, presente e futura, é a *manipulação*, a imposição ao público de certas atitudes e comportamentos prescritos em cidadãos desprevenidos, a mudança invisível por parte do governo de "monitoramento" para "controle", o último capítulo na longa história da democracia, em que o livre-arbítrio é deformado em submissão consentida.

Nessa questão histórica, como cientista, ele está secretamente do lado dos defensores das liberdades civis, sempre esteve, mesmo quando representa a CIA. Eu não sou o inimigo. Depois de buscar, de coração e com toda a sua consciência, um ponto de equilíbrio entre o que a tecnologia acrescenta e o que ela subtrai, entre criação e destruição, entre um universo moral e um imoral, chegou à conclusão de que não há resposta. O que vê no momento, quando o carro para na entrada principal, onde Erika Coogan o espera, é uma escolha firme entre uma coisa e outra.

Ele sai do carro para o sol do fim de maio. Erika o cumprimenta com um aperto de mão e um tapinha amigável no ombro.

— Burt, obrigada por arranjar um tempo para nós hoje.

— Sem problemas.

— O que você acha de caminharmos um pouco pelo jardim enquanto conversamos?

— Claro.

Eles percorrem devagar, lado a lado, o grande pátio pavimentado. Desviam para um caminho lateral para apreciar um riacho artificial. Burt ouviu dizer que o som de água corrente estimula o pensamento criativo. Ele gostaria de acrescentar uma ressalva: isso não funciona para quem tem mais de 60 anos. Nessa faixa etária, o som só nos deixa ansiosos para saber onde fica o banheiro mais próximo.

Walker interrompe o passeio turístico.

— Erika, não me leve a mal, estou tão impressionado com o potencial dessa tecnologia e ansioso para saber os resultados do teste quanto você. Mas... esse negócio de Anjo Chorão e Clarividente... Isso nos fez pensar no que mais vocês têm que desconhecemos. Em nosso relacionamento, não há lugar para surpresas. Essa parceria... Precisamos saber exatamente quais são os recursos de que dispõem, o que estão usando e, principalmente, quais dados estão *coletando*.

Erika respira fundo antes de responder.

— Entendo a sua preocupação, mas boa parte do que fazemos aqui é simplesmente organizar dados que foram coletados de forma rotineira, aqui mesmo ou em outros lugares. Com a sua ajuda, acredito que seremos capazes de assegurar a todos os envolvidos que os métodos usados pela Fusão, embora revolucionários, não fogem do padrão.

— Me deixe colocar as coisas dessa forma, Erika. A matemática nesse caso é simples. Devemos ser capazes de defender *tudo* que é feito aqui com o mínimo de atrito. — Ele é um cientista, mas está profundamente imerso na política, que envolve uma abordagem diferente para os problemas. — Do nosso ponto de vista, para nos sentirmos confortáveis, o equilíbrio dessa parceria não pode pender a favor de vocês. Isso não deve acontecer. Não aceitaremos um papel secundário nessa empreitada.

— Claro que não.

— Com essa parceria, a Fusão tem acesso parcial a uma quantidade absurda de dados confidenciais, que são fundamentais para a segurança nacional. Em todos os níveis, do privado ao governamental.

— Compreendemos perfeitamente, nós...

— Então, daqui por diante, espero que não haja segredos entre nós, e estou incluindo Cy nesse apelo, naturalmente.

— Combinado.

— Muito bem. Estamos entendidos. Como Cy *está*?

— Bem. Quer dizer... todos nós temos trabalhado muito. Mas vale a pena.

A leve hesitação ao falar de Cy é suficiente para retardar o sorriso tranquilizador que Erika pretendia oferecer a Burt, e ele, atento ao desassossego não dito, analisa sua expressão, em busca de mais pistas.

— Com essa parceria, a CIA, por necessidade, está começando a agir, da forma mais discreta possível, em solo nacional. Pela primeira vez. É um precedente histórico. Não podemos dar mancada nisso.

— Pode contar comigo.

— Certo. Que tal um waffle?

— O quê?

— Ouvi dizer que vocês têm um excelente waffle aqui, na cafeteria. Eu sou meio que uma formiguinha.

9 DIAS E 19 HORAS

KANSAS CITY, KANSAS

Don White, o zero 9, é caçador de recompensas há tanto tempo que já sabe que os sem-teto estão entre as poucas pessoas no mundo de hoje que permanecem invisíveis. Os pobres sempre estarão entre nós, mas as pessoas os ignoram. Desviam de mãos estendidas sem interromper a conversa e pisam fundo no acelerador, olhando para a frente e com o vidro levantado quando passam por um bairro pobre ou são abordadas por alguma pobre alma num sinal de trânsito.

Quer sumir do mapa? Então, junte-se aos miseráveis, aos bêbados e drogados, aos vagabundos, aos loucos com os quais nem os manicômios conseguem lidar mais, aos assassinos que recebem penas reduzidas por incapacidade mental, aos veteranos de guerra que, privados de um futuro decente, preferem a camaradagem que encontram nessa terra de ninguém urbana, embaixo de viadutos, em barracas, em áreas degradadas tão esquecidas da civilização que nelas podem viver por muitos anos sem ser incomodados.

Don fica na dele. Escondeu dinheiro em alguns pontos nos arredores da cidade, deixou a barba crescer, acostumou-se a dormir com roupas sujas. É forte o suficiente para se defender; ninguém ousa se aproximar. Não demorou para convencer os loucos de que também era louco. Fala bobagens, bebe água de uma garrafa de vodca, não parece se lembrar de quem é nem de onde vem. Naturalmente, leva no bolso um celular descartável. Foi comprado na rua. A única pessoa que conhece o número desse telefone é um vizinho da mãe.

Sua rotina: dormir o dia inteiro, andar a noite inteira. Só isso. Comer porcaria. Ficar longe da polícia. É difícil controlar a repulsa. O tédio é sufocante. Chegou a dar uma garrafa de vodca (com vodca de verdade) a um moleque magricela só para poder assistir a um jogo de futebol no celular velho do garoto. Esqueça os três milhões de dólares. Bastaram três semanas disso para ele jurar que nunca mais deixaria de valorizar a vida antiga. Vai agradecer diariamente aos céus a cama limpa, cantar louvores a uma geladeira abastecida, se ajoelhar para rezar antes da ducha matinal.

Don não se ilude: ele sabe que os próximos nove dias e dezenove horas serão os mais difíceis. É impossível se acostumar com esse tipo de vida. Quanto mais perto do prêmio, mais o coração bate forte no peito e mais começa a duvidar de si mesmo, a se questionar e repensar tudo, achando que existe uma falha no seu plano. Basta um policial curioso para tudo ir por terra. Talvez devesse sair da cidade, mas, justo quando decide que está na hora de mudar de pouso, ele se lembra (sendo o profissional que é) de que é quase impossível se deslocar sem deixar rastros. Por isso, conforma-se em dormir mais alguns dias embaixo de um viaduto, usando como cama três pedaços de papelão sujo de fuligem, no meio de garrafas vazias e vidas sem rumo.

Pensando no assunto, vai até o posto de gasolina onde gente como ele faz compras: macarrão instantâneo, biscoitos e vinho barato. Mantém a cabeça baixa. Sabe que existem câmeras nos estacionamentos e nos becos, suspeita que todo SUV que passa é um veículo da Fusão, que todo ciclista de capacete é um agente do governo. Começa, aos poucos, a ter uma ideia de como é ser louco. Os paranoicos têm certeza de que são observados o tempo todo, e a grande piada é que, hoje em dia, *eles são*. Todos nós somos! Algumas noites atrás, quando ouviu um dos vizinhos murmurar preces e pedidos de desculpas a alienígenas que haviam acessado seus pensamentos, Don sentiu uma pontada de companheirismo. Essa nova identificação com os marginalizados o incomoda.

Decide fazer uma extravagância essa noite. Nada de excepcional. Vai comprar no posto de gasolina coisas de que *realmente* gosta: um pacote de Oreo e duas garrafas de Prairie Weekend bem geladas. Ele entra na loja de conveniência, ajeita o boné para esconder o rosto da câmera no balcão, pega o biscoito e vai até a geladeira. As garrafas estão cobertas por uma fina camada de gelo. Ele consegue ouvir o chiado que vão fazer quando as abrir, pode ver a pequena espiral de vapor que faz sua garganta doer de ansiedade.

"Nós somos os nossos hábitos." Ele se lembra de Billy Graham repetindo isso várias e várias vezes — não o evangelista, mas um ex-detetive de primeira linha que o havia iniciado no ramo de caçador de recompensas logo que ele deu baixa dos fuzileiros navais. "Não conseguimos nos livrar desses hábitos." Toda vez que estavam atrás de um foragido, Billy ia conversar com a família, descobrir com quem ele se dava melhor (em geral, a mãe) e simplesmente ficava vigiando a casa da pessoa, esperando. A mãe tinha morrido? O cara não tinha família? Ficava rondando o bar preferido do cara. "Nós somos os nossos hábitos." Billy sempre encontrava quem estava procurando; ele sabia que vivemos por padrões e *inevitavelmente* voltamos a eles para continuar a ser o que somos.

Don pousa a mão na porta da geladeira. Pretende pagar em dinheiro. Mesmo que a Fusão conheça seus hábitos, saiba que ele tem um fraco por cerveja Prairie Weekend e Oreo, eles não têm como rastrear uma compra se o pagamento for com dinheiro em espécie, têm? Droga. Vai saber o que eles conseguem fazer? Talvez estejam de olho em lojas nas quais o cliente comprou os dois produtos juntos. É melhor não arriscar.

Ele se dirige à geladeira ao lado e pega uma Corona. Coloca o biscoito de volta na prateleira e pega um saco de Doritos. Vai até o caixa e paga a despesa, triste, mas convencido de que fez a coisa certa.

9 DIAS E 19 HORAS

SEDE DA FUSÃO, WASHINGTON, D.C.

— Senhoras e senhores, o zero 9 foi localizado! Pegamos ele.

Graças a Deus. Agora só faltam dois, Kaitlyn Day e James Kenner, zeros 10 e 2. Tudo indica que vão capturar todos os dez dentro do prazo previsto, provavelmente com uma boa folga.

Cy desce até o térreo do Vazio, onde distribui tapinhas nas costas e apertos de mão.

— Vocês são demais! Que sangue-frio!

Convida o chefe da equipe de busca do zero 9, de nome Terry, para subir com ele no palanque, antes de notar que Burt e Erika estão num canto do salão. É um bom momento para provar mais uma vez àquele burocrata mal-humorado a sorte que tem por estar trabalhando com tanta gente competente.

— Vem cá, Terry. Conte aos outros como você conseguiu.

Risos. O alívio toma conta de toda aquela pequena comunidade. As pessoas saem de suas tocas, onde, enclausuradas e tensas, trabalham sem descanso há três longas semanas.

Terry não deve ter mais de 25 anos. Ainda é atormentado pela acne; o rosto parece um pão com gergelim. É magro como um palito.

No começo, mal consegue falar de tão nervoso, mas aos poucos entra no ritmo.

— Na verdade, o maior responsável foi o Clarividente. Para começar, apuramos que Don White era o puro suco de Kansas City. Ele foi fuzileiro naval e depois se tornou caçador de recompensas até ter problemas no joelho... Ele sabe se esconder, mas é raro sair de Kansas City. Não é de acampar nem de fazer trilha. Apresentamos esses fatos ao Clarividente e ele construiu um modelo, que nós testamos. A partir daí, foi só trabalhar em cima dele.

— E é assim que a gente funciona — afirma Cy.

Depois de um riso nervoso, Terry prossegue:

— De acordo com o modelo criado pelo Clarividente, Don se esconderia numa comunidade de sem-teto. Devia estar com um celular descartável para emergências, já que a mãe é bem idosa, mas não tínhamos como identificar o aparelho numa cidade grande como Kansas City. Não se ele continuasse seguindo os mesmos padrões. Então, concentramos a atenção em lojas de conveniência próximas a acampamentos de sem-teto e pensões. Como já conhecíamos os gostos dele em matéria de cervejas e lanchinhos, recorremos a *beacons*.

Tinha chegado a hora de assumir o papel de chefe e educador, pensou Cy, sabendo que estava sendo observado por Burt.

— Me deixe interrompê-lo por um instante, Terry. Obrigado. *Beacons*, lembrem-se dessa palavra. Qual é o problema de usar o GPS para rastrear um smartphone? Sabemos que o GPS é útil para associar o telefone a um endereço, para saber se alguém está em casa, por exemplo, mas a precisão é relativamente baixa. — Ele está transformando o *debriefing* num TED Talk, falando em um microfone de orelha, a voz amplificada ressoando no Vazio. — A precisão é de no máximo vinte metros. Numa cidade grande, isso significa que não sabemos se o usuário do aparelho está no Starbucks ou no Dunkin' Donuts do lado. Mas é *isso* que nós queremos saber. Na verdade, queremos saber *mais* que isso. É claro que podemos consultar recibos de cartão de crédito e cartões de fidelidade para descobrir onde a pessoa esteve. Isso é moleza. Acontece que queremos saber, em tempo real, não só onde, exatamente, a pessoa está, mas se está comprando arroz integral em vez de arroz comum... e *também* queremos saber se a pessoa comprou arroz integral depois de passar trinta segundos analisando as opções de pizza. Porque, nesse caso, *sabemos* que a pessoa esteve tentada a comprar pizza. Essa informação permite que qualquer mané direcione publicidade com mais eficácia. Se, quando a pessoa está a caminho de casa, pronta para preparar o jantar da família, o anunciante enviar uma mensagem oferecendo um cupom de desconto para a nova pizzaria da esquina, entregue em domicílio, com uma simples mensagem de "Clique para aceitar" que expira em quarenta minutos, as chances são de que a pessoa aceite a oferta e, ao chegar em casa, simplesmente guarde na geladeira o que comprou no mercado. O que isso tem a ver com a Fusão? Na Fusão, esse conhecimento facilita muito a nossa missão de localizar os malfeitores. Graças ao uso cada vez maior de câmeras de segurança e aos nossos amigos da Verizon e da AT&T e seu admirável trabalho para suplementar as boas e velhas torres de celular com milhares de pequenos *beacons* instalados em toda parte, *beacons*, *beacons*, *beacons* por todo lado, a Fusão dispõe de uma rede de observação completa que permite acompanhar qualquer smartphone *em tempo real*, com precisão de centímetros. Se a pessoa está com um celular no bolso e para diante da geladeira que contém sua cerveja preferida, nós ficamos sabendo. Terry, qual é a cerveja preferida desse sujeito?

— Prairie Weekend.

Risos. Que diversão gloriosa.

— Alguns segundos antes — prossegue Cy —, o sujeito havia parado perto do biscoito preferido dele, e a gente já sabe. Terry, qual é o biscoito preferido desse cara?

— Oreo.

Mais risos.

— Então vocês rastrearam o celular dele? — pergunta Cy. — Como?

— Ele foi muito cauteloso. Não ligou o celular descartável nenhuma vez. Acontece que, observando as câmeras de segurança do bairro, descobrimos um possível suspeito, com idade, altura e modo de andar compatíveis com os de Don White, entrando numa loja de conveniência. Acessamos as câmeras internas da loja, usamos *beacons* para segui-lo e vimos que o suspeito, de capuz e tudo, pegou um pacote de Oreo e ficou muito tempo parado em frente a uma geladeira decidindo que cerveja comprar. Quando escaneamos o caixa, vimos que ele acabou comprando seis Coronas. Mas o item seguinte que ele *quase* comprou...

— Não conseguiu resistir.

Ainda mais risos.

— Traído por um biscoito. Caso encerrado — pavoneia-se Cy para a multidão em geral e para Burt em particular. — Com todos esses *beacons* e mais o 5G e, em breve, o 6G e o 7G, podemos ler qualquer pessoa do país como um livro, manipulá-la como uma marionete. É um mundo novo, pessoal. Um mundo novo.

Em resposta aos brados de "Incrível!" e "Sensacional!", Cy abre um sorrisão cinematográfico e pergunta:

— Vocês querem ver o banco de trás do veículo de captura?

Ele encosta no iPad e uma imagem de Don White, de cara amarrada e barbudo, aparece na enorme tela do Vazio. Ele está no banco de trás de um SUV, com um agente de cada lado, um com uma caixa de Oreo, outro com um engradado de Prairie Weekend, ambos sorrindo para a câmera e empurrando seus presentes contra o peito de Don White. Ele parece prestes a vomitar.

Cy lidera os aplausos e aponta para o grande painel, onde apenas as imagens do zero 2 (James Kenner, empresário de tecnologia) e da zero 10 (Kaitlyn Day, bibliotecária) permanecem acesas.

8 DIAS E 17 HORAS

SARATOGA SPRINGS, NOVA YORK

Todas as ruas têm câmeras. Até o gazebo de plástico no jardim onde ela se abriga à noite tem câmeras. Estão em toda parte. Meu nome é Kaitlyn Day, pensa ela, enquanto se esforça para andar como se fosse outra pessoa. Estou participando de uma experiência para testar a capacidade do governo de vigiar toda a população do país. A ideia a faz rir. O que fazer quando a verdade começa a lembrar o delírio de um paranoico?

No bolso da calça, embolado, está o troco da última nota de cem dólares. Ela alisa as notas. Duas de vinte, uma de dez, quatro de um dólar, duas moedas de vinte e cinco centavos, uma de dez e uma de um. A passagem de ônibus para o próximo destino custa quarenta dólares. Esse dinheiro não pode ser gasto. Ela enrola as notas de vinte e as esconde no sapato. O restante, 14 dólares e uns trocados, vai ter que cobrir dois a quatro dias de comida. Bom, é assim que muita gente vive. Caramba, três quartos da população mundial ficariam felizes se pudessem contar com tanto dinheiro. O jeito é ser econômica. Disponível agora nas livrarias: *Como viver nos Estados Unidos com sete dólares por dia?*, de... de quem? Boa pergunta. Quem exatamente ela é?

Tenta lembrar enquanto se mantém na periferia da cidade, evitando as zonas de maior movimento. Às vezes, tem a impressão de que seu relógio parou. Fica olhando para ele, esperando o salto do ponteiro dos minutos, mas o movimento parece irregular. Devagar, devagar, rápido, rápido, devagar. É o relógio ou ela? O tempo não pode estar pregando peças, ela é a responsável. Isso não é bom. Nada bom. Estou perdendo o juízo.

Warren, estou por um fio.

Quer voltar para casa, querida?

Quero, mas não vou entregar os pontos. Não posso.

Ela tenta escutar a voz de Warren. Tenta se controlar, sussurra no ritmo dos passos, metade dos quais está ficando cada vez mais dolorosa. Controle-se, garota. Continue andando.

No meio da segunda noite, cambaleando de sono, Kaitlyn pula a cerca de um parque público e consegue passar algumas horas de semi-inconsciência embaixo de um arbusto que um topiário criativo transformou num guarda-chuva aberto. Compra um café e um bolinho numa carrocinha e depois — não tem como evitar — um jornal (tão caro!) em uma banca do outro lado da rua, assim que ela abre as portas. Come num banco de outro parque. Abre o *Washington Post* nas páginas dos classificados e lê:

GAROTA SOLITÁRIA. MUITO BEM. AGORA SÓ DEPENDE DE VOCÊ. HORA DE BRILHAR. CHEGOU O MOMENTO!

Ela tem vontade de chorar, de gritar. Para Warren, diz: Querido, eu ainda estou aqui.

Enxuga os olhos e olha para a bota ortopédica. Decide que está na hora de se livrar dela. Tira a bota, sente o ar frio tocar a pele, tenta girar lentamente o pé ainda frágil e constata que não perdeu o movimento. Ainda dói, mas vai ter que aguentar. Um arbusto denso recebe a bota descartada. Descanse em paz.

Perto da rodoviária, paga cinco dólares a um menino em situação de rua para comprar uma passagem no guichê por ela. Cambaleia ao embarcar, de cabeça baixa. Adormece.

Agora falta pouco, pensa ao acordar com o sacolejo do ônibus na estrada. Só precisa sobreviver mais nove dias. Não importa quantos zeros eles tenham capturado, ainda precisam encontrar uma bibliotecária aleatória e muito decidida e dispõem de pouco tempo para isso. A vantagem é minha, diz para Warren. A vantagem é minha, amor.

8 DIAS E 6 HORAS

DALLAS, TEXAS

Vozes.

Ele deve ter cochilado. Não ouviu nenhum veículo se aproximar, mas agora dois homens estão conversando do lado de fora do depósito, e as vozes estão próximas.

— É aqui?

— É.

— Tem certeza?

— Absoluta.

E então... então... uma batida à porta.

A porcaria de uma batida à porta. Ele fica encarando. Espera. E então... batem com mais força.

Para James Kenner — zero 2, especialista em proteção da privacidade e programador —, o que ele menos esperava era uma batida à porta.

Prende a respiração, desliga o computador. Tira os sapatos. Vai até o interruptor em silêncio, apenas de meias, e apaga a luz.

— Sr. Kenner?

Ah, merda.

— Sr. Kenner. Sabemos que está aí.

Uma segunda voz diz:

— Somos da equipe de captura da Fusão, Sr. Kenner.

James, no escuro, tem uma esperança ridícula de que, se não disser nem fizer nada naquele momento crítico, talvez eles simplesmente vão embora.

— Abra a porta, por favor, Sr. Kenner.

Minutos depois — uma eternidade, para Kenner — a porta de madeira se estilhaça na primeira tentativa, projetando um retângulo de luz no interior do depósito, que logo é ocupado por um homem corpulento com uma marreta na mão.

— Zero 2? James Kenner?

Mais tarde, apoiado num SUV preto, depois de assinar em um tablet o termo da sua captura, James, humilhado, exige saber como foi descoberto.

— Sua playlist ajudou — é a resposta.

— Minha *playlist*? Eu fiz todos os streamings usando um avatar incraqueável. Vocês craquearam o meu avatar?

— Não. Seu programa de mascaramento é muito bom.

— Então eu não entendo. Minha *playlist*?

— O senhor foi osso duro de roer. Começamos com uma tentativa maciça de decriptar a engenharia do MaskIt, certos de que a estaria usando, mas sua tecnologia ainda está resistindo a todas as nossas tentativas, de modo que o senhor está de parabéns. O jeito foi estudar sua vida. E depois sua casa. Revistamos tudo. Cada detalhe. Vidas humanas, cada ação, cada compra provoca uma série de ondas, como uma pedrinha jogada num lago. Mas isso o senhor está cansado de saber. Seguimos todas as pistas. Elas não pareciam levar a lugar nenhum até encontrarmos uma camiseta na última gaveta do seu armário. Grandes descobertas podem vir de qualquer lugar.

— Uma camiseta?

— Foi assim que encontramos o senhor.

— Mas...

— Olha, fomos atrás de tudo a que tínhamos acesso, é claro, de modo que entre as coisas que examinamos estavam todas as suas roupas.

— Camiseta? Você disse que foi uma camiseta? Vocês me encontraram por causa de uma camiseta?

— Aquela que diz NEM TODO MUNDO ESTAVA LUTANDO KUNG FU. A música "Kung Fu Fighting" não está nem no top 40 hoje em dia, por isso ficou claro para nós que ela estaria na sua playlist. Então, começamos a monitorar os streams dessa música em todo site de música com servidores nos Estados Unidos, eliminamos todo mundo que *não* poderia ser o senhor e acabamos com uma lista relativamente curta de fãs de "Kung Fu Fighting", por assim dizer. Só uns dez mil por dia. Ainda era muita coisa para processar e triangular, mas é assim que a Fusão trabalha. O que nos levou até a conta de um Sr. Turbando, primeiro nome Tomás, e isso nos levou a examinar que outras músicas o Sr. Turbando estava ouvindo. A equipe de busca constatou que James Kenner costumava ouvir muitas dessas músicas. A partir desse ponto, passamos a desconfiar que Tomás Turbando podia ser o senhor. Em pouco tempo, depois de hackear vários sites de vendas da internet, descobrimos que o nome Tomás Turbando aparecia com frequência e que duas entregas de comida em nome do Sr. Turbando tinham sido feitas nesse endereço. A partir daí, monitoramos todo o tráfego de internet do Sr. Turbando, e com isso localizamos o computador real que o avatar estava usando para ouvir as músicas. E olha só, o endereço do computador e das entregas de penne all'arabiata, bingo, era o mesmo.

— Bingo — murmura James, com a barba por fazer, abatido, balançando a cabeça. — A porcaria de uma camiseta...

— Mas, como eu disse, o senhor nos deu muito trabalho e merece parabéns. E vou dizer outra coisa: o senhor está certo.

— Certo? Estou certo com relação a quê?

O agente dá de ombros.

— Nem *todo mundo* estava lutando kung fu.

7 DIAS E 18 HORAS

FLORESTA ESTADUAL SPROUL, PENSILVÂNIA

Manhã. Tarde. Noite. Manhã. Cinco horas no ônibus, seis pegando carona, três andando. O tornozelo dói a cada passo. Finalmente, ela sai da mata densa, para na beira de um penhasco e olha para baixo, para uma pequena cabana no meio de uma clareira isolada, cercada de carvalhos e bordos. Uma tênue coluna de fumaça sai da chaminé e uma luz brilha no interior. Sente vontade de chorar.

Enquanto cambaleia descendo a trilha, vê alguém se mexendo dentro da cabana. Queria correr, mas suas pernas não permitem. Está exausta. Parando a cinco metros da porta, consegue discernir a pessoa dentro da casa. Uma figura familiar. Pega uma pedrinha no chão e a arremessa no vidro da janela. A pessoa lá dentro ergue o olhar e as duas mulheres se reconhecem.

Segundos depois, a porta é aberta. A mulher que sai para a varanda está usando calça de ioga e um suéter de tricô com as cores do arco-íris. Devem ter mais ou menos a mesma idade. Usa um corte bob e óculos grandes e redondos. Ergue a mão em saudação.

— Querida, você está péssima!

O comentário arranca um sorriso, mas é um sorriso cansado.

— Oi, meu bem.

— Você conseguiu!

— Mais ou menos.

As duas se abraçam.

— Você está com sorte. Preparei uma sopa — sussurra a mulher de suéter colorido.

As duas entram na casa e a porta é fechada.

7 DIAS E 9 HORAS

SEDE DA FUSÃO, WASHINGTON, D.C.

Chegando bem cedo ao trabalho, Cy encara a grande tela. Nove dos dez retratos estão apagados, incluindo todos os cinco profissionais. Estou *a um tantinho assim* de voltar para Palo Alto, pensa ele antes de olhar para o único retrato ainda iluminado e depois para o relógio que mostra a contagem regressiva. Tá bom, onde está você, Kaitlyn Day? Já chega disso.

A admiração inicial que sentia por ela desapareceu drasticamente nos últimos dois dias e foi substituída por aborrecimento e certa perplexidade. É verdade que Kaitlyn está desafiando com sucesso a capacidade da Fusão, mas ele sente que há alguma coisa *errada* na questão e isso o incomoda demais. Basta atentar para os fatos: uma bibliotecária, sem experiência nesse ramo, sozinha, atrapalhada por transtornos mentais, com o tornozelo torcido a ponto de precisar de bota ortopédica, conseguiu escapar repetidas vezes da maior organização de vigilância do mundo. Não faz sentido. Ele já examinou exaustivamente a ficha dela, a biografia, e nada sugere que uma iniciante como ela poderia estar se saindo tão bem. Nesse ritmo, ela vai ganhar tudo e talvez ferir mortalmente a reputação da Fusão de conseguir localizar qualquer pessoa, a qualquer hora, nos Estados Unidos. Mais horas do que Cy gostaria foram gastas tentando prever o que ela iria fazer em seguida. A fuga para o Canadá foi uma jogada de mestre, pois levou a uma crise diplomática que tomou todo o tempo da Fusão e permitiu que ela seguisse um rumo ignorado. Se sua ideia era permanecer fora do radar, está conseguindo; há duas semanas não se vê qualquer sinal do seu paradeiro. É quase ridículo, mas a Fusão, apesar dos seus vastos recursos, perdeu Kaitlyn Day de vista.

Sonia Duvall se apresenta, atendendo a uma convocação.

— Vou fazer uma mudança, Sonia — informa Cy, sem olhar para ela. — Quero que você volte para a equipe de busca da zero 10. Assuma o lugar de Zack. Agora você está no comando. Está de acordo?

O rosto da jovem se ilumina como uma tela de laptop.

— Claro que sim.

— Por que ainda não conseguimos encontrá-la? — pergunta Cy.

Sonia leva algum tempo para responder. Os dois observam um mapa digital dos Estados Unidos e do Canadá que não mostra nenhum ponto de interesse.

— Talvez porque ela esteja agindo como se fosse outra pessoa?

7 DIAS E 6 HORAS

FLORESTA ESTADUAL SPROUL, PENSILVÂNIA

Do banheiro, onde está pintando o cabelo de loiro, ela consegue sentir o cheiro da sopa no fogão. É a receita da mãe de Kaitlyn. Deliciosa. As duas mulheres comem juntas, colocando a conversa em dia sobre o que aconteceu nas últimas três semanas, descrevendo toda a odisseia por que passou, cada mínimo detalhe, e a eficácia do plano mestre, que consiste em chamar atenção para si e escapar no momento mais crítico.

Depois de comer, ela dorme feito uma pedra. Os sonhos são desconexos. Quando acorda, parcialmente recuperada, o sol está se pondo. Vai fazer companhia à amiga na mesa de jantar. Tem um celular no meio da mesa. Ao lado, a bateria do aparelho.

— Muito obrigada por me ajudar. Você é um amor.

— De nada, querida. Só quero que você acabe com eles e ganhe esse prêmio.

— Estou tentando.

— Eu sei. — A amiga sorri. — Tá bom, vamos em frente?

— Vamos.

— Eu faço ou você faz?

— Pode fazer.

— Está bem. Vamos arrebentar esse jogo.

Duas mãos cheirando a cebola e tomilho fresco removem a tampa traseira do celular e introduzem a bateria. *Clique*. Um polegar aperta o botão de ligar. Segundos depois, a tela acende. No canto superior direito aparecem duas barras. O sinal está forte o suficiente para ser detectado.

7 DIAS E 6 HORAS

SEDE DA FUSÃO, WASHINGTON, D.C.

— Cy! — exclama Sonia Duvall no intercomunicador.

— Hummm?

— Captamos um celular! Achamos que é o da zero 10. Foi ligado!

A voz alta da jovem está trêmula de emoção.

Sentado à sua mesa, Cy se pergunta: será que é mais um truque, mais uma jogada dessa mulher diabólica?

— Como você sabe que é o celular dela e não um dos que usou para nos confundir?

— Acontece que é o único dos que ela comprou em Boston que ainda não tinha sido localizado, porque é o único em que o chip foi trocado, então está claro que essa é a primeira vez que ela fez algum esforço para esconder a identidade de um deles. Nós tínhamos o IMEI, mas isso não adiantava enquanto não fosse ligado. Cy, nós sabemos onde ela está!

— Onde?

— Cento e sessenta quilômetros a oeste de Scranton, Pensilvânia. No meio de uma floresta. O sinal está bem fraco, quase não pega.

Uma batida à porta. É Erika. Eles se entreolham.

— Já soube? — pergunta ela.

Cy tem um pressentimento de que dessa vez é de fato Kaitlyn Day.

— Quero ir até lá — anuncia, surpreendendo Erika.

Afinal, é a última captura e pode resultar num contrato de bilhões de dólares com o governo. Além disso, uma parte dele quer conhecer pessoalmente a zero 10 e tentar descobrir a razão da inesperada resistência da bibliotecária.

— Onde está a equipe de captura mais próxima? — pergunta a Sonia.

— Em Nova York.

— Eu quero chegar lá primeiro.

Seus olhos se voltam para a parceira, amante, melhor amiga. Ele vê que Erika também está emocionada. É uma vitória dela, talvez ainda mais do que sua.

— Vamos sair daqui — propõe ele. — Vem comigo.

6 DIAS E 23 HORAS

FLORESTA ESTADUAL SPROUL, PENSILVÂNIA

O helicóptero pousa num descampado. Cy, usando seu uniforme de cibermonge e carregando a bolsa cinza do laptop, é escoltado pela terra congelada — não é fácil para quem está calçando Allbirds — e entra num SUV do Departamento de Conservação e Recursos Naturais da Pensilvânia. Erika entra logo atrás dele, apressada. As portas são fechadas com um estalo. Nenhum dos dois fala. Trezentos quilômetros, a distância entre a zero 10 e Cy quando rastrearam o celular dela, se reduziram a três quilômetros de estrada de terra. Os três quilômetros logo se transformam em trezentos metros.

Quando ele salta do veículo, o motorista lhe oferece um casaco acolchoado de poliéster, que ele veste com um dar de ombros. Um membro da equipe de captura que chegou em outro helicóptero grita alguma coisa a respeito de perímetros e rotas de fuga, mas Cy vai direto para a porta da cabana, atraído pelo canto de sereia das barras de sinal do celular. Erika o segue de perto.

Cy bate à porta e é surpreendido ao ouvir uma voz feminina dizer, calmamente:

— Pode entrar.

O interior da cabana é um único cômodo, uma combinação de sala de estar, sala de jantar e cozinha, mobiliado no estilo americano de Arts & Crafts. Cy vê pinturas baratas nas paredes, uma lareira acesa e, num sofá em frente à lareira, uma mulher, tricotando, que sorri amistosamente para ele.

Mas aquela não é Kaitlyn Day. É parecida. Mesmo cabelo, mesmos óculos, mesma idade. O rosto, porém, é diferente, e há um espaço entre os dentes da frente.

— Olá. Estou procurando Kaitlyn Day.

— Pois você acaba de encontrá-la.

— Kaitlyn Elizabeth Day? — completa Cy.

— Kaitlyn Elizabeth Day — repete a mulher. — Em pessoa.

A equipe de captura entra na cabana atrás de Cy, enchendo a sala com jaquetas corta-vento e bonés de beisebol.

— Seu endereço é Marlborough Street, 89, Boston, Massachusetts, apartamento 7?

— É pequeno, mas confortável.

Os olhos de Cy se voltam para o celular em cima da mesa.

A mulher acompanha o olhar de Cy e sorri.

— Nós sabemos que esse é o celular de Kaitlyn — insiste ele.

— Vocês estão certos... Esse *é* o telefone de Kaitlyn Day. Não há a menor dúvida.

Erika tira uma foto do bolso e se aproxima da mulher. A fotografia foi tirada na primeira entrevista com os candidatos ao teste.

— A senhora conhece essa mulher?

A mulher pega a foto, a examina e depois a devolve.

— Conheço. Claro que conheço.

— Quem é ela?

— Vocês ainda não sabem?

6 DIAS E 20 HORAS

FLORESTA ESTADUAL SPROUL, PENSILVÂNIA

Ela conheceu Warren numa festa em Georgetown, quando ele estava terminando um pós-doutorado e ela trabalhava no Hospital Inova Fairfax, em Falls Church. Ela notou que os olhos do rapaz tinham passado por ela sem parar da primeira vez. Talvez não estivesse a fim, ou tivesse visto outra pessoa, mas, depois que foram apresentados e conversaram, sentiu que ele mudou de atitude. Um sujeito contou uma piada sobre mulheres no trânsito e ela o presenteou com tudo o que sabia sobre o assunto depois de trabalhar desde os 7 anos para o pai, que havia sido mecânico de várias equipes da Nascar. Depois disso, Warren só quis ficar com ela. Ela gostou. Conversaram sobre os bares de Washington, sobre suas famílias, sobre o trabalho dela, sobre o que ela gostava de ler. Quando Warren a convidou para dançar, ela não tinha dúvida de que ele estava interessado de verdade.

— Qual é o seu nome?

Ela percebeu, pelo bafo de uísque, que ele estava se divertindo e gostando dela.

— Eu já disse e você se esqueceu. Não vou repetir.

A atmosfera era barulhenta e úmida de suor; o ar cheirava a fumaça de cigarro, cerveja e aquele toque de farra de fim de semestre universitário. Ele apoiou a mão na base das costas dela; a sensação era gostosa. E continuou sendo, para sempre depois daquele dia.

Quando ele a puxou mais para perto, dizendo "Vem cá", ela o repeliu um pouco, se contorceu, deixou que a puxasse de novo. Ele a fez rodopiar e a inclinou para trás, o que a deixou surpresa e encantada. Começou a rir, uma gargalhada alta que fez o rosto dele se iluminar.

Quando a música terminou, ele a girou e a pegou mais uma vez. Alguém estava discutindo com o autoproclamado DJ. Muita gente começou a vaiar e a berrar, pedindo outro tipo de música, mas eles já estavam dentro de uma pequena bolha, só os dois. Ele tinha olhos bonitos, maçãs do rosto salientes e uma pequena pinta perto da orelha esquerda. Quando chegaram à escada, onde um conseguia ouvir o que o outro estava dizendo, ela foi muito direta.

— Dizem que descobrimos praticamente tudo que é preciso saber a respeito de outra pessoa nos primeiros quinze minutos.

— Então nosso tempo está quase acabando.

— Isso equivale a dizer que é possível tirar conclusões muito precisas a partir de dados escassos — afirmou ela num tom pedante.

— Chamam isso de "corte fino" na psicologia, usar uma fatia fina para saber o gosto do todo.

— Dados escassos? Beleza. Nesse caso, qual o gosto de uma fatia fina *sua*?

Ela revirou os olhos.

— Está falando sério?

Ele fez cara de arrependido.

— Tá bom. Vamos inverter as coisas. Já que os quinze minutos se esgotaram, o que acha de *mim*? O que você detectou, Sherlock, agora que provou uma fatia fina *minha*?

— Quer saber mesmo?

— Vou me arrepender, mas quero, sim. Manda ver.

— Está bem. Você é um cara inteligente, é óbvio, mas precisa de alguns drinques para ter a confiança que deveria ter naturalmente. Inteligente, mas tímido, e tentando sempre compensar.

— Ui! Mais alguma coisa?

— Além disso, mesmo tentando ser mais descolado, você deixa de lado coisas importantes. Coisas que, no futuro, vai descobrir que fazem falta.

— É mesmo? Pode me dar um exemplo?

Ele estava segurando a mão dela então.

— Meu nome é um bom exemplo.

Ele riu e fez que não com a cabeça.

— Justo. Nesse caso, tenha pena de mim. Se me der mais uma chance, eu levo você para jantar amanhã à noite em qualquer restaurante de Washington, à sua escolha, de preço razoável. Agora me diga: qual é o seu nome?

Ela olhou para o rapaz. Não era como os sujeitos presunçosos, metidos a intelectuais, que havia conhecido recentemente. Sentiu que algo nele a atraía e sentiu algo semelhante nela própria respondendo. Um eco cósmico. Pensou em como era possível uma pessoa se sentir confortável, segura e em terreno familiar e ao mesmo tempo empolgada, disposta a correr riscos, à beira de um novo mundo.

Encontraram alguma privacidade do outro lado da rua. Um posto de gasolina fechado, iluminado por uma lua quase cheia. Eles se beijaram entre a bomba de gasolina comum e a bomba de óleo diesel.

— Samantha. Meu nome é Samantha.

6 DIAS E 20 HORAS

FLORESTA ESTADUAL SPROUL, PENSILVÂNIA

— Samantha — diz Kaitlyn Day. — Minha amiga Sam. Uma mulher corajosa. Boa sorte em encontrá-la.

Cy ainda está tentando entender.

— Samantha?

— Samantha Crewe. Ela é meio parecida comigo, mas tem dentes melhores e não usa óculos. Ou melhor, não precisa de óculos, não na *realidade*. Se é que isso *aqui* é a realidade. Qualquer parte disso. Eu já falei da sopa? — Ela olha para Cy. — Acho que uma sopa cairia bem em você.

6 DIAS E 19 HORAS

FLORESTA ESTADUAL SPROUL, PENSILVÂNIA

Samantha Crewe, nascida Warhurst, enfermeira intensivista, 31 anos, loira natural, visão perfeita, apreciadora de cerveja, nenhum espaço entre os dentes da frente, está nesse exato momento numa colina arborizada, observando com binóculos a menos de um quilômetro a cabana de onde saem Cy Baxter em pessoa (puxa vida!) e uma mulher que só pode ser Erika Coogan (duplo puxa vida!). Ela sabe que não é prudente permanecer tão perto da cabana, mas quer se certificar de que a amiga Kaitlyn está bem. Ela vê Cy tirar o casaco e jogá-lo no chão. Parece um acesso de raiva. Erika Coogan espera até que Cy pare de chutar o casaco para segurá-lo pelo braço e aparentemente dizer palavras de consolo. Os ombros de Baxter relaxam. Ele parece escutar. Faz que sim com a cabeça e permite que Erika o conduza de volta para a cabana.

Sam espera mais dois minutos até ouvir o som das hélices de um helicóptero. Eles devem estar começando a fazer uma varredura aérea da floresta e só Deus sabe quantos brinquedos têm à disposição. Ela guarda os binóculos na mochila nova e limpa, certifica-se de que está levando a caderneta, a garrafa de água e a pulseira de sobrevivência.

Até o momento, tudo certo para a fase 2 do plano. Pelo menos agora tem a atenção total deles, exatamente como queria. Prova disso é a presença de Baxter e Coogan no local. Não é só a atenção de Baxter e da Iniciativa Fusão que ela espera, mas a atenção de todos os serviços de segurança dos Estados Unidos. A partir de agora, pretende usar toda essa atenção a seu favor.

FASE DOIS

6 DIAS E 19 HORAS

FLORESTA ESTADUAL SPROUL, PENSILVÂNIA

Dentro da cabana, Cy, sentado numa poltrona velha em frente a uma sorridente Kaitlyn Day, continua a interrogar aquela mulher enlouquecedoramente louca. Em vez de se intimidar, ela parece estar se divertindo, como se não quisesse que aquilo acabasse.

— Você precisa nos contar tudo o que sabe.

— Claro. Esse é o plano.

— Plano? Que plano?

— Ela *quer* que eu conte para vocês quase tudo que sei. Quer que eu seja transparente.

Cy e Erika se entreolham.

— Ela esteve aqui?

— Ah, sim, sim, salabim.

— Quando ela foi embora?

— Próxima pergunta.

— Você disse que ia contar *tudo* que sabe.

— *Quase* tudo.

— Para onde ela está indo?

— Não faço ideia. Não perguntei. Próxima pergunta.

— Você parece estar se divertindo com a situação.

— Pode me processar.

— Por que ela esteve aqui?

— Para me dizer que estava na hora de ligar o celular.

— Vamos começar do começo. Qual é o plano de Samantha?

Kaitlyn dá um peteleco numa poeira imaginária na calça jeans enquanto organiza os pensamentos.

— Ah, vejamos... Então, Sam me procurou com uns formulários de inscrição e outras coisas que ela tinha baixado da internet, dizendo que queria participar desse tal teste, e perguntou se eu estava a fim de ferrar o governo e os capitalistas que invadem a privacidade dos cidadãos para influenciar a opinião pública em segredo. Esse tipo de coisa. Se vocês me conhecessem, saberiam que era uma pergunta retórica. Como detesto esse tipo de coisa, respondi "Com toda a certeza", porque eu amo o meu país. Eu amo *mesmo* o meu país, Sr. Baxter, o que ele *poderia* e *deveria* ser, quer dizer, não o que atualmente é e *ameaça* ser no futuro. A ideia desse país. Mas o governo faz coisas tão terríveis e absurdas, umas merdas tão estúpidas e sem noção, contra as quais, durante toda a minha vida adulta, protestei ou tentei protestar. Escrevi cartas e cartas, mas não adiantou nada.

Ela respira fundo antes de continuar.

— E não me venha falar de WorldShare e de vocês dois palermas. Enfim, eu concordei, e a gente bolou um plano. Foi muito empolgante, é claro, porque tive que comprar todos os celulares, pedir para os meus amigos carregarem, arranjar carros e — faz um gesto com as mãos para indicar o ambiente — cabanas. Naturalmente, Sam me deu o dinheiro necessário e conversávamos todo dia até que ela pediu demissão do emprego de enfermeira, se mudou para o meu apartamento, pintou o cabelo e eu tirei férias da biblioteca e vim para cá de ônibus. Sam já havia providenciado para que houvesse comida, livros e outras coisas à minha espera. Posso dizer que a minha estada tem sido bem agradável, porque, do jeito que o mundo anda, prefiro ficar sozinha. Tive tempo de ler *Cinquenta tons de cinza* e *O capital* de cabo a rabo. Somos todos escravos, acho que essa é basicamente a mensagem de ambos os livros. — A risada é longa.

Quando ela para de rir, Erika se inclina para a frente, um pouco menos irritada que Cy.

— Kaitlyn, talvez você não tenha ideia de como o nosso trabalho é importante.

Kaitlyn dá de ombros.

— O que eu considero *importante* é combater qualquer organização que se disponha a coletar informações a respeito de todas as pessoas e conservá-las indefinidamente. É isso que vocês pretendem, não é? Lá na boa e velha CIA? Estou citando o próprio Gus Hunt, no discurso de 2013. Está no YouTube. Me desculpe, mas eca!

Erika está fascinada por essa alma excêntrica, cheia de ressentimentos grandes e pequenos, uma legisladora em potencial, mas sem poder para legislar.

— E eu não posso aprovar uma empresa privada que lucra com amplificação algorítmica, com a disseminação e microdestinação de informações falsas, muitas vezes produzidas por esquemas coordenados de *des*informação que fragmentam a nossa realidade compartilhada, envenenam o discurso social e paralisam a política democrática — acrescenta Kaitlyn. — Qual é o objetivo de vocês? Criar um matadouro para a verdade e, no processo, fomentar a violência e a morte até que a própria democracia dê lugar a um capitalismo privado baseado na vigilância, que, sem dúvida, nos conduzirá ao Armagedom? Não, senhora. A propósito, vocês sabiam que existe um lugar com esse nome? Armagedom. Fica no norte de Israel. Imagino que as casas por lá sejam baratas. Ah, o que a gente fez até agora, a cabana, Sam e eu e tudo mais, foi perfeitamente legal, caso estejam se perguntando. Nós lemos o contrato que vocês enviaram. O documento que assinei permitia que vocês investigassem os meus dados, então estamos limpas, tanto eu quanto ela. Em outras palavras, vocês que se fodam.

Como Cy não parece estar em condições de dizer nada, Erika insiste:

— Acho que estou começando a entender seus princípios, Kaitlyn. Obrigada pela contribuição. Pode nos dizer mais alguma coisa sobre Samantha? Suponho que ela pense do mesmo jeito que você a respeito... a respeito dos nossos objetivos.

Kaitlyn ignora a pergunta. A mente dela já está em outro lugar.

— Enquanto estava aqui, também decorei a tabela periódica. Tive tempo de sobra para isso. Ela esteve na minha lista de coisas a fazer desde que a minha melhor amiga do primeiro ano decorou tudo de cor. Quer ver só? Hidrogênio, hélio, lítio, berílio, boro, carbono, nitrogênio, oxigênio, flúor, neônio, sódio, magnésio, alumínio, silício, fósforo...

Erika tenta interrompê-la.

— Enxofre, cloro, argônio...

— Sra. Day, POR FAVOR!!!

O grito faz efeito. Com o fluxo de palavras interrompido, Kaitlyn olha para Erika, parecendo preferir isso a encarar Cy.

— *Sra.* Day? Ninguém me chama de senhora há muito tempo. Não sou casada, mas é claro, que bobagem a minha, vocês estão cansados de saber. Nunca encontrei minha alma gêmea. Agora? Sem chance. Estou acabada. Aliás, nunca fui muito bonita. Nunca tive um caso de amor, não como aconteceu com Sam e Warren. Mas onde é que eu estava? Ah, sim... potássio, cálcio, escândio, titânio, vanádio... Sam tem sofrido tanto desde que ele, vocês sabem... foi *terrível*... cromo, manganês, ferro, cobalto, níquel, cobre, zinco, gálio, germânio... desde que ele desapareceu. O que vem depois do germânio? Ah, evaporou. Sumiu. Calma, estou só brincando. Estou bem. Mentalmente estável...

— Basta! — grita Cy. — Erika fez uma pergunta. Você precisa responder. A propósito: para o seu governo, você não vai ver nem um tostão do dinheiro do prêmio. Você, ou melhor, sua amiga foi desclassificada. O teste beta está encerrado.

Erika percebe que o Cy mimado e infantil, do tipo "se não fizerem o que eu quero, levo a bola para casa", está em plena e nada atraente exibição. Essa situação mexeu mesmo com ele.

— Desclassificada por quê? — pergunta Kaitlyn, em tom desafiador. — Vocês ainda não capturaram a minha amiga. E é ela, obviamente, que precisam pegar. Não eu.

— Ela se passou por outra pessoa — retruca Cy. — Nos enganou.

— Ah, achei que esse teste fosse para provar que vocês eram mais espertos que terroristas, inimigos do Estado, espiões e tal. Se desistiram de procurar por ela, isso significa que Sam venceu.

Ele respira fundo, tentando se acalmar.

— Então você está dizendo que Samantha acha que vamos continuar a procurá-la por diversão? Com que objetivo?

— Vocês não vão? Continuar a busca?

— Nós capturamos Kaitlyn Day.

— Mas vocês estavam perseguindo Samantha Crewe, só não sabiam disso.

A ficha de Cy cai. É como levar um caixote na praia, sair rolando, engolir areia e água salgada, porque ele finalmente *entende* o enigma desconcertante daquela mulher, a razão para alguém esperto o suficiente para deixar pistas falsas no vasto universo dos dados ter feito algo tão estúpido quanto usar um caixa eletrônico numa rua movimentada, oferecendo o rosto à câmera e, assim, associando — o tempo todo tendo em vista a Fusão — o rosto de Sam ao nome "Kaitlyn Day". Mas não antes, *não* antes que Sam colocasse sua foto na carteira de motorista e no passaporte de Kaitlyn, que ele agora desconfia terem sido recentemente renovados! Se ela não tivesse estimulado a perseguição esse tempo todo, a Fusão teria concentrado mais recursos em fotos antigas e provavelmente teria descoberto a troca de identidade logo nos primeiros dias.

— Como vocês se comunicavam? — pergunta ele.

— Quê?

219

— Eu perguntei como vocês se comunicavam. Você tinha outro celular descartável?

— Ah, essa você vai achar engraçada. A gente se comunicava pessoalmente. Eu sei. Olho no olho. Coisa do passado, né? Em geral na biblioteca, quando ela ia lá, mas também em caminhadas que fazíamos juntas. Ela não gosta muito de caminhar, mas estava se preparando para ser um prego no sapato do governo. Coitada da Sam. Era tão solitária! Ninguém acreditava nela, nem mesmo a família. Enfim, o que eu estava dizendo mesmo? Ah, sim. A gente conversava pessoalmente. Não confio em celular... Acho que é uma das vantagens de ser paranoica. Caminhadas. Foi assim que conheci Sue, a dona dessa cabana, que fazia parte do nosso pequeno grupo de caminhadas. Ah, e os classificados. A gente combinou que, quando o teste começasse, passaria a se comunicar por meio de anúncios nas colunas de classificados. Se eu tivesse algum problema, publicaria um anúncio no *Washington Post*, o jornal impresso, veja você, endereçado à Garota Solitária. Mas tudo correu como o previsto, então nem precisei enviar um SOS. Agora, vocês têm certeza de que não querem sopa? É de ervilha com presunto. Receita da minha mãe. Ela já morreu. A gente não se dava muito bem, mas é da vida. A danada era uma cozinheira de mão cheia.

— Não quero sopa — diz Cy.

— Nada de sopa. Ah. Então que tal isso aqui? — Kaitlyn tira um pen drive do bolso e o oferece a Cy. — Talvez seja do seu interesse.

— O que tem aqui?

— Uma mensagem de Sam. Já falei os *meus* motivos para fazer o que fiz. No pen drive ela explica quais foram os motivos *dela*.

Cy sabe que não há mais nada a discutir. Ele pega o pen drive, se levanta de uma vez, coloca o laptop debaixo do braço e se dirige para a porta.

— Você vai precisar da senha para abrir o pen drive — informa Kaitlyn.

Cy para e trinca os dentes.

— E qual é a senha?

— Apenas uma palavra. T maiúsculo, o, m, i, r, i, s minúsculos. Tômiris.

Cy e Erika anotam a senha nos celulares, mas Kaitlyn continua falando.

— Vocês sabem quem foi Tômiris, certo? A rainha que destruiu Ciro, o Grande. Há dois mil e quinhentos anos, Ciro foi um grande líder. Estava prestes a conquistar o mundo inteiro, mas se meteu com a mulher errada. Ela o matou, mandou decapitá-lo e crucificá-lo e depois enfiou a cabeça dele num odre cheio de sangue humano. — Ela se volta para Cy. — Ciro está enterrado no Irã. Ou, pelo menos, a maior parte dele.

Cy sente como se aquela doida tivesse acabado de enfiar a mão no seu peito e arrancado um pulmão. Não pode deixar que ela tenha a última palavra. Com o pen drive na mão fechada, ele puxa a maçaneta, mas só abre uma fresta antes de olhar para trás.

— Você está redondamente errada, aliás. Sua ideia de privacidade é coisa do passado. As pessoas não se importam mais com isso. A privacidade é uma prisão. Hoje em dia, as pessoas estão *ansiosas* para abrir mão da privacidade. Elas se sentem tão solitárias, como talvez, apenas talvez, você tenha experimentado pessoalmente, que ficam *aliviadas* quando têm a oportunidade de renunciar à privacidade. Sabe por quê? Vou explicar. Porque o que elas querem é ser *conhecidas*, não desconhecidas... querem ser *transparentes, observadas,* como se fossem interessantes, como prova de que os outros se interessam por elas. Todos os segredos expostos, todos os pecados revelados, ou melhor, *alardeados*! Nada é escondido. As pessoas querem que seja assim. E por quê? Quer saber por quê, *Sra.* Day? Porque ser observado... é um pouquinho como ser amado.

Clique da fechadura. Porta fechada. Ele vai embora.

6 DIAS E 18 HORAS

FLORESTA ESTADUAL SPROUL, PENSILVÂNIA

Erika alcança Cy antes que ele chegue ao SUV.

— Cy... Cy, espera. Nós vamos continuar a procurá-la?

— Ah, sim. Nós vamos, sim.

No banco de trás do veículo, depois de sinalizar para Erika que precisa de um tempo sozinho, Cy encaixa o pen drive no laptop, digita a senha, *tec-tec-tec-tec-tec-tec-tec*. *Tômiris?* Filha da mãe.

O pen drive contém apenas um arquivo de vídeo. O nome do arquivo é "Me veja". Engraçadinha. O antivírus abre uma janela com a pergunta: CONFIAR NESTE ARQUIVO? *Clique.* E, finalmente, lá está ela, em cores vivas e baixa resolução, a inimiga pública número 1, a zero 10, a mulher que *se fez passar* por Kaitlyn Day, uma tal de Samantha Crewe, olhando para ele. Não usa óculos. O cabelo é loiro. Ela se filmou na cabana, sentada na mesma porcaria de poltrona onde Cy estava sentado durante o interrogatório da Kaitlyn Doida. Samantha Crewe espera um instante antes de começar.

— Bom, acho que não preciso me apresentar. Vocês não sabem tudo a respeito de todo mundo? Onde cada pessoa está o tempo todo, quase tudo o que fez durante a vida? Pelo menos, é o que espero, porque agora vou precisar da ajuda de vocês para encontrar o meu marido. Foi por isso que decidi participar do teste. Vocês têm dez bilhões de dólares em jogo, ou seja lá quanto for. Bastante dinheiro, aliás. Devem estar tentando ao máximo não perder essa chance. Minha intenção era motivá-los. Espero ter conseguido. Meu marido desapareceu e eu quero ele de volta. Preciso dele de volta. Sr. Baxter, você tem acesso a todas as bases de dados do governo. Eu sei que, como parte do acordo, o governo entregou as chaves do reino. Então quero que você o encontre, porque o governo sabe onde ele está. Se o encontrarem, eu vou me entregar. — Ela faz uma pausa antes de continuar. — O nome dele é Warren. Warren Crewe. Ex-professor de economia em Harvard. Ele desapareceu quando estava executando uma missão secreta para a CIA em algum país do Oriente Médio, pelo que me consta. Servindo a nossa pátria. A polícia, o Departamento de Estado e até a Casa Branca negam que Warren estivesse trabalhando para o governo e alegam não saber onde ele está. Segundo eles, é mais provável que ele tenha me abandonado, sumido por conta própria, e esteja em alguma praia da Tailândia. O problema com essa versão é que eu conheço o meu marido. E agora quero que você também o conheça. Sei que ele estava trabalhando para certos elementos dentro do governo dos Estados Unidos e que agora o meu próprio governo está mentindo para mim quando diz que não sabe onde ele está. Acho que eles sabem muito bem, mas existem razões, que não podem revelar, para não me contar o que sabem. Estou propondo um trato. Se o senhor encontrar o meu marido, eu vou me entregar. O senhor me captura, salva o projeto e, como bônus, eu não conto para ninguém a nojeira que vocês estão fazendo aí na WorldShare. Eu sei de muita coisa, Cy. E tenho provas que podem manchar a imagem das suas empresas. Como, por exemplo... a Virginia Global Technologies. Bem, esse é o trato. Minha captura em troca de Warren Crewe. Estou esperando. E estou de olho. Ah, e só mais uma coisa: Kaitlyn sabe como entrar em contato comigo quando vocês tiverem as respostas que estou procurando.

Cy assiste ao vídeo umas dez vezes. Seria fácil interpretá-lo como o surto de uma mulher histérica abandonada pelo marido, jogá-lo mentalmente na privada, escolher a opção "dar a descarga" e *chuaaá*, mas a menção à Virginia Global Technologies, a esse nome específico, torna a ameaça que ela representa surpreendentemente *real*. Além disso, uma pessoa inteligente como essa mulher, que se arriscou com tanta coragem para espionar esse projeto (por meios que ele desconhece) e que agora ameaça revelar informações comprometedoras que podem causar muitos prejuízos à empresa dele, não pode estar de brincadeira. Seja o que for que aconteceu com o marido, ela precisa *ser levada a sério*.

Em algum momento, Erika bate na janela do carro. Hora de ir. Com o vidro abaixado, Cy dá uma última olhada em Kaitlyn Day, que está na porta da cabana. Ela acena como se fosse uma velha amiga. Parte de Cy quer que aquela louca consiga o mundo que deseja, só para que ela veja a catástrofe que seria. Por alguma razão, ele acena também.

Logo estão de novo no helicóptero, nos céus da Pensilvânia, a caminho de casa.

6 DIAS E 1 HORA

SEDE DA FUSÃO, WASHINGTON, D.C.

O clima é pesado. A comemoração foi cancelada e o champanhe não vai ser posto para gelar tão cedo.

Cy convoca, com urgência, os funcionários mais qualificados da empresa para sua sala, onde a imagem de Samantha, agora sem disfarce, substitui a floresta de sequoias. Ele informa que a busca pela zero 10 vai continuar, que a competição ainda não terminou e que, embora as regras originais sejam omissas quanto à validade de que um dos candidatos se apresente usando uma identidade falsa, os bandidos não respeitam regra nenhuma e, portanto, a Fusão deve estar preparada para tudo. Após esse esclarecimento, o clima geral é de apreensão, reforçada pelo grande relógio do Vazio, cuja contagem regressiva, que pode ser vista da sala, ilustra o pouco tempo que falta para que o teste resulte num fracasso total.

— Tá bom. Agora, vamos à boa notícia. Nós, *todos* nós, podemos concentrar todos os nossos recursos na busca da última zero. E temos quase uma semana inteira para encontrá-la. A má notícia é que essa zero já provou várias vezes que é uma adversária de respeito.

Deixando de lado muito do que *ele* sabe e do que Samantha *pode* saber — na verdade, escondendo de todos, exceto de Erika, a existência do pen drive com as revelações e as exigências da moça —, Cy chama Sonia Duvall para apresentar um perfil da zero 10.

— Samantha Crewe, 31 anos, sobrenome de solteira Warhurst. A mãe era dona de casa, o pai era engenheiro e trabalhou em várias equipes da Nascar. Sam ajudava o pai. Não se importava em sujar as mãos. Era bem moleca. Foi boa aluna, mas não era a primeira da turma. Pretendia fazer medicina, mas o pai ficou doente e ela não pôde pagar a faculdade. Em vez disso, foi para enfermagem. Tem três irmãos, todos na indústria automotiva. Era muito próxima deles até se casar. Depois, nem tanto. Afastou-se consideravelmente nos últimos anos. Agora a coisa começa a ficar interessante. Ela se casou com Warren Crewe, que conheceu aqui em Washington quando ele estava fazendo uma pesquisa de pós-doutorado sobre os mecanismos globais de disparidade de renda. Então ele começou a dar aula de economia em Harvard e pretendia se tornar catedrático, mas mudou de ideia para agir diretamente no mundo real. Samantha declarou publicamente, depois que ele desapareceu, e falo mais sobre isso em instantes, que Warren estava envolvido em trabalhos matemáticos avançados para a CIA ou outro órgão do governo, principalmente em atividades de coleta de informações. Na última viagem ao exterior, Warren disse a Samantha que estaria de volta em uma semana. Ele sempre se mostrava evasivo quanto aos países que visitava, mas ela notou que daquela vez estava levando na bagagem um dicionário persa. Foi a última vez que alguém teve notícias dele. Isso aconteceu há três anos. Desde então, Samantha escreveu várias cartas às autoridades e aos jornais, exigindo respostas, afirmando que alguém devia saber onde ele estava. A CIA localizou e mostrou para ela um registro de voo e imagens de câmeras de segurança de um homem, identificado como Warren Crewe, voando para Bangkok no dia em que foi visto pela última vez. Na falta de outras informações, a CIA presume que ele ainda esteja na Tailândia, como imigrante ilegal.

Lakshmi Patel tem algo a dizer.

— Samantha não acreditou nas declarações da CIA. Ela afirmou, em e-mails que recuperamos e em postagens em vários grupos relevantes, que tudo aquilo era parte de um plano sofisticado para encobrir a verdade, que Warren estava no Irã. Se não fosse o caso, por que levaria um dicionário persa na bagagem? E ela conseguiu alguma visibilidade. Sua versão foi publicada em algumas matérias de jornais de circulação menor e uma no *New York Times*, onde ela aparecia com os pais, apelando ao governo que investigasse e repetindo a alegação de que Warren trabalhava para a CIA.

— Quando a CIA se negou a reabrir o caso, Samantha iniciou uma petição on-line por uma intervenção direta do governo na CIA com quinze mil assinaturas, mas até o momento nenhuma medida foi tomada — continua Sonia. — Estamos coletando mais informações, mas por enquanto é isso.

Sonia fecha o arquivo. Corre os olhos pela sala. Brinca com uma caneta desnecessária.

— É isso aí — diz Cy. — Enquanto intensificamos as buscas pela mulher, vamos também abrir uma investigação paralela sobre o marido. Se encontrarmos Samantha, caso encerrado. Se descobrirmos onde o marido dela está, acho que isso também vai nos ajudar a encontrar a zero 10. Dois coelhos com uma cajadada só. O que mais? Sonia, parece que hoje é você quem dá as cartas.

— Na verdade — diz Sonia —, para uma análise comportamental de Samantha, gostaria de passar a palavra para Lakshmi.

Ela se volta para a colega, que assume a palavra.

— Então... pelo que vimos até agora a respeito de Samantha Crewe e conhecemos do seu passado, ela é uma pessoa extremamente motivada, com uma dedicação fervorosa a sua causa. Ela *acredita* nas alegações que faz, sejam verdadeiras ou não. Ela *acredita* que o governo está mentindo a respeito do paradeiro do marido. Desenvolveu uma profunda desconfiança das instituições. Se isolou da vida comum e assumiu uma relação extremista e antagônica com o país e, mais recentemente, com a nossa organização. Acredito que seja capaz de qualquer coisa para defender suas ideias.

Depois de algum tempo, com toda a clareza e pausadamente, Cy pergunta:

— Lakshmi, pode informar a todos aqui presentes exatamente com quem você está fodendo?

— C-como assim? — gagueja a moça.

— Eu perguntei com quem você está fodendo. Porque alguém deu para você acesso a essa sala cheia de gente cujo QI médio é 165, então certamente foi uma pessoa muito importante. Com quem você está fodendo? Porque, se com toda a sua experiência no FBI, tudo o que pode nos dizer é que Samantha Crewe *é capaz de qualquer coisa*, acho pouco provável que você esteja aqui por mérito próprio.

Lakshmi fica vermelha, boquiaberta.

Há muito tempo Erika não via o marido tão fora de si.

— Cy... — começa ela.

Mas Lakshmi não deixa barato.

— Com todo o respeito, Cy, estou mais preocupada com como Samantha Crewe fodeu com todo esse projeto e como vamos fazer para desfoder tudo isso.

Há um silêncio de perplexidade na sala enquanto Lakshmi fecha seu fichário, se levanta com a maior dignidade possível e faz menção de se retirar.

Cy respira fundo e tenta se controlar.

— Me desculpa, Lakshmi. Não vá ainda. Por favor. Vamos continuar a discussão. Temos uma questão importante para resolver. Eu não devia ter dito o que disse, você não merecia isso. Me desculpa.

Lakshmi passa um tempo considerando suas opções, seu futuro, e se senta de volta, então Cy pergunta:

— Mais alguém? Alguém quer dizer alguma coisa?

Ninguém se manifesta.

— Tá bom. Então, o que vamos fazer daqui para a frente? Alguém pode repetir? Vamos, quero saber se prestaram atenção.

Depois de um instante de hesitação, Sonia decide falar, consultando suas anotações.

— Intensificar os esforços para localizar Samantha e iniciar uma busca paralela para descobrir o paradeiro de Warren Crewe.

— Só que, no caso de Warren, devemos ser discretos. Nada de contatos com o governo. Que as equipes reportem só a você. Se ele estava mesmo trabalhando para a CIA, o governo vai querer abafar o assunto, e eu não quero a CIA no meu pé mais do que já está, ainda mais agora. — Ele se levanta e coloca o laptop debaixo do braço. — Vamos encontrar *Samantha*. Nosso foco: uma enfermeira, seis dias e meio. Mãos à obra.

A caminho da porta, Cy desliza a mão pela parede, como um gesto de desdém num aplicativo de encontros, e a imagem de Samantha é substituída por uma praia deserta, banhada por ondas suaves, com um *chuá-chuá* relaxante.

Quando ele sai da sala e fecha a porta, é como se houvesse uma súbita descompressão na cabine de um avião.

A primeira a falar é Sonia.

— Então agora devemos investigar a CIA? Isso não é meio absurdo?

Erika, relaxando e lembrando-se do passeio com Burt Walker no jardim, quando foi advertida de que não deveriam guardar segredos do principal financiador, preenche a lacuna deixada por Cy.

— Vamos apenas supor que a CIA está dizendo a verdade, que Warren Crewe não estava trabalhando para o governo, mas devemos manter a mente aberta. Tudo é possível e qualquer coisa que descobrirmos a respeito de Warren é relevante.

Dirigindo-se ao restante da equipe, prossegue:

— Mas não devemos nos esquecer de que o alvo principal da investigação é Samantha. O primeiro passo é acoplar nossos novos algoritmos às câmeras de segurança. Achamos que ela não está usando um carro moderno. Ela parece ter previsto que usaríamos um programa como o Anjo Chorão e recorreu apenas a modelos antigos, que não têm computador de bordo, para frustrar nossos esforços. Entretanto, podemos usar as câmeras de segurança para ver se detectamos alguém com seus vícios de direção. Também precisamos atualizar o modo de marcha dela. Ela está mancando de verdade, por causa do tornozelo machucado. Como Lakshmi observou muito bem, temos que descobrir uma forma de...

A equipe inteira fornece o restante da frase:

— ... desfoder tudo isso.

5 DIAS E 16 HORAS

VOLTA PLACE NW, GEORGETOWN, WASHINGTON, D.C.

Cy janta em silêncio com Erika. Em situações como aquela, é difícil manter a compostura. Depois do jantar, vai nadar na piscina coberta, sozinho, rompendo a superfície azulada com braçadas rápidas, agitadas, fortes. Em geral, dá vinte voltas, mas hoje dá cinquenta; precisa bombear as frustrações desse dia de merda para os capilares mais remotos do corpo e de lá expulsá-las *por completo* do organismo.

Exausto, ele fica sentado, nu, na sauna, olhando para as mãos que se cobrem lentamente de suor. Na atmosfera úmida, seus pensamentos se voltam para o enigma que é Samantha Crewe. Ela não parece mais tão inofensiva, embora tenha sido selecionada como um dos cinco representantes civis, crédulos e desinformados, tão numerosos nos Estados Unidos. Atrás daquela pessoa aparentemente comum se esconde uma inteligência brilhante. Esse foi o primeiro erro da Fusão: subestimá-la. Todas as ferramentas de previsão estavam calibradas para capturar uma cidadã desprevenida, com um conhecimento apenas rudimentar dos imensos poderes de que eles dispunham para levantar dados de todo tipo a respeito de qualquer pessoa. Tudo mais tinha sido consequência desse erro.

Samantha Crewe está em vantagem, mas ele vai derrotá-la, *precisa* derrotá-la. Faltam cinco dias e dezesseis horas. Dezenas de bilhões de dólares estão em jogo. Ele repassa mentalmente o que sabe sobre ela. O que está deixando passar? Alguma coisa. Alguma coisa que ainda não faz sentido. Ela usa muitos truques e conhece de perto as estratégias da Fusão. Basta considerar, por exemplo, o fato de que o carro dela é antigo, o que inviabiliza o uso do Anjo Chorão. É possível que uma pessoa comum saiba que dirigir um carro antigo é mais seguro que dirigir um carro moderno? Quando o teste beta começou, a Fusão ainda não havia nem revelado à CIA a existência do Anjo Chorão. E outras coisas também. Mesmo usando um esplêndido conjunto de câmeras que cobre o país inteiro, a Fusão não conseguiu detectar uma única vez essa mulher, que percorreu grandes distâncias a pé. Como ela poderia saber que muitas irregularidades no modo de andar dispariam um alerta? Não, alguém deve estar ajudando Samantha, além daquela maluca, a verdadeira Kaitlyn Day. Então lhe ocorre, logo após esse pensamento, que a pessoa deve ser um espião, alguém infiltrado, que trabalha na Fusão ou na CIA, mas está interessada no fracasso do projeto. De repente, tudo começa a fazer sentido! Tinha acabado de descobrir o elo que estava faltando. *Claro* que a haviam subestimado, porque estavam à procura de uma amadora solitária, quando, na verdade, deviam estar atrás de uma mulher ligada a um especialista que conhecia os segredos da Fusão e os métodos de um veterano da área de vigilância. Alguém com contas a ajustar com a CIA e, possivelmente, com aliados dentro da própria organização.

E é ali, totalmente nu, na sauna de uma mansão alugada, que Cy Baxter percebe que toda a sua fortuna, e até seu futuro e o de Erika, para não falar de todos aqueles com quem se importa, agora está nas mãos de uma mulher ensandecida e seus cúmplices, seja lá quem forem! Opa, opa, opa, esperem só até eu descobrir quem são esses colaboradores, esses conspiradores, pensa ele. Esperem só até eu encontrar vocês. Coisas muito ruins vão acontecer com eles.

Ele emerge da sauna para um mundo revigorante onde tudo é frio e objetivo, e ele também pretende ser frio e objetivo. Chega de bancar o bom moço; Cy vai abandonar essa parte da sua personalidade. Quando larga a toalha antes de mergulhar na piscina de imersão da sauna — pequena, funda, gelada —, ele se sente no controle, apesar da adrenalina que corre no sangue, porque agora tem uma vantagem que não tinha minutos atrás: *ele sabe das coisas*, coisas que o inimigo não sabe que ele sabe, e isso, meus amigos, significa poder. Vantagem para Cy Baxter, declara para si próprio ali mesmo, nu, encarando a água, e depois se lança, os pés primeiro, sem medo, nas profundezas glaciais.

5 DIAS E 23 HORAS

FLORESTA ESTADUAL GREEN RIDGE, MARYLAND

Em plena época dos borrachudos, Sam arma a barraca nova debaixo das árvores para se proteger tanto do sol do meio-dia quanto dos olhos no céu. Tinha aproveitado a estada na casa de Kaitlyn para pintar o cabelo de loiro, sua cor natural. Não precisava mais se fazer passar por Kaitlyn e era com alívio que, finalmente, podia voltar a ser Samantha Crewe.

Mas será que ainda era a mesma Sam de antes? Para começar, aquela aventura insana havia lhe ensinado muita coisa a respeito de si mesma: qualidades desconhecidas como coragem, agressividade, resiliência, mas também o desejo de vingança, rebeldia, anarquia. Ela pode sentir a mente experimentando novas e incríveis formas de pensar, de reagir e de reavaliar as velhas atitudes. Quem ela é e quem deixou de ser? Seu nome ainda é Samantha Crewe, ela ainda tem 31 anos e é enfermeira intensivista, mas o que mudou é que o governo, com todo o seu aparato de informações, está à sua procura e, até o momento, ela está ganhando. Está ganhando do governo, por incrível que pareça, e a CIA, que é cúmplice do desaparecimento do seu marido, está perdendo.

Além disso, Warren a assombra mais que antes, a voz dele na sua cabeça ressoa com muito mais frequência. Ah, Warren, pensa ela, enquanto luta mais uma vez com a barraca, cujas varas e flanges raramente ficam no lugar.

Ela se lembra de como estava irritada na última vez que o viu, depois que ele chamou o táxi e colocou as malas perto da porta, preparando-se para começar a viagem da qual ainda não tinha voltado.

— Não sei por que você está tão brava, querida — disse ele. — Calma.

Sam enfiou os pratos de qualquer jeito no lava-louça e depois se arrependeu. Ela adorava aqueles pratos. Tinham sido presente de casamento. Contou até dez.

— Porque, Warren, odeio o fato de você ter me transformado numa dona de casa que fica suplicando ao marido que não faça essas merdas perigosas.

— Você não é dona de casa — argumentou ele. — Passa metade das noites tratando de ferimentos de bala na UTI.

Sam se virou e se apoiou na pia. Secou as mãos num pano de prato.

— Mas não saio por aí atrás deles.

— Bom, para começo de conversa, acontece que precisamos desse dinheiro.

— Não é verdade! Podemos nos virar sem isso.

Ela bebeu um gole de cerveja. Sabia por que o marido ia naquelas missões, e não era pelo dinheiro. E sim porque ele achava que era o certo a ser feito. Teve vontade de estrangulá-lo. Em vez disso, pendurou o pano de prato.

— Você se casou comigo porque sou inteligente — lembrou ela.

— E porque você tem um corpão.

Ela respirou fundo.

— Tá, foi mal — disse Warren. — É verdade, eu me casei com você porque você é a pessoa mais inteligente que conheço. E é uma boa pessoa. Por isso, sabe muito bem que tenho que fazer o que faço. É isso que está te incomodando, de verdade? Que, no fundo, por mais que não goste, você me entende?

Deve ser isso mesmo. Sabichão.

— Então por que eles não podem simplesmente contratar você? Torná-lo um funcionário do governo. Legalizar isso.

Ele evitou olhar para Sam.

— Hoje em dia, é mais seguro que eu fique fora dos registros.

— Mais seguro para quem? Para você ou para eles? Pode me dizer o que está acontecendo? Só dessa vez?

Mas ele levantou os braços.

— Não se esqueça de que as paredes têm ouvidos. É por isso que não conto o que estou fazendo. Mas confie em mim, é importante. É o tipo de coisa que, se tivéssemos filhos, eu diria estar fazendo por eles e pelos filhos deles. Como não temos, estou fazendo por você.

Quando Warren falava desse jeito, ela não conseguia resistir. Nobre e cheio de emoção, um herói sentimental. Ela bebeu mais um gole de cerveja e lhe deu um beijo no alto da cabeça.

— Eu te amo, Sam — disse ele.

— Eu sei.

A barraca está de pé. Ela dá um passo atrás e observa o trabalho. O lugar que escolheu tem uma boa cobertura. É um bosque de choupos. Deve haver drones lá em cima patrulhando a região, procurando sinais de movimento no meio das árvores. Mas ela está a salvo, pelo menos por enquanto.

Dentro da barraca, sob a luz que atravessa a lona, ela folheia os livros que pegou emprestado na casa de Kaitlyn. Depois, entra no saco de dormir e imagina toda aquela tecnologia e poder da Fusão trabalhando *para* ela, trabalhando na busca por Warren. Se tudo correr bem, em breve terá respostas para todas as perguntas que roubam seu sono, suficientes para justificar os últimos vinte e quatro dias de correria, disfarces, aflição — respostas que também vão servir para silenciar dúvidas que às vezes a assaltam, dúvidas a respeito de Warren, aquela ideia idiota, injetada como um vírus pela CIA e que está se multiplicando dentro dela, de que Warren foi para a Tailândia e ainda está lá, de que ele a traiu e de que sua vida com ele não passou de uma mentira. Em três ocasiões, durante sua campanha para descobrir o paradeiro de Warren, ela se encontrou com representantes de baixo escalão da CIA em Washington e a insinuação foi sempre a mesma: será que ela conhecia bem o marido? De verdade? Porque todos os indícios, eles não se cansavam de repetir, apontavam no sentido de que ele havia desaparecido *intencionalmente*. Quando ela quis saber quais eram esses indícios, eles perguntaram: Sam sabia que o marido era dono de uma empresa privada? Sabia que a empresa estava prestes a abrir falência quando ele desapareceu? Sabia que ele entrou com pedido de recuperação judicial? Sam fez que não com a cabeça. Não, não sabia. Ela sabia que Warren tinha um segundo endereço para o qual era enviada a correspondência dele? Ela não quis ficar com uma cópia dos documentos que apresentaram para provar essas alegações ou que o colocavam naquele voo para Bangkok. Ele não havia mesmo contado a ela *nada* do que tinham descoberto? Perguntavam, repetidas vezes.

Não, respondia ela. Não, não e não.

Ela não seria a primeira mulher a passar por essa situação: um casamento aparentemente perfeito reduzido a cacos quando a mulher descobria mensagens enviadas pelo marido, ou um extrato do cartão de crédito com compras estranhas, hospedagens em hotéis nas cidades erradas, em dias errados, toda a arquitetura cristalina de uma vida desmoronando subitamente, a descoberta de que a pessoa que você pensava que conhecia, com quem compartilhava a cama, a vida, não era aquela pessoa, não de verdade. Ou, pelo menos, não era aquela pessoa o tempo todo.

Ela teve que lidar com essas dúvidas angustiantes enquanto os meses se transformavam em anos, mantendo a fé no Warren que ela *conhecia*, dia após dia. *Aquele* homem fazia exatamente o que dizia. Nada de conversa fiada. Se ele tinha mesmo um negócio privado e o mantinha em segredo, era para protegê-la. Problemas financeiros? Alguém podia confiar em documentos do governo? Não, ela confia mais no marido que no governo, e, sendo assim, se mantém fiel ao que *realmente* acredita: que ele não voou para Bangkok e sim para algum lugar do Oriente Médio, que os representantes da CIA não só sabem muito mais a respeito do que aconteceu com ele do que estão dizendo mas também estão ativamente empenhados em confundi-la, enganá-la, fazê-la pensar que está ficando louca, fazê-la duvidar de Warren e mesmo, em última análise, de si mesma.

Ela tenta se lembrar de todas as provas concretas que apoiam sua contranarrativa. O motorista de táxi de Boston com quem conversou confirmou que levou Warren ao aeroporto de Logan, que o viu entrar no terminal. Ela também consultou o extrato da conta conjunta do casal e descobriu qual era a empresa de fachada que depositava os cheques. Uma funcionária da empresa, simpática, atenciosa, mas passando a ideia de que estava muito atarefada, informou que sim, havia feito o pagamento para Warren Crewe por meia dúzia de pareceres de diferentes clientes a respeito de oportunidades de investimento no Leste Europeu. Não havia nenhuma viagem envolvida. Apenas análise de dados. Não, claro que não tinham nada a ver com o governo. Sam ligou de novo um mês depois e obteve a mesma resposta. Ligou de novo no mês seguinte e a história continuou a mesma. Acontece que havia falado com três pessoas diferentes e a resposta tinha sido *exatamente* igual. Palavra por palavra, como se estivessem lendo um roteiro. Ela chegou a dizer à terceira pessoa que a atendeu que achava estranho sempre ser atendida por alguém diferente toda vez que ligava. Depois disso, quem atendia era sempre a mesma mulher. Isso não é exatamente o que se espera de um acobertamento de alto nível?

Assim, até a verdade ser revelada, ela decidiu se agarrar à voz de Warren, sussurrando para ela ao vento.

Pela manhã, ela sai do saco de dormir, consulta o relógio, conta o dinheiro. Não pretende ficar naquele local até o prazo expirar. Vai passar para o estágio seguinte do plano.

4 DIAS E 7 HORAS

VOLTA PLACE NW, GEORGETOWN, WASHINGTON, D.C.

— O senhor tem visita — informa o caseiro húngaro uniformizado que veio com a casa, descendo a escada atrás de Cy enquanto o sol da manhã ilumina as janelas. — Na sala de visitas.

A mansão é tão grande que a sala de visitas é uma surpresa. Cy não se lembra de ter estado nela antes. E ele está alugando a casa ou já havia comprado como forma de se livrar de impostos? Os contadores mexeram tanto nas suas finanças que até ele tem dificuldade de saber o que possui e o que apenas controla. Na verdade, não faz muita diferença, contanto que os impostos pagos pela WorldShare estejam perto de zero.

A sala é ampla e pintada de bege e branco, como a maioria dos cômodos, mas com grandes pinturas abstratas em vermelho e amarelo para "contrastar". A mobília consiste em ilhas de sofás em torno de mesas baixas de carvalho, cada uma com uma pilha de revistas, com ênfase em tecnologia e cultura. Janelas panorâmicas dão para uma varanda e um jardim clássico. Quando Cy entra na sala, os três homens de terno preto estão de pé diante de uma das janelas, apreciando a vista.

— Bom dia, senhores.

Os três se viram para cumprimentá-lo: Burt Walker, Justin Amari e um homem corpulento que Cy não reconhece. Será que pode confiar neles? E se *todos* estiverem conspirando contra ele? Será que não passa de um reles peão num sofisticado jogo de xadrez?

— Bela casa — observa Burt.

— Hum. Mais do que eu preciso. Então, o que posso fazer pelos senhores nesta bela manhã?

— Podemos nos sentar?

— Por favor, fiquem à vontade.

Depois que eles se sentam em sofás vizinhos (menos o terceiro homem, que permanece de pé; talvez seja um guarda-costas), Cy, com os dedos entrelaçados, olha para os rostos sérios dos parceiros.

Burt é o primeiro a falar.

— Como você sabe, apesar da novidade, do fato de que estavam procurando a mulher errada e coisa e tal, concordamos em continuar a busca para que a última zero seja capturada dentro do prazo. Se o prazo se encerrar sem que ela seja capturada, o resultado do teste beta vai ser interpretado como uma indicação de que nossa proposta é inviável. Precisamos mostrar que capturamos todos os dez zeros antes que os trinta dias se esgotem. Não podemos nos dar ao luxo de falhar. Mas... — ele faz uma pausa para olhar para os outros — ... precisamos que você fique longe de Warren Crewe.

Isso surpreende Cy, mas não tanto. Naturalmente, algum informante, humano ou digital, já o traiu, revelando aos supervisores sua ordem de que a busca fosse ampliada para incluir Warren. Em resposta, ele faz que sim com a cabeça.

— Então Warren *está* com vocês?

Burt permanece impassível.

— Só queremos que você fique longe de Warren Crewe. Nada mais.

Cy tenta processar todas as implicações dessa exigência, mas precisa de tempo. Por isso, faz um comentário inócuo.

— Reunião rápida, pelo jeito.

— Com seu acordo, bem rápida.

Uma pergunta emerge do seu processamento.

— Então vocês também estão nos monitorando, Burt?

— Vocês? Bem, digamos apenas que, quando suas equipes fazem mil tentativas frustradas de acessar nossos arquivos digitais confidenciais em poucas horas, seria de esperar que notássemos, sim.

Cy decide tentar outro caminho.

— E se eu precisar dele? Na verdade, eu preciso dele... para encontrar a mulher. Se ele é a razão pela qual ela está fazendo isso, ele é relevante para a nossa busca.

Acontece que todos os três são bons em não deixar nada transparecer. É fascinante, pensa Cy, que esses sujeitos, que provavelmente sabem o que aconteceu com Warren, consigam manter expressões tão *vazias*. Existem segredos, segredos em toda parte, mas eles não são hackeáveis se estão trancados dentro de seres humanos.

— Só queremos que você fique longe de Warren Crewe — repete Burt. — Antes que eu me esqueça, o diretor mandou lembranças.

— Então isso se trata de... como vou chamar... de uma ordem?

— Claro que não. Somos parceiros. Pode chamar de... um conselho de amigo.

— E se...

— Não vamos brincar de "e se"...

— E se, para proteger os interesses da nossa parceria, eu não seguir o seu conselho?

O olhar que a pergunta produz na fisionomia até então neutra de Burt poderia reverter o aquecimento global.

Cy respira fundo e insiste na nova estratégia, abrindo um de seus sorrisos característicos e levantando os braços.

— O que eu quero dizer, Burt, é que não podemos correr o risco de que o teste fracasse.

— Talvez eu confie mais em você do que você confia em si mesmo.

— Qual é a jogada de vocês? Sejam francos comigo. Vocês chegam aqui e...

Justin Amari fala pela primeira vez, e sua voz carrega mais que um traço de animosidade.

— Fique sabendo, Cy, que fizemos um levantamento da sua vida pregressa antes de começarmos essa parceria. Não foi nada tão sofisticado como as pesquisas que você faz. Mas estamos na área há mais tempo. Seu trabalho para governos estrangeiros, vendas lucrativas de tecnologia de informação para China e Rússia, aumentando o risco de ciberataques ao nosso país... Não é exatamente o que se espera de um patriota, certo?

— Epa, epa, epa, calma aí! Eu não infringi regra de conduta nenhuma para consultorias internacionais nem me envolvi em transações ilícitas. E duvido que a CIA confiasse em mim se reprovasse a minha conduta, dado o acesso a informações de que disponho no momento.

— Um acesso *limitado*.

Era verdade que muitos arquivos confidenciais da CIA, do FBI e da NSA ainda não estavam disponíveis para a Fusão; permaneciam ocultos atrás de firewalls extremamente robustos.

Burt retoma a palavra.

— Até o momento, estivemos dispostos a tolerar pequenos deslizes porque, felizmente, você vendeu tecnologias muito mais avançadas para o *nosso* governo. Além disso, é sempre vantajoso saber com o que as outras equipes estão trabalhando.

— Vocês estão insinuando que eu sou uma ameaça para o meu país?

— A CIA tem uma longa história — afirma Justin. — Depois de 1945, chegamos a contratar cientistas de foguetes nazistas se parecesse que trabalharíamos bem juntos.

O comentário deixa Cy indignado.

— Agora está me chamando de *nazista*?

— Essa comparação incomoda você?

Cy se levanta abruptamente, como se estivesse prestes a agredir Justin.

Burt também se levanta e se coloca entre os dois.

— Parem com isso. Não há motivo para se exaltarem.

— Não se esqueçam de que esse projeto é uma prioridade para a segurança nacional — argumenta Cy. — Estão colocando o projeto em risco ao me impedir de fazer o meu trabalho. Quero deixar isso bem *claro*.

Burt, de repente muito menos amistoso, replica:

— Estamos de saída... com uma advertência. A CIA está apoiando esse projeto e concordamos em fechar os olhos para alguns pontos obscuros do seu negócio, mas você precisa entender que temos nossos próprios interesses. Interesses *maiores*. E vamos defender esses interesses. Se você não nos der ouvidos, a CIA não vai estar mais disposta a ignorar. Em resumo: fique longe de Warren Crewe. Seu trabalho é encontrar a mulher dele.

4 DIAS E 5 HORAS

SEDE DA FUSÃO, WASHINGTON, D.C.

A notícia de que a busca por Warren Crewe está oficialmente cancelada é dada por Cy em pessoa em sua sala, primeiro apenas para Erika — que, naturalmente, acha que devem cumprir as exigências da CIA de imediato —, e depois para os mesmos líderes de equipe que ele havia reunido dois dias antes, o que deixa no ar um clima de "E agora?", o temor de que a última esperança de encontrar a zero 10 acaba de ser roubada daqueles que esperavam uma solução de última hora. Ninguém precisa ser lembrado de que às duas da tarde vai se encerrar o vigésimo sétimo dia do prazo de que os perseguidores dispõem. O fim do teste — meio-dia de 31 de maio — está muito próximo.

Quando Cy e Erika voltam a ficar a sós, o silêncio é quebrado apenas pelos pingos da água proveniente de uma geleira digital que derrete lentamente na tela.

— Eles estão nos espionando. Quem diria?

Ela dá de ombros.

— Não se esqueça de que estamos lidando com a CIA.

Pinga, pinga, pinga. Megatoneladas de gelo derretendo.

— Assim que começamos a procurar Warren, eles *ficaram sabendo*. Achamos que estávamos sendo discretos, sem deixar rastros, mas foi como se gritássemos aos quatro ventos.

— Bem, pelo menos, de acordo com os dados que conseguimos coletar a respeito de Warren... um curso de persa que fez em segredo pouco antes de viajar, ligações para celulares situados no Irã... parece muito provável que ele esteja no Irã, sob custódia do governo iraniano.

— Se ele está no Irã, eu gostaria muito de saber por quê.

— Não é mais da nossa alçada.

Ela observa o homem que ama, muitas vezes até sem querer, quando ele abre o laptop e começa a digitar. *Tec-tec-tec.*

— O que você está fazendo?

— Procurando essa desgraçada.

4 DIAS E 2 HORAS

SEDE DA FUSÃO, WASHINGTON, D.C.

Erika cancela todos os compromissos para acompanhar a atividade no Vazio, na esperança de que as equipes descubram algo que valha a pena. Depois de várias rondas infrutíferas, desiste e vai trabalhar sozinha na sala, examinando de novo a pasta cada vez mais volumosa de Samantha Crewe.

Erika nota que Samantha, uma principiante na área digital, fez um trabalho louvável para apagar seus dados nas redes sociais. Em consequência, os algoritmos da Fusão precisaram ir fundo para coletar migalhas biográficas, garimpar traços, padrões granulares, pequenas pistas reveladoras que sobreviveram às tentativas dela de se esconder.

Considere, por exemplo, a ficha de Sam no hospital. Ela contém mensagens elogiosas de pacientes e avaliações positivas de superiores. Um único relatório crítico a acusa de desrespeitar a hierarquia, com uma queixa anexada de um médico assistente segundo o qual ela ignorou seu plano de tratamento e tratou do caso diretamente com o cirurgião-chefe. De acordo com a investigação, ela estava certa.

Em outra frente, nas catacumbas das memórias familiares, as sobrinhas postaram fotos escaneadas da infância dela, Sam segurando uma chave inglesa do tamanho do seu braço enquanto o pai e a mãe consertavam um carro num bairro de Washington chamado Brookland. Outras fotos foram encontradas pelas equipes que revistaram um depósito usado por Sam num subúrbio de Boston, catalogando em tempo real seu conteúdo. Álbuns de fotos, caixas de cartas, tudo agora digitalizado pela Fusão em busca de pistas. Encontraram também um velho laptop. Conseguiram fazê-lo voltar à vida e reconstruíram históricos de buscas e e-mails. Não havia sinais de um esforço deliberado para apagar esses dados. Nada disso servia como um mapa com um grande X revelando um tesouro oculto; eram apenas mais peças de um quebra-cabeça que teimava em se manter incompleto.

Na hora do almoço, um assistente traz uma salada para Erika. Ela só sente o gosto do molho. O dia se desenrola numa agonia de inércia como a que acomete os policiais em uma tocaia e ela sente a frustração crescendo, também, pelo Vazio. Agora cada hora é preciosa, mas Samantha, como sempre, não fornece nenhuma pista.

Inútil e dispendiosamente, equipes de captura foram enviadas a bares que ela costumava frequentar nos tempos de estudante. A uma casa de campo no meio do mato que ela alugou uma vez. Visitaram a escola onde tinha feito o ensino médio, revistaram os armários que havia usado para esconder cigarro. Nada.

Entretanto, a partir de todos esses fragmentos de uma vida, Erika começa a perceber uma pessoa. É como se os pontos azuis da realidade virtual estivessem ganhando nitidez. Erika vê uma mulher se materializar diante dos seus olhos: uma mulher cuja vida desmoronou quando o amor da sua vida desapareceu sem deixar rastros. Warren não parece ser o tipo de homem que, sem remorso, poderia traí-la e transformar a vida dela em um tormento. Os e-mails remanescentes trocados entre eles dois pintam o retrato de um casal apaixonado. A imagem que Erika começa a formar é a de que Warren estava trabalhando para o governo e desapareceu durante uma missão, deixando para trás uma mulher que só mais tarde começou a odiar o próprio país, ou melhor, o governo, que se recusa a discutir o misterioso desaparecimento do marido dela. A Sam que Erika agora enxerga deposita sua fé em Warren como a última vela acesa em meio a uma tempestade, mesmo quando os e-mails de apoio dos amigos começam a escassear e ela passa a ser considerada uma desequilibrada por todos, exceto pelos estoicos pais. Só então Sam fica irritada, com os políticos, com os amigos, com aqueles que, um a um, lhe viram as costas e abandonam suas esperanças. É então que a Iniciativa Fusão entra em cena.

No formulário de inscrição havia uma pergunta: "Como ficou sabendo do nosso teste?" Sam (usando o nome de Kaitlyn Day) escreveu: "Ouvi falar na biblioteca." No entanto, é mais provável que Warren tenha comentado com ela a respeito da competição, dado seu papel aparente no mundo do serviço de informações, onde conversas iniciais sobre o teste foram incentivadas para encontrar os melhores candidatos. Erika chega à conclusão de que Sam tinha considerado o teste beta a última chance de descobrir o paradeiro do marido. Não admira que se empenhasse ao máximo em não ser capturada! A equipe da Fusão achava que estava lidando com uma mulher que tinha se inspirado em romances policiais, mas Erika desconfia que Sam dedicou um tempo considerável à elaboração de suas táticas, planejando blefes e contrablefes, fintas e falsas pistas com a habilidade de um mestre do xadrez, quase como se soubesse, desde o começo, que seria uma das escolhidas. Será que ela *sabia*?

Antes de fechar o arquivo, Erika volta a examinar as fotos de Sam e Warren e se detém em uma na qual eles estão com os pais de Sam, John e Laurel Warhurst, ele robusto e ela esguia, ambos com um ar resoluto, de estabilidade; ele usando um boné de beisebol com o logotipo de uma equipe de carros de corrida, um maço de cigarros no bolso da camisa de manga curta, fumaça subindo de um cigarro aceso nos dedos grossos de mecânico, que também estão apoiados no ombro da esposa; ela com um cabelo de mechas loiras, um sorriso perfeito, aparência jovial em seu conjunto de lycra, resolvida a mostrar que ela e o marido estão bem de vida.

Erika atravessa o corredor para falar com Sonia.

— Me passe tudo o que você tem a respeito dos pais da zero 10.

3 DIAS E 22 HORAS

BROOKLAND, WASHINGTON, D.C.

Uma expressão de curiosidade passa pelo rosto de Laurel Warhurst, doze anos mais velha que na foto, quando ela abre a porta e inspeciona a desconhecida.

— Desculpe, você disse que se chama Ruth? — pergunta ela.

— Fui colega de Sam na faculdade — afirma Erika. — Jogamos no mesmo time de futebol. Ganhamos o Troféu Westbrook.

— Ah. Eu me lembro! Ruth.

— Ruth Schoenberg.

— Ah. Isso mesmo.

— É bom ver a senhora de novo, dona Laurel. Me desculpe por aparecer assim sem avisar, mas eu precisava falar com Sam.

— Com Sam? Não, não. Ela não mora aqui.

— Ah, eu sei, mas é que, veja bem, ela parou de atender às minhas ligações, o que é bem incomum, e fiquei preocupada. Será que a senhora ou o seu marido tiveram notícias dela recentemente?

— Não. É complicado, você sabe...

— Eu sei. Sinto muito... Mas estou preocupada de verdade. Mesmo depois de tudo o que aconteceu, ela sempre manteve contato.

— Ah, céus. Entre, entre.

— Não estou incomodando?

— Entre — repete Laurel, antes de gritar na direção da escada. — John! É Ruth, colega de faculdade de Sam.

Mais tarde, enquanto bebem café, Erika conta várias histórias sobre Samantha nos tempos da faculdade, com detalhes que apenas uma amiga íntima saberia, e aprende muita coisa em troca — histórias, recortes de jornal a respeito do desaparecimento de Warren —, o suficiente para se convencer de que o casal não sabe mesmo onde Samantha se encontra no momento. Eles parecem preocupados de verdade e revelam que ligaram várias vezes para o celular de Sam, mas ninguém atendeu.

— Quando nos demos conta de que Warren talvez nunca fosse encontrado, fizemos o possível para apoiá-la, mas o que se pode fazer? Essa dúvida corrói as pessoas por dentro — afirma o Sr. Warhurst.

— Então nunca descobriram o paradeiro de Warren? — pergunta Erika, com ar inocente.

— Nada. Ele simplesmente desapareceu. *Puf.* Sam ainda acha que ele está preso em algum lugar do Oriente Médio, que ele ainda está vivo, mas eu acho... Bem, Laurel sabe o que eu acho, que não podemos descartar a possibilidade de que ele tinha outro tipo de vida que nós desconhecíamos.

— John! — adverte Laurel.

Quantas vezes ela já teve que apagar as chamas das suspeitas do marido? Muitas, provavelmente, com o passar do tempo.

— Bem, coisas mais estranhas já aconteceram com outras pessoas. Talvez Warren tivesse outra família, em algum lugar do mundo. Parece que ele tinha negócios no exterior que nunca declarou, que não contou para ninguém. Problemas financeiros. E daí? Ele viajava muito. Não seria o primeiro, é tudo o que estou dizendo.

Erika se levanta, vai até a lareira, que está repleta de porta-retratos prateados com fotos tiradas ao longo dos anos, um histórico da vida da filha: um bebê de fraldas sobre um tapete; uma criança pequena brincando; uma adolescente com um taco de hóquei na mão; uma universitária bebendo refrigerante de canudinho; no dia da formatura, de beca, segurando o canudo do diploma; com uniforme de enfermeira; e, finalmente, para encerrar a antologia, a foto do casamento, que Erika segura.

— Ah — diz ela, suspirando e fingindo uma afeição e um pesar com menos esforço do que teria imaginado. — Ela estava tão linda no dia do casamento! Que pena que eu não pude comparecer...

A foto mostra Samantha vestida de noiva, muito feliz, a mão direita segurando a mão esquerda do marido. À esquerda de Sam está a madrinha, e à direita de Warren... um rosto sorrindo também que faz Erika esquadrinhar seus arquivos mentais até chegar a uma conclusão chocante: trata-se de alguém que viu há pouco tempo, na sede da Fusão.

Ela leva um tempinho se preparando antes de se virar e perguntar ao casal, do modo mais casual possível:

— Sabem o que Justin fez da vida? Há muito tempo não ouço falar dele.

— Quem? — pergunta o Sr. Warhurst.

— Justin, o amigo de Warren. Da última vez que ouvi falar, ele estava trabalhando para o governo, num cargo importante.

— Aquele liberal maluco, que fala pelos cotovelos? — comenta o Sr. Warhurst, com um sorriso.

— Para, John. Acho que Ruth não está interessada em falar de política.

Muito lentamente, Erika coloca a preciosa foto de volta sobre a lareira.

3 DIAS E 20 HORAS

SEDE DA FUSÃO, WASHINGTON, D.C.

Às seis da tarde, Erika sobe a escada com o coração disparado. Leva na mão o tablet, cuja tela apagada esconde a foto, que tirou com o celular, do retrato que explica tudo — ou melhor, *quase* tudo. Na ponta da língua está a notícia chocante de que Sam contou o tempo todo com a ajuda, a assistência, a assessoria, a orientação, o treinamento em técnicas especializadas — não admira que fosse tão difícil pegá--la! — de um dos próprios superiores deles, Justin Amari.

A secretária de Cy se levanta da cadeira como se, num ato reflexo, fosse impedir a passagem de Erika, mas seria preciso muito mais que uma jovem de vinte e poucos anos usando uma blusa polo amarelo pastel para limitar o acesso irrestrito que Erika vem desfrutando há anos — e certamente não vai ser agora que alguém poderá detê-la, não com o segredo explosivo que traz nas mãos.

— Ele está aí?

Com o ombro, Erika empurra a porta de vidro fosco (o escritório de Cy é o único que tem uma porta de vidro fosco), os olhos volta-dos para o tablet, que precisa ser ligado para que ela e Cy formulem imediatamente um programa de controle de danos e contra-ataque, mas... quando ergue os olhos... não é o rosto de Cy que a surpreende, e sim o rosto assustado de Sonia, que está curvada para a frente, a blusa semiaberta, revelando um sutiã cor-de-rosa com estampas de flores, as mãos apoiadas na mesa para se equilibrar, a boca aberta em um *O* de prazer, com Cy atrás, as mãos nos quadris dela, como se a estivesse guiando, como se a estivesse ensinando a dançar.

— Ah, merda — resmunga Cy.

Erika fica parada por alguns segundos, sem ar, até que a emoção a invade como uma onda.

Dor.

Ela sai correndo e chega ao térreo antes que o afogueado Cy consiga alcançá-la, ainda todo desalinhado, a camisa para fora da calça colocada às pressas. Erika não consegue olhar para ele; simplesmente não consegue. Seus olhos estão marejados, e ela quase acelera o passo ao ouvir a voz dele chamando.

— Erika, espera, por favor.

Ele a segura pelo braço e a puxa para um canto, sussurrando coisas, febrilmente, palavras, pedidos de desculpa, banalidades, mais desculpas, mas Erika não está escutando, só consegue pensar no sutiã cor-de-rosa, na expressão de prazer no rosto daquela mulher e no marido atrás dela, entregue, se movendo, penetrando-a, extraindo seu próprio prazer. Ela pensa, também, em todos os anos de trabalho pesado, ajudando o marido, limpando as bagunças dele, convencendo-se de que eram almas gêmeas, yin e yang, parceiros para o resto da vida, com uma ligação profunda e intensa, baseada no amor, sim, no *amor*, que de sua parte havia sido provado — um pensamento perturbador — na reação instintiva à cena que havia acabado de testemunhar.

Logo aquela garota, Sonia. *Sério mesmo?* Ela revê o rosto de Sonia, o abandono sexual, a vitória de uma novata sobre ela, e, mais uma vez, atrás dessa vitoriosa, o pesadelo resfolegante que tomou o lugar do Cy em quem confiava.

Ela se dirige para a própria sala, seguida de perto por Cy.

— Erika! Para! Qual é o seu problema?

— Qual é o meu problema? — Ela larga o tablet em cima da mesa. — Você realmente quer saber qual é o *meu* problema?

Ele fecha a porta. E ela entende: Cy não se importa com minha opinião, ele só quer evitar que alguém mais na equipe descubra que ele não presta. Erika sente o nojo se espalhar por baixo da pele como uma alergia, não apenas do marido como de si mesma e de tudo que os cerca, aquele edifício construído com tanto capricho. É como se todas as superfícies imaculadas do mundo tivessem sido borrifadas com óleo velho de cozinha, tudo agora grudento, sujo.

Cy levanta os braços, inclina a cabeça, dá um sorriso de menino travesso. *Sério, Cy?* A expressão no rosto dele implora por perdão e o sorriso cede lugar às lágrimas, como se ele já soubesse que o estrago era irreparável. Nesse momento, ele se sente tão desnorteado quanto uma criança cujas mentiras foram descobertas, mas que se recusa a aceitar a verdade. Que patético, pensa Erika. As lágrimas deveriam ser minhas, mas, no lugar delas, sente apenas raiva.

— Aquela garota? Sério mesmo?

— Eu sei... foi... Eu não sei. Não sei o que aconteceu. Eu estava tão estressado com essa coisa toda...

— Estressado a ponto de transar com uma estagiária. Você não tem vergonha, Cy?

— Eu sei... você tem razão. Me desculpa, Erika, de verdade.

— Quantas vezes?

— O quê?

— Quantas vezes vocês transaram?

— Espera aí. Eu não...

— Como você teve coragem? Como você teve *coragem*?

— Você me conhece. Eu não saio por aí atrás desse tipo de coisa.

— O que aconteceu com você? Estou falando sério. Não te reconheço mais. Você é um moleque. Não consigo acreditar. Depois de tudo o que investimos. Depois de tudo que *eu* investi em *você*.

O Cy que está diante dela é muito diferente do Cy da véspera. *Esse* Cy agora é um homem que não merece confiança, e, seja o que for que resta dos seus sentimentos por ele depois dessa enorme mudança de categoria — e ainda é cedo para dizer se algo vai restar —, ela já sabe que será apenas uma pequena fração insatisfatória do que existia antes. A verdade é que algumas coisas — o ar, os abacates, os trilhos de trem, as notas de um violino, o silêncio, a confiança entre pessoas que se amam — precisam ser perfeitas.

Os pensamentos de Erika se voltam inevitavelmente para o passado perdido.

— Meu irmão adorava você, sempre dizia que você era diferente das outras pessoas, que estava destinado a grandes feitos, bons feitos. Eu acreditei em você, atrelei os meus sonhos aos seus, e tudo isso para ver você... o quê? O que você está fazendo, Cy?

Ouvindo todos esses dados brutos (não processados) lançados contra ele (agressivos, carregados de dor, envenenados pela emoção) e sem ter como se defender, ele se resigna a ser ferido pelo ataque da esposa e, mais uma vez, pela precisão do que ela diz. O máximo que pode fazer é dizer a verdade mais próxima que consegue reivindicar:

— Eu não sinto nada por ela. Nada mesmo.

— Eu sei. O mais triste é que você acha que isso melhora as coisas.

— O que posso fazer, Erika? Eu faço o que você quiser!

— Você pode sair da minha sala. E talvez da minha vida. Que tal? Eu fui uma idiota.

— Não desista de tudo agora. Erika, me escuta. Vamos só terminar o teste beta? Depois podemos ir embora, sair de Washington, voltar para casa. Vou compensar você por isso. Posso dar um jeito nas coisas, *vou* dar um jeito. Não se esqueça do que estamos fazendo aqui, juntos. Do quanto isso é importante.

— Saia, por favor. Saia da minha sala.

— Estou falando sério. Sou capaz de fazer qualquer coisa.

— Foi exatamente o que acabei de testemunhar. Agora, por favor, saia.

— Pelo menos pense em Michael. Não se esqueça de que estamos fazendo tudo isso por *Mike*. Estamos fazendo coisas que nunca foram feitas antes.

— Eu vou gritar. Fora!

Depois que Cy vai embora, Erika tranca a porta usando o controle remoto e permanece sentada durante dez minutos sem se mexer. Ela percebe, agora, que o marido se julga acima da lei. Cy acha que seu poder moderno é tão grande que as regras comuns já não se aplicam a ele. Quantos tiranos usaram o mesmo argumento! Finalmente, ela se levanta; retoca a maquiagem; pensa: ele que se foda; então liga para o Vazio perguntando onde está o assistente especial de Burt Walker. Respondem que ele não está no trabalho. Ainda pulsando de raiva e dor, leva a mão ao celular, mas muda de ideia. Pega o tablet — ainda apagado, com tudo o que contém — e deixa a sede da Fusão.

Dirige até em casa, estaciona o carro na garagem e chama um táxi na rua.

Passa o endereço residencial de Justin Amari para o motorista.

3 DIAS E 17 HORAS

RESIDÊNCIA DE JUSTIN AMARI, WASHINGTON, D.C.

Justin tinha acabado de chegar do escritório e tirado a gravata, ainda de camisa social, quando sua convidada inesperada, Erika, tocou a campainha. O apartamento é típico de um homem divorciado com orçamento apertado. Estantes baratas com livros de não ficção e antigos discos de vinil. Uma TV com um console de videogame acoplado, ambos fora da tomada, nota Erika; afinal de contas, agora ele sabe da existência do falso desligamento. Um laptop está aberto sobre a mesa de jantar.

— Quer beber alguma coisa? — pergunta ele, sem demonstrar surpresa com a visita.

Ela não responde.

— Não veio aqui para beber? Então deve ser para jogar *Call of Duty*. Em que nível você está?

— Você conhece a mulher.

— Está falando de Samantha, certo? — Ele pega uma garrafa de mescal e enche um copo que contém um grande cubo de gelo já pela metade. Para por um segundo, depois continua enchendo. Não diz mais nada.

Erika esperava que ele negasse ou se exaltasse. Nada disso.

O que ela *sabe* a respeito de Justin Amari?

De acordo com a ficha, ele trabalhou na CIA durante quinze anos, sendo promovido da divisão de cibersegurança, onde recrutava hackers, para posições mais importantes, como as que envolviam planejamento estratégico. Pediu demissão para salvar o casamento, mas acabou descobrindo que o trabalho não era a única razão pela qual o casamento desmoronou. Divorciado, sem filhos, sem emprego, passou os três anos seguintes fazendo trabalhos de consultoria na região de Washington e escrevendo códigos simples para empresas aleatórias, mas os chefes das empresas privadas não lhe agradavam mais que os chefes de órgãos do governo. Depois do divórcio, teve problemas financeiros, passou a beber demais, encheu o corpo de tatuagem — mulheres, navios, cobras, motivos polinésios — e se tornou um empregado sem ambições que, nas horas vagas, ouvia discos antigos do Nirvana e fumava maconha. Acostumado a receber ameaças de cortes de serviços por falta de pagamento, foi se afundando em dívidas até que Sandra Cliffe se lembrou dele e o contratou para a posição que ocupa atualmente. Ao renovar sua licença para fazer perguntas difíceis e causar problemas para os outros, ele percebeu que era daquilo que sentia falta. Com o tempo, reencontrou o propósito. Reduziu a bebida, pagou as contas, entrou na academia, cuidou dos dentes.

Agora ele sorri mais, enquanto antes costumava assustar as mulheres com um rosto impassível ou um sorriso forçado. Aos 42 anos, está mais saudável e descontraído do que aos 20, mas, aos olhos de Erika, ainda parece um pouco desequilibrado e desgastado: é como se fosse um fósforo riscado.

— Vocês são amigos — acrescenta Erika.

Ele enrosca a tampa da garrafa de mescal com cuidado.

— Na verdade, eu era amigo de Warren. Fomos colegas de faculdade. Eu o ajudei a conseguir o primeiro emprego com "você sabe quem", mas depois perdemos contato. Como descobriu?

— Uma foto antiga. Na lareira dos pais dela. Vocês três no dia do casamento. Parece que eram muito chegados.

— É verdade.

— Foi você que armou a coisa toda? Colocou-a no teste? Sim ou não?

— A resposta é sim.

Ele parece levar a questão com muita calma, como se só estivessem discutindo as melhores estratégias de comunicação entre departamentos ou o modo mais eficiente de reabastecer a impressora.

— E você a ajudou esse tempo todo. Foi por isso que não conseguimos pegá-la. Você queria que o teste beta fosse um fracasso. Imagino que a CIA não esteja a fim de compartilhar os segredos. Sua amiga, a Dra. Cliffe, está envolvida?

Ele se senta à mesa.

— Você *pode* tirar o casaco se quiser, sabia?

Erika não tira o casaco.

— O mérito não é todo meu — diz Justin. — Sam é uma mulher de fibra. Fez a maior parte sozinha. Mas é verdade, eu a coloquei a par das estratégias que vocês usariam para rastreá-la. A Dra. Cliffe não sabe de nada. A CIA não sabe de nada. Para quem mais você contou? Cy? Burt?

Ela não responde.

— O que Warren fazia para a CIA?

Ele dá de ombros e bebe um gole do mescal.

— Só sei que ele trabalhava para a CIA, mas nada específico.

— Por que não se ofereceu para ajudar a procurá-lo?

— Você já deve ter reparado que a CIA não é muito de revelar segredos. Tudo o que eles têm sobre Warren está trancado a sete chaves. Supersecretos. Eu procurei. Tentei. Nada. — Ele bebe mais um gole e olha para a rua pela janela. — Quando perguntei, só recebi respostas evasivas, mas ficou claro que não tinham gostado das minhas perguntas. A hostilidade era evidente, como quando o seu namoradinho nos questionou outro dia. Para seu governo, acho que Burt também não sabe de nada, só que é um assunto proibido. Alguém disse isso para ele. Isso significa que o que ele estava fazendo era importante. O que deixa Sam numa situação terrível. Anos se passaram e ela continua sem saber o que aconteceu com o marido. É uma merda.

Não, pensa Erika. Não vou revelar a esse dissidente, esse desequilibrado, que a Fusão tem razões para crer que Warren está no Irã. Ela olha ao redor, tentando compreender melhor aquele sujeito, mas é o oposto do apartamento da verdadeira Kaitlyn, que estava abarrotado de objetos pessoais. O lugar é estéril, espartano. O equivalente decorativo a uma camisa branca e uma gravata cinza.

— Qual é a sua, Justin? Está tentando sabotar o projeto?

Ele balança o copo, fazendo o gelo tilintar.

— Ah, eu gostaria muito de pôr um fim às atividades de vocês, pode acreditar, porque é poder demais para ser colocado nas mãos da Fusão e da CIA. Alguém precisa fazer alguma coisa. Além disso, você sabe, não sabe, que a CIA sempre vai tomar mais do que oferece? Faz anos que estão procurando uma forma legal de estender para casa o que fazem no restante do mundo. Esse é o papel da Fusão. A CIA está usando vocês a ponto a fazer vista grossa às outras atividades.

— Outras atividades?

Ele inclina a cabeça.

— Quanto você *sabe*? O que Cy te *conta*?

— Não há segredos entre nós.

— Então você é tão criminosa quanto ele.

Imagens surgem em flashes na sua cabeça: seu marido transando com Sonia, a expressão dos dois, a boca de Sonia formando um *O*, as mãos apoiadas no tampo da mesa, um babaca e uma puta, dois cretinos que se merecem.

Observando-a com interesse, Justin para de agitar o copo.

— Não estou interessada no que você pensa da WorldShare, Justin.

Justin arregala os olhos.

— *Você não sabe.* Você não sabe mesmo... Eu já desconfiava.

— Do que está falando?

— Vou dar uma pista: Virginia Global Technologies. A empresinha de fachada que vocês mantêm nas Ilhas Cayman.

— Eu sei tudo sobre essa empresa.

— Então sabe o que ela está fazendo?

— É só um escritório num paraíso fiscal. Questão tributária. Prática padrão.

— Não, senhora... Não quando a empresa é usada como brecha para vocês alegarem que a tecnologia que vendem para países inimigos não é desenvolvida nos Estados Unidos.

— Você está falando um monte de bobagem — protesta Erika, negando com a cabeça.

— Em troca, recebem dados pessoais. Segredos das pessoas. Em escala global.

— Você acabou de inventar essa história. Não pense que me engana.

Na verdade, porém, o coração de Erika está batendo mais rápido.

— Acontece — prossegue Justin — que alguns funcionários do alto escalão da CIA *sabem* disso, sabem que vocês estão infringindo a lei dos Estados Unidos e deixando de cumprir sanções internacionais ao fornecerem software de espionagem e outras tecnologias avançadas para Rússia e China, e isso não impede que trabalhem com vocês! Por quê? Porque precisam de vocês. *Vocês têm o que nós queremos.* Sempre apoiamos regimes corruptos no exterior, contanto que apoiem nossas ambições globais, e agora estamos apoiando regimes corruptos *dentro do país.* Desculpe, mas não posso concordar com essa merda, Erika.

Ele faz uma pausa e fica olhando para Erika por cima do copo.

— Acho que você realmente não sabia de tudo isso — conclui ele. — Mas não importa, porque eu acho que, no fim das contas, você é tão moralmente corrupta quanto ele. A pessoa pode perceber que tem algo de errado, mas preferir ignorar as evidências. Seja como for, se você ainda tem um pingo de coragem depois de ser manipulada durante dez anos por um filho da mãe de primeira, faça o seguinte:

nos ajude a encontrar Warren Crewe. Acesse os bancos de dados da CIA. Descubra o paradeiro de Warren nos arquivos confidenciais da CIA e forneça a informação a alguém que está do lado certo. Como eu, por exemplo, ou Sam. Mas faça a coisa certa. Use o poder que ainda tem para fazer algo que valha a pena.

Erika deveria voltar correndo para casa, ligar para Cy, alertá-lo, mas permanece onde está.

— Mesmo... — começa ela. — Mesmo que eu... que eu quisesse... você sabe tão bem quanto eu que não temos acesso direto aos arquivos confidenciais da CIA. Já tentamos acessar o arquivo de Warren Crewe e o resultado foi aquela visitinha que vocês três fizeram à nossa casa.

Justin abre um sorriso.

— Posso explicar o que você tem que fazer.

Erika encara aquele homem que está disposto a trair o próprio país.

— O que impede você de fazer isso pessoalmente? Você tem mais acesso do que nós. Caramba, você *trabalha* na CIA.

— Eu não tenho autorização para acessar os arquivos confidenciais. Adivinha quem tem? A Fusão. Isso mesmo. E seus hackers sabem como fazer isso *sem ser detectados*, de modo que a CIA jamais vai saber o que aconteceu. Não tem como dar errado.

— Não acredito em você.

— Ah, acho que você acredita, sim, Erika.

— Você é louco. Acha mesmo que vou mandar alguém hackear arquivos de segurança nacional? Para você?

O verniz de porcelana de Justin produz um sorriso bem razoável.

— Vocês têm dois caras na equipe de cibersegurança, Milo e Dustin, que são muito competentes. Use-os. Como você já tem acesso exclusivo aos arquivos confidenciais da CIA, pode entrar na base de dados sem chamar atenção. Ninguém vai saber. Eu não posso fazer isso, mas você está com a faca e o queijo na mão, Erika. Copie esse único arquivo, um arquivo minúsculo, e então saia sem que ninguém perceba. Saber onde Warren está não vai afetar a segurança do país. Passe a informação para mim, eu passo a informação para Sam e ela se entrega à Fusão. Ah, e prometo que não vou mandar o seu marido para a prisão perpétua.

Ele deixa essa última ameaça pairar no ar, radioativa, antes de acrescentar:

— E não se preocupe. Sam vai fingir que foram vocês que a capturaram e o resultado do teste beta vai ser dado como positivo. *Vocês* vão lucrar. Vai chover dinheiro do governo, enquanto discretamente, muito discretamente, um patriota volta para casa. E você vai ter feito o que chamamos de *a coisa certa*. Você ainda se lembra do que é isso?

Ele a observa, espera que ela absorva todas essas informações, enquanto Erika olha para o tampo da mesa, para os falsos veios da imitação barata de carvalho. Ela poderia simplesmente se levantar e ir embora, mas não é o que faz. Numa atitude reveladora e crucial, ela permanece sentada.

— Você não contou para ninguém o que descobriu sobre mim, não é? — pergunta ele. — Nem para Burt, nem para Cy, ninguém?

Quando Erika não nega, ele acrescenta:

— Ótimo. Sendo assim, talvez a gente possa trabalhar bem em conjunto.

3 DIAS E 15 HORAS

BOYLSTON STREET, 700, BOSTON, MASSACHUSETTS

Kaitlyn Day escaneia o código de barras de três livros da biblioteca (todos romances) e se despede do leitor, desejando muitas horas de boa leitura — um dos maiores prazeres da vida — apenas para ver, na frente da fila, alguém que jamais esperaria encontrar na Biblioteca Pública de Boston.

— Tire uma foto — diz a ele.

— Por que eu faria isso, Kaitlyn? — pergunta Cy Baxter, com um sorriso.

— Para guardar a lembrança de um trabalho honesto.

— Samantha disse que você pode me ajudar a entrar em contato com ela.

— É mesmo?

— Eu quero ajudá-la.

3 DIAS E 7 HORAS

ARREDORES DE BERKELEY SPRINGS, WEST VIRGINIA

A moto de trilha está parada no beco à sua espera, como Kaitlyn prometeu que estaria, provavelmente oferecida por alguma amiga ativista distante de Kaitlyn que não fez perguntas nem recebeu respostas, entregue naquele lugar na hora combinada. Uma demonstração da solidariedade feminina. Um PIN abre o bagageiro, onde, além do capacete, ela encontra a chave da moto, de modo que Sam, depois de colocar o capacete que esconde o rosto e dar a partida, é capaz de se movimentar com mais rapidez e liberdade do que desde que começou a fuga. Enquanto a tênue ligação entre Sam e a dona da moto não for detectada, ela também não poderá ser detectada.

A próxima tarefa? Ir até a cidade e comprar um exemplar do *Washington Post* numa banca de jornal sem ser reconhecida pelas câmeras de segurança.

Chegando à cidade, estaciona a moto, compra um exemplar e vai a pé até um beco onde o mato está brotando em fendas do concreto. Debaixo de um poste, abre o jornal na página de classificados e lá está, uma nova mensagem de Kaitlyn. Como sempre, o anúncio é discreto.

GAROTA SOLITÁRIA. NOVIDADE. ENTRE EM
SEUARTISTAFAVORITO.ORG/SUASENHA.
MEU SOBRENOME ABRE PORTAS. ESTÁ CHEGANDO
A HORA DA SOPA DE ERVILHA E PRESUNTO. BJS.

Novidade? A adrenalina dispara. Será que encontraram Warren? Ah, Warren. Uma imagem recorrente invade sua mente: ela está de pé numa pista de pouso, o cabelo agitado pelas hélices ainda em movimento do helicóptero. Corre para abraçá-lo, o rosto contra o peito do marido, aquecido por um coração palpitante. Sua vida está de volta. Uma vida com Warren.

— Ah, querido — diz ela em voz alta.

Sam sai do beco, monta na moto e pouco depois está entrando numa loja de conveniência, sem tirar o capacete. Compra um celular descartável com o dinheiro que pegou com Kaitlyn. Aproveita e compra uns fones de ouvido também. Quando sai da loja, rápida e rasteira, a rua está vazia.

Nos limites da cidade, onde ainda consegue um sinal decente, estaciona a moto e liga o celular. Duas barras. Entra no modo anônimo do navegador e digita "www.georgiaokeeffe.org/Tomiris" na barra de endereço, sentindo os polegares desajeitados e grossos, a visão prejudicada pelo capacete. A tela fica em branco. Então, surge uma imagem estática de um vídeo, primeiro com baixa resolução, mas, aos poucos, se ajusta à alta definição. Ela coloca os fones de ouvido e observa a cena. É Cy Baxter de pé no que parece ser algum tipo de floresta, embora a perspectiva seja um pouco estranha. Quando ela aperta o Play, uma caixa é aberta pedindo outra senha.

Ela digita "Day".

Mas quem aparece não é Kaitlyn.

— Sam.

A voz de Cy é calma. O coração de Sam dispara ao perceber que ele está falando diretamente com ela.

— Em primeiro lugar, parabéns pelo que conquistou durante esse teste beta. Seu desempenho foi excepcional. Em segundo lugar, como você já sabe, encontramos Kaitlyn e sua mensagem. Incrível. Incrível mesmo! Você não faz ideia do trabalho que tivemos! — Ele faz uma pausa e balança a cabeça.

Ela se lembra do acesso de raiva que aquele homem teve ao sair da cabana. Morde o lábio. Agora, parece sincero, espontâneo. A esperança começa a borbulhar dentro dela, uma mistura nauseante e tumultuada nas profundezas do seu ser.

— O que apurei a respeito de Warren me deixou revoltado. Não consigo nem imaginar a dor de não saber onde ele está, se está vivo ou morto, e suspeitar que a verdade está sendo criminosamente ocultada de você, para não falar do fato de que o governo o abandonou. Compartilho da sua indignação. Quanto ao acordo que você sugeriu naquele vídeo do pen drive... aliás, ótimo trabalho... posso afirmar com segurança que nossas investigações foram bem-sucedidas. Sabemos onde Warren está.

Quando Sam ouve essas palavras, seus lábios se curvam num leve sorriso. *Sabem onde ele está?* Isso quer dizer que ele está vivo. Obrigada, meu Deus. Obrigada, meu Deus. Obrigada, meu Deus.

— Mas você precisa se entregar, exatamente como combinamos. Isso faz parte do trato. Não conte a ninguém. Venha se encontrar comigo, se entregue e contaremos para você tudo que sabemos a respeito de Warren. Combinado?

Sam não ousa nem piscar. Então a CIA estava *mesmo* escondendo o que sabe e agora Baxter é seu aliado, como ela sempre desejou e, de forma ousada, até planejou que aconteceria. Ele é um aliado poderoso, o único que ela e Justin acreditavam ter influência para desvendar os segredos do governo.

Uma sensação de alívio, quase de euforia, toma conta dela enquanto ouve o restante da proposta de Baxter.

— Então, vamos nos encontrar na National Gallery em Washington para resolver esse caso de uma vez por todas. Não sei onde você está, mas, esperta como é, sei que vai encontrar uma forma de chegar lá. Vou estar à sua espera amanhã à tarde, às três. É o dia vinte e oito do teste. E não se preocupe. Vou estar sozinho. Espero mesmo, mesmo que você possa comparecer.

Será que deve fazer o que ele está propondo? Não é muito arriscado? Mas é tudo que ela queria, não é? Claro que pode ser algum tipo de armadilha, em se tratando de Baxter, mas vai tomar precauções. Ela não pode deixar de se encontrar com o homem que, ao que parece, ela conseguiu forçar a revelar a verdade a respeito de Warren.

Com essa questão resolvida, ela tira a bateria do celular e a arremessa no meio do mato. Com o pé bom e um impulso forte, dá a partida na moto. Gira o acelerador com força — "Nhém-nhém", como seu pai chama essas motos, e, pelo barulho que elas fazem, qualquer um com ouvidos entenderia por quê. Três quilômetros adiante, usa o dinheiro novo para abastecer a moto num posto que é decrépito demais para ter uma câmera de segurança. Em seguida, dá meia-volta e se dirige para o acampamento, animada com a súbita esperança renovada.

3 DIAS E 3 HORAS

SEDE DA FUSÃO, WASHINGTON, D.C.

A sala de Erika é menor que a de Cy e, simbolicamente, fica abaixo da sala do marido. Além disso, a parede sem janelas, ao contrário da parede com vista da sala de Cy, é apenas uma parede. Entretanto, dispõe de um banheiro anexo, uma TV de tela plana e um sofá onde pode dormir, se precisar. No momento, ela está revendo, no seu tablet, todos os e-mails que envolvem Cy, ela mesma e a Virginia Global Technologies. A empresa é um endereço para explorar benefícios fiscais nas vendas para a Europa, nada além disso. É um truque inocente. A Apple faz isso. O Google e a Amazon, também. Todo mundo faz. Ninguém acredita que pagar impostos seja um dever ou que seja útil para a sociedade. Agora, porém, ela toma consciência de algumas transações recentes de alto valor feitas via VGT; ali estão elas, vendas não especificadas para a China e para a Rússia, resultando em lucros vultosos, comunicados regularmente à diretoria, que fizeram os preços estratosféricos das ações da WorldShare subirem ainda mais. E, ainda assim, pelo que ela consegue entender, essas vendas — que, de forma suspeita, não são especificadas — ocorreram *antes* que a Rússia, com sua lunática invasão da Ucrânia, voltasse a ser alvo de censuras e sanções internacionais. Naquela época, todo mundo fazia negócios com a Rússia. E, pelos poucos e-mails que consegue encontrar, *desde* a invasão de fevereiro de 2022 não houve mais negócios com o país e as transações com a China diminuíram drasticamente.

Mesmo assim, Erika sente um aperto no peito quando sai do escritório e direciona sua atenção fragmentada para o Vazio, que é palco de uma atividade frenética com a aproximação do fim do teste sem que a zero 10 seja capturada.

É o medo, um medo que ela não consegue reprimir, de que Cy tenha uma vida secreta, de que essa vida secreta a tenha tornado cúmplice de um grave crime internacional. Mesmo que sejam irracionais, mesmo que frutos das acusações absurdas de Justin de que o verdadeiro propósito da VGT é violar sanções internacionais e armar inimigos dos Estados Unidos, imagens tomam conta da mente dela: prisão, detenção fria, processos, vilificação pública, algemas, barras de cela, uniforme laranja de presidiária, desfile de prisioneiras e tempo atrás das grades; tudo desabrochando em seus pensamentos. Será possível que Cy, o Cy que ela conhece, ou julgava conhecer, seria capaz de se envolver nesse tipo de transação? E o que ela deveria fazer agora?

O que *havia* decidido, ao deixar o apartamento de Justin, era entrar em contato com Burt Walker e revelar que seu funcionário estava trabalhando ativamente *contra* o teste beta, ajudando Samantha Crewe a permanecer foragida... e precisava contar o motivo. Mas ainda não, ainda não é o momento, pensa ela, não até que saiba exatamente o que Cy andou fazendo e o que pode acontecer com ela em consequência.

Com as acusações de Justin se tornando uma obsessão e segurando junto ao peito um copo de café quase frio, em meio àquele ciclotron de dados e imagens que competem com seu estado mental ciclônico, ela se dá conta de que, para salvar a Fusão e a si própria, precisa fazer algo muito ousado, muito perigoso, totalmente fora do seu padrão. Em outras palavras, ela precisa, por algum tempo, ser alguém diferente de Erika Coogan.

Depois de colocar os fones de ouvido, ela liga para o departamento de contabilidade da WorldShare usando o comando de voz.

— Aqui é Erika Coogan. Posso saber com quem estou falando?

— Hum... Dale. Dale Pinsky.

— Olá, Dale. Preciso que você me envie uma lista de todas as atividades e transações recentes que realizamos por meio de uma das nossas subsidiárias, a Virginia Global.

— É... beleza.

Erika nota uma ligeira hesitação do outro lado da linha.

— Tudo que foi feito nos últimos cinco anos, Dale. Incluindo os contratos. Estou com Cy e ele quer me colocar a par de todos os nossos negócios realizados via VGT. Pode me enviar as informações por e-mail: faturas, recibos. Negociações em andamento. Formais e informais. Está bem? Dale? Com a máxima urgência, por favor.

— Tá bom. Hum... É Cy que está pedindo isso?

— Afirmativo, e você sabe que ele não gosta de esperar, Dale.

2 DIAS E 7 HORAS

ARREDORES DE BERKELEY SPRINGS, WEST VIRGINIA

Há alguém do lado de fora da barraca. Sam não ouviu nenhuma sirene estridente, nenhum zumbido de drone ou o barulho das hélices de um helicóptero; apenas o som de passos, o estalido de um galho seco ao ser pisado por uma bota e depois nada mais.

Ela sente que o intruso está próximo. Em silêncio, enfia os pés nas botas, pega a lanterna, que é pesada o suficiente para servir como arma, e sai da barraca para ver... uma figura masculina, curvada para perto das cinzas da fogueira da noite anterior, aproximando um Zippo de um novo punhado de musgo e galhos secos, antes de fechar o isqueiro, *clec*, se endireitar e tirar o gorro de lã.

— Caramba, você quase me matou de susto! — exclama ela.

— Aceita um café?

Ele abre os braços. Sam se aproxima e ele a abraça com força, até demais, e depois a afasta para que possa encará-la.

— Warren está vivo — informa Sam. — Cy Baxter me contou.

— Contou? Como?

— Entramos em contato por meio de Kaitlyn. Ele disse que sabe onde Warren está.

— Ah, aposto que sabe.

— Ele vai me contar. Vou me encontrar com ele hoje mesmo.

Justin se limita a olhar para ela através da fumaça da fogueira.

Meia hora depois, enquanto tomam café, o mais saboroso que ela tomou no último mês (a diferença deve ser que esse café foi feito com água mineral), Justin ainda está tentando dissuadi-la.

— Não vou deixar você fazer isso. Não confio nele. Acho que Cy vai usar você, sem dar nada em troca.

— Eu tenho que arriscar.

— E se ele *realmente* contar para você onde Warren está?

— Nesse caso, eu me entrego na hora.

Justin percebe que, quanto a essa questão, nada do que disser vai fazer diferença. Mas há uma questão maior em jogo.

— Mas depois nós ainda vamos denunciá-lo, não vamos?

Envolvendo a caneca de café com as duas mãos, ela abaixa a voz.

— Talvez... mas pode ser que precisemos esperar um pouco. Não podemos fazer nada até que Warren volte para casa.

Os olhos de Justin ardem, refletindo a luz da fogueira.

— Nós temos um trato.

— Eu ainda vou precisar da ajuda de Baxter.

— Sam, qualquer coisa que Cy Baxter contar para você hoje sobre Warren pode não ser verdade.

— Vamos ver. Eu tenho que tentar. Warren merece isso.

— E eu?

Sam olha para ele, surpresa.

— Como assim?

— Erika Coogan sabe que sou o informante, que ajudei você.

— Ah, Justin...

— Ela descobriu por causa de uma foto antiga. Então, vou perder o meu emprego. — Ele dá de ombros. — Paciência. Mas o que eu quero dizer é que a decisão sobre o que fazer não é só sua, é *nossa*.

A jornada sempre foi compartilhada, mas agora Sam começa a enxergar, pela primeira vez, uma bifurcação na estrada à frente.

— O que você quer de mim?

— Que honre o nosso acordo. Nós temos uma oportunidade histórica. Você e eu. É coisa grande. Estou falando de evitar uma nova era de feudalismo aqui nos Estados Unidos e no resto do mundo.

— Ah, Justin...

— Uma era de submissão a um complexo militar-industrial corporativo...

— Justin...

— Com poderes ilimitados para coagir, doutrinar e censurar. Toda essa merda contra a qual Orwell nos alertou. Temos a obrigação de defender a democracia. E, se não fizermos isso, *quem* vai fazer?

Ela só consegue suspirar. O querido, revoltado, piedoso, combativo Justin, lutando hoje as guerras de amanhã, um guerreiro solitário nas trincheiras, um radical que emergiu do corpo da própria instituição que combate, aparentemente disposto a fazer qualquer sacrifício, colocando o interesse coletivo acima do pessoal. Sob esse aspecto, lembra muito Warren.

— Só me interessa ter Warren de volta — declara Sam, jogando na fogueira o restante do café, que chia ao contato com as brasas.

— Você uma vez me disse que era preciso deter Cy. Nas suas palavras: "esse homem precisa ser contido". Você estava com tanta raiva quanto eu.

— *Ninguém* consegue sentir tanta raiva quanto você. Agora preciso me trocar para ir encontrar um multibilionário — afirma Sam, antes de entrar na barraca.

Quando ela volta a sair, Justin lhe passa um maço de papéis.

— Se tiver dificuldade para conseguir o que quer, mostre para ele esses papéis. Diga a Baxter que são cópias. Porque é o que são de fato. Diga para ele que você está com os originais. Observe a reação dele.

Ela pega os papéis com as duas mãos.

— Me diga uma coisa. Ainda estamos no laptop dele, não estamos? Com aquele seu programa espião?

— Estamos. Sabemos cada tecla que ele digita.

— E ele não faz ideia?

— Até agora, não.

Ela sorri, agradecendo a Deus essa vantagem secreta sobre Baxter, uma ideia brilhante de Justin, que funcionou às mil maravilhas, com Kaitlyn deixando Baxter exasperado com sua recitação da tabela periódica, provocando-o, e só então entregando o pen drive, que, além da mensagem em vídeo, continha o programa espião de Justin. Baxter, impaciente, plugou o pen drive no laptop sem as precauções usuais e, assim, o programa continua ativo até o momento, um exemplo perfeito de um feitiço que vira contra o feiticeiro.

— Então você vai continuar de olho nas atividades dele?

— O que você acha que fico fazendo o dia inteiro?

— Eu te amo.

— Também te amo. Sam, quando estiver com ele, faça o seguinte...

— Eu sei o que fazer — interrompe ela. — Já tenho um plano.

— Que alívio. Nesse caso, até mais, certo?

— Justin... se algo der errado, onde posso encontrar você?

— Você custou para admitir essa possibilidade.

— Onde?

— Vou continuar a cumprir minha parte do plano. No próximo local da nossa lista. Vou estar lá.

Sam lhe dá um beijo leve no rosto.

— Confie em mim.

Justin fica olhando enquanto ela se afasta e grita:

— E eu tenho escolha?

1 DIA E 23 HORAS

NATIONAL GALLERY OF ART, WASHINGTON, D.C.

Cy desconfia de que Samantha Crewe não vai aparecer. Não importa o que Sonia diga do perfil psicológico de Sam, ele não acredita que alguém pode ser tão imprudente.

Ele está inquieto, agitado, e sem dúvida não teria muito o que fazer na sede da Fusão, onde o Clarividente ainda não conseguiu prever os próximos passos da zero 10. O problema, ao que parece — a dificuldade da máquina, que não se limita ao caso de Samantha Crewe —, está na própria aleatoriedade humana: ruídos, mutações, a anarquia das emoções, espasmos de comportamento imprevisíveis, rupturas que não se encaixam em nenhum padrão. Em resumo, todas as irregularidades chocantes que definem a natureza humana. Que chance pode ter um algoritmo diante de todo esse caos interior? E, ainda assim, esse continua a ser o desafio crucial do futuro: construir uma ponte entre o calculável e o intangível, entre a máquina e a alma humana, errática, instável, passional. E a isso ele pretende dedicar todos os recursos e todo o tempo que resta da sua vida.

As salas da galeria por onde perambula são fascinantes. Cada uma leva o nome de algum magnata já falecido. Grandes, imponentes, foram financiadas pelos titãs da Era Dourada, que acreditavam que suas almas e suas reputações seriam redimidas e receberiam um passe espiritual de última hora se despejassem suas fortunas obtidas de formas duvidosas em algo "para o povo" nos meses que faltavam para o encontro com o Criador. Ele se pergunta se é assim tão diferente, buscando a imortalidade e a redenção, não em tijolos e argamassa, mas em uns e zeros.

Ele está usando fones de ouvido e um microfone de última geração, do tamanho da unha de um recém-nascido, no colarinho. Os óculos especiais permitem que Sonia e sua equipe, que estão a dois quarteirões de distância, vejam tudo o que ele vê. Hoje ele não está vestido como um cibermonge para reduzir a chance de ser reconhecido e assediado por populares, sempre atrás de autógrafos, selfies, conselhos, bênçãos. Usa apenas uma camisa social e jeans. Parece que está praticando para se tornar o próprio pai ou, talvez, Tintim depois dos 40. Leva com ele uma pasta, um caderninho de anotações e uma caneta.

Os guardas das salas da galeria não olham duas vezes para ele quando finge interesse nas pinturas. Ele não carrega nenhuma mochila para ser revistada. Como é branco e usa óculos caros, não precisa ser vigiado de perto. O salão principal é cercado por grossas colunas de mármore verde, que rodeiam uma fonte com a estátua de um menino nu. O menino tem asas nos calcanhares. Mercúrio, o mensageiro dos deuses. Cy se lembra de que existe uma cópia dessa estátua no jardim dos fundos da casa alugada. Ou talvez seja o contrário. Mercúrio, reflete, poderia ser o santo padroeiro do que ele faz: levar mensagens dos poderosos para os miseráveis, e vice-versa.

Ele dobra à direita e se senta no largo banco no centro, onde o silêncio reina. O banco foi colocado ali para que a pessoa contemplasse, supostamente fascinada, o gigantesco quadro a óleo na parede oposta. É lindo, para quem gosta desse tipo de coisa, mas Cy prefere fotos: imagens nítidas e fiéis da natureza como ela é, sem retoques.

Ele pega o celular enquanto observa uma adolescente espiando uma peça de altar. De repente, um repentino alvoroço vem do corredor e logo a sala se enche de crianças de uma escola primária, todas de camiseta de um amarelo vibrante, acompanhadas por meia dúzia de mulheres de cabelos longos e lisos, com mechas loiras e aparência de quem já perdeu a paciência. As crianças andam de mãos dadas, duas a duas, e correm os olhos pelo entorno com a boca, juro por Deus, de fato aberta *de admiração*, moldando um eterno e infantil "uau", como se tivessem acabado de aterrissar no planeta e estivessem reverenciando pela primeira vez o legado artístico da humanidade. As inspetoras as conduzem para a sala seguinte e Cy observa as crianças, invejando seu deslumbramento tão genuíno. Onde foi parar a sua própria capacidade de se maravilhar? O que aconteceu com ela? Quando foi a última vez que se sentiu realmente emocionado ao contemplar um momento mágico e inexplicável, algo que suplantava sua capacidade de explicar ou seu desejo de possuir?

— O senhor se chama Warren?

Ele vira a cabeça. Um rapaz de boné de beisebol e moletom da Universidade Estadual de Iowa olha para Cy, depois para o próprio relógio e de volta para Cy, com uma expressão confusa, como se alguma coisa não fizesse sentido.

Warren? Você é mesmo esperta, Sam. Muito esperta.

— Sou eu mesmo. Por quê?

— Uma moça me deu cinquenta dólares para esperar aqui até as três e entregar esse bilhete para o senhor.

Cy arranca o bilhete da mão do rapaz.

— Quando? Onde?

— Lá fora, tipo uma hora atrás.

— Como ela estava vestida?

— Vestida? Sei lá. Cara, só lembro que ela estava de óculos escuros. E boné de beisebol. Um boné branco, acho. — Ele se inclina para a frente e olha para o rosto de Cy. — Calma aí. Você não é, tipo, Cy Baxter?

— Não, sou o Mark Zuckerberg.

Cy volta depressa para a floresta de mármore do salão principal antes que o rapaz tenha outras ideias. Ele tira o celular do bolso enquanto abre o bilhete com a outra mão.

Eighth Street NW, 560. Estacionamento.
Desça a rampa até o subsolo, nível 2.

Dez minutos. Venha a pé.

O que é isso agora, uma caça ao tesouro?

— Cy — diz a voz de Sonia no ouvido dele. — Vamos mandar um carro.

— Não vai dar tempo.

Ele passa pelos guardas e sai da galeria a passos rápidos.

1 DIA E 22 HORAS

ESTACIONAMENTO, EIGHTH STREET NW, 560, WASHINGTON, D.C.

Um canto da cidade que está crescendo rápido. Torres construídas pela metade acompanhadas de guindastes, tudo em silêncio nessa segunda-feira de feriado nacional. Estruturas expostas, vigas de aço e fundações de concreto recém-derramado. Um mundo, normalmente, de operários de capacete e poeira no ar. Em um estacionamento subterrâneo recém-inaugurado, com espessas camadas de cimento acima e abaixo que nenhum sinal é capaz de penetrar, Sam sai de trás de uma coluna e vê... um cara com uma aparência bem comum.

Os dois ficam frente a frente, Sam se dando conta de que está, enfim, diante de seu algoz, de seu perseguidor, mas também, talvez, de seu salvador. Um homem alguns centímetros mais baixo do que sua fama e poder poderiam sugerir, com um rosto ainda jovem, como se a própria natureza estivesse conspirando para que ele não envelhecesse como o restante de nós. Uma exceção à regra, portanto, sob vários aspectos, e agora ali de pé na penumbra, a vasta distância entre os dois reduzida praticamente a zero.

Antes que ele possa dizer alguma coisa, Sam leva um dedo aos lábios e apalpa bolsos imaginários no peito e nos quadris. Entendendo o recado, Cy tira o celular do bolso da camisa e o oferece a Sam. Ela remove a bateria e faz um gesto para que ele entregue os outros aparelhos. Com ar resignado, ele remove o fone de ouvido e o microfone do colarinho e os entrega à moça. Sam joga os objetos no chão e pisa neles com força.

— Isso custou caro — queixa-se Cy.

Mas Sam ainda não terminou. Guiado por seu olhar, ele tira os sapatos e, em seguida, tira o Rolex Daytona do pulso.

— É um clássico — adverte ele, fazendo com que ela se limite a guardá-lo no bolso.

Depois, ele entrega a carteira e os óculos, que Sam joga para longe. Que diabo, até as abotoaduras!

— Satisfeita? Vai me deixar contar o que eu sei? Estou começando a desconfiar de que você não confia em mim. Mas tudo bem, vou deixar você fazer como quiser.

— Passe as lentes de contato — exige Sam. — Fiquei sabendo que você usa lentes.

— Não enxergo direito sem elas.

— Mas eu não vou conversar direito se você estiver *com* elas.

— Não dá para colocar uma câmera em uma lente de contato... ainda.

— Como vou ter certeza?

Visivelmente contrariado, ele remove as duas lentes com o dedo indicador da mão direita e comenta:

— Você parece estar muito bem-informada.

Depois de receber as lentes e jogá-las por cima do ombro, ela parece pronta para começar a conversa.

— Warren. Onde ele está?

— Se eu contar, você ainda vai se entregar? Porque eu estou começando a sentir uma energia estranha aqui.

— O trato é esse, mas primeiro preciso saber o que você sabe.

— Bom, fico feliz em ouvir isso.

— Onde está o meu marido?

— No Irã.

Sam respira fundo.

— Eu sabia que ele estava no Irã ou na Síria. Só podia ser.

— Ele está no Irã.

— Tem certeza?

— É a informação mais recente de que dispomos, fornecida pela CIA.

— E ele está vivo?

— Sim. Está detido pelo governo do Irã. Estou tentando descobrir exatamente onde. Você estava certa.

Sam sente vontade de chorar. O que seu coração lhe dizia está confirmado e todas as suspeitas a respeito da conduta do marido foram reduzidas a pó.

— Venha comigo — propõe ele. — Vamos sair daqui juntos.

Ele aponta para a rampa de saída, mas Sam hesita.

— O que foi? — pergunta ele. — Samantha?

— Eu preciso... preciso saber onde ele está, onde exatamente está sendo mantido. Se é numa penitenciária, preciso saber qual. Quem o está mantendo preso? E por que... por que o nosso governo nega saber qualquer coisa sobre isso? E por que os iranianos não se manifestaram?

— Venha comigo e vou ajudá-la a descobrir, está bem? Vamos.

Ela continua onde está. Não sabe direito o que fazer. Seria mais cômodo se os dois unissem esforços. Mas, por fim, nega com a cabeça.

— Não.

— Não?

— Você ainda tem um dia. Descubra o *porquê* enquanto eu ainda valho alguma coisa para você.

Quando ele dá um passo à frente, ela dá um para trás, mantendo a distância de dois metros entre eles, um distanciamento social por reflexo.

— Sam — insiste ele, mas, quando ela faz que não de novo com a cabeça, Cy parece menos preocupado do que deveria. — Eu tenho equipes de captura cercando o prédio inteiro. Você não vai conseguir escapar.

— Podemos fazer um teste beta quanto a isso.

Quando Cy ouve esse desafio, ele perde toda a diplomacia, toda a paciência e toda a preocupação em demonstrar empatia com os sentimentos de Sam.

— Eu já falei onde ele está. Nós temos um trato. Seja razoável. Posso descobrir mais a respeito do seu marido, mas você precisa vir comigo agora.

— Vinte e quatro horas. Você tem mais um dia.

— Vou chamar as equipes.

— Faça isso. Mas antes — ela tira da mochila o maço de papéis que recebeu de Justin — talvez queira dar uma olhada nisso aqui.

Ela o havia folheado rapidamente, sem compreender muita coisa: eram e-mails entre Cy e alguém chamado Iram Kovaci, presidente da Virginia Global Technologies GmbH.

Ele pega os papéis e começa a examinar as folhas, que contêm referências a transações de sua empresa de fachada nas Ilhas Cayman (centenas de milhões de dólares em contratos com empresas da Rússia e da China, apesar das sanções comerciais de 2018, 2019, 2020, 2021 e 2022) em trocas de e-mail entre Cy Baxter e Iram Kovaci, ex-chefe do programa de desenvolvimento tecnológico da WorldShare.

Para ela, a maioria das mensagens poderia estar escrita em cantonês que faria tanto sentido quanto, mas algumas descrevem com clareza a implantação secreta de "sistemas de vigilância governamental" para "monitorar cada pessoa, do momento em que sai de casa até o momento em que retorna, analisando e arquivando todos os seus padrões de trabalho, sociais e comportamentais registrados, analisados e arquivados". Cy Baxter ajudando a China e a Rússia a desenvolver sistemas de vigilância sobre todos os seus cidadãos, usando uma empresa de fachada nas Ilhas Cayman para burlar as sanções.

— É de arrepiar — comenta ela, estendendo a mão para pegar os papéis de volta. — Bem no estilo da Fusão.

Cy pisca várias vezes, umedece os lábios e depois olha para ela.

— Estou sem os meus óculos.

— Sr. Baxter, o senhor infringiu a lei. *Várias vezes.* Deve agradecer aos céus ninguém mais estar ouvindo essa conversa.

Cy leva algum tempo para responder.

— De onde vieram esses papéis?

— De você, pelo visto.

— Não é disso que estou falando. Sou um empresário global, tenho clientes no mundo inteiro, assim com a Boeing, o Walmart e o McDonald's.

— Então você não se importa se esses papéis caírem nas mãos da CIA?

Ele quase não reage.

— O que faz você pensar que eles ainda não sabem?

— Boa pergunta. E que tal se eu tornar isso público? Também posso recorrer ao Senado. Ou ao *Washington Post.* A não ser que você prefira o *New York Times*...

Cy cerra os dentes, as mandíbulas se contraem, os finos tendões do olho esquerdo começam a fibrilar.

— Ou então... você pode me ajudar. Tem vinte e quatro horas. Se deixar as coisas como estão, eu arranjo algo para fazer com três milhões de dólares enquanto procuro Warren. Ah, e você vai para a cadeia.

Ele abaixa a voz, claramente perdendo a confiança.

— Se... Se eu fosse ajudar você... e quero ajudar... então eu precisaria saber quem lhe deu esses papéis. Preciso de um nome.

— Ai, Deus.

— Deus tem um sobrenome?

— Tem, mas ele não gosta que as pessoas saibam. "Deus" sozinho é mais imponente. Encontre o meu marido, Cy, e vai ser como se esses papéis nunca tivessem existido. Como já deve ter desconfiado, essas são apenas cópias. Os originais estão comigo.

— E você espera mesmo que eu acredite que vai cumprir a promessa?

— Que escolha você tem?

Ao dizer isso, Sam deixa o maço de papéis cair no piso de concreto. *Ploft.*

— Seu marido está desaparecido há três anos — diz Cy. — Vinte e quatro horas é muito pouco tempo para investigar.

— Errado. A CIA sabe onde ele está e vem escondendo o paradeiro nos últimos três anos.

— E o que faz você pensar que vão revelar isso agora?

— Eles não vão, mas você tem o poder, o acesso, o *know how*, como diria Warren, e, espero, a motivação para descobrir. É só hackear os arquivos deles.

Ele esboça um sorriso, mas é um sorriso amargo.

— Você não faz ideia do que está pedindo.

— Acho que faço, sim.

1 DIA E 21 HORAS

SEDE DA FUSÃO, WASHINGTON, D.C.

Cy sobe em disparada para o escritório, passando pelas equipes que ainda tentam descobrir o paradeiro da escorregadia Samantha Crewe.

Sonia é a primeira a bater à porta.

— Ela não compareceu ao encontro — relata ele, num estado mental confuso de pensamentos contraditórios.

— Não apareceu? Esperta.

— Esperei vinte minutos naquela porcaria de garagem subterrânea. No momento estou ocupado. Pode me dar licença?

Sonia permanece onde está e Cy não olha para ela, ignorando qualquer traço da intimidade anterior.

— Você tem um minuto?

— Por quê? — pergunta ele, ainda sem olhar para Sonia.

— Descobri uma coisa.

Ele enfim ergue os olhos do laptop. Sonia está segurando o tablet com as duas mãos. Ele provavelmente deveria demiti-la, oferecer isso a Erika como prova de que está arrependido. Mas e se Sonia decidir processá-lo? Ele precisa fazer algumas ligações, resolver a questão com uma indenização e um acordo de confidencialidade.

— O que você descobriu?

— Sei que não devemos investigar o que aconteceu com Warren Crewe...

— Prossiga.

— Acontece que *antes* de recebermos essa recomendação...

— Fala de uma vez.

— Pesquisei todos os dados que temos sobre Warren, incluindo as redes sociais, e o sistema acabou de encontrar uma ligação... entre ele e uma pessoa que trabalha conosco com o nível máximo de habilitação de segurança. Parece que essa pessoa e Warren são amigos de longa data.

— Uma pessoa amiga de Warren... *aqui?* — Quem? O líder de alguma equipe? Quem? Sua mente percorre possíveis candidatos: Zack Bass, que talvez estivesse sabotando de propósito? Lakshmi Patel, que por ter trabalhado no FBI não foi suficientemente investigada? A própria Erika, tão contestadora nos últimos tempos?

— Não.

— Quem, então?

— Justin Amari. O assistente de Burt Walker.

O nome... O nome em si, como uma onda inesperada, parece se erguer do oceano turquesa exibido na parede digital à sua frente.

— Feche a porta.

Sonia se apressa a atender ao pedido. Quando Cy estende a mão, ela se aproxima com o tablet como se fosse uma sacerdotisa entregando uma relíquia sagrada.

Cy pega o tablet e ativa a tela. Lá está: a foto de um casamento, dois recém-casados e, ao lado do noivo, no canto da imagem, o desagradável assistente de Burt Walker, aquele crítico chato, sempre encontrando defeito em tudo, mas como era na época: um gorducho pretensioso e sorridente, usando um terno barato que quase não cabe nele.

Cy experimenta um momento de clareza total. Como quando todas as peças do Tetris caem nos lugares certos. *Clique, clique,*

clique. Ele fecha os olhos, respira fundo e diz, com pouco mais que um sussurro:

— Sonia, eu te amo. — E depois, com um verdadeiro sussurro: — Filho da puta.

Quando abre os olhos, Sonia está radiante.

— Gostou, né?

— Filho. Da. Puta.

— Né?

Ela agora está sorrindo, os dentes perfeitos combinando com os olhos azuis brilhantes.

Cy entendeu tudo. Ali, em alta definição, está a peça que faltava do quebra-cabeça. As coisas finalmente fazem sentido. Como é boa essa sensação! Como é bom saber quem são seus inimigos e com isso recuperar a vantagem! O que quer que aconteça a partir de agora, qualquer que seja a sequência de eventos, mesmo sem ainda ter uma ideia exata de como vai usar essa informação vital, ele sabe que a vitória está garantida.

— O que você quer que eu faça? — pergunta Sonia.

Ele se levanta, começa a andar de um lado para outro, para diante da parede que mostra aquelas ondas azul-esverdeadas, o cérebro proverbialmente rápido fervilhando, fazendo cálculos enquanto Sonia o observa.

Por fim, ele diz:

— Para começar, isso fica aqui entre nós. Entendeu, Sonia?

Com Sonia, isso não é problema.

— Quero que você faça uma coisa para mim. É extremamente importante. Quero que descubra... que você *estabeleça* qualquer tipo de conexão possível entre Justin Amari e uma organização de reputação duvidosa. Entendeu?

— Duvidosa?

— Qualquer coisa. Uma manifestação do Vidas Negras Importam de que ele tenha participado. Uma doação a um grupo radical de esquerda ou de direita, tanto faz. Qualquer coisa que sugira que ele é um extremista. Veja se ele já baixou algum arquivo da al Qaeda, dos Proud Boys, da Ku Klux Klan, do Hezbollah, dos curdos... Qualquer coisa mesmo. E traga tudo para mim. Você vai fazer isso, Sonia?

— É claro.

— Porque, no momento, só posso confiar em você para essa missão. Você é a melhor que eu tenho. A partir de agora, somos só eu e você. Tá bom? Estamos juntos nessa?

Ela faz que sim de novo, ao que parece surpresa por ter entrado tão depressa em um alto nível de intimidade, que vai muito além de um mero relacionamento físico.

— Pode contar comigo.

— Além disso, descubra onde ele está agora. Pensando bem, faça isso primeiro. Vá com uma equipe até o apartamento de Justin. Se ele estiver lá, me ligue. Se não estiver, entre e veja o que consegue descobrir.

Uma missão como essa não faz parte de nenhum protocolo da Fusão. Ele sabe que isso a deixa nervosa, essa garota nota 10 que não entende nada do mundo real. Por isso, ele se aproxima dela, a abraça, sente o calor dela através da caxemira.

— Obrigado — sussurra ele para o cabelo perfumado de Sonia.
— Agora vá, depressa.

1 DIA E 20 HORAS

SEDE DA FUSÃO, WASHINGTON, D.C.

Quando Cy aparece na porta do escritório dela, Erika não se dá ao trabalho de olhar para ele. Depois que ele conta (quase) tudo o que aconteceu na garagem, ela se limita a dizer:

— A moça é esperta. E agora?

— Acho que é melhor fazermos o que ela quer. Descobrir o que a CIA sabe a respeito do marido.

— É mesmo? — pergunta ela, fingindo uma leve surpresa, mas pensando na Rússia e na China; nas vendas de uma empresa de fachada nas Ilhas Cayman; em Sonia Duvall curvada sobre a mesa; pensando "eu te odeio"; pensando "sai da minha sala", decidida a não deixar seus pensamentos, seus sentimentos e suas intenções transparecerem.

— Vou ajudá-la a descobrir o que a CIA sabe... Ela vai se entregar e o teste beta vai ser um sucesso.

— Bom para você.

— Você não acredita em mim?

O olhar de total descrédito já é resposta suficiente.

— Não posso culpá-la — admite Cy. — Eu não devia ter feito o que fiz. Você estava certa sobre mim. Eu sou meu pior inimigo. Mas você é meu farol, minha bússola. Preciso de você, Erika.

— Credo.

Não funcionou.

1 DIA E 15 HORAS

ESTRADA 81

Sam vai de moto até a entrada da cidade, como planejado, estaciona a moto em um lugar discreto e segue a pé até o local que Justin escolheu para o próximo encontro.

Ela bebe água e enrosca a tampa da garrafa, olhando, à luz do crepúsculo, para os restaurantes fechados e as lojas abandonadas, negócios que não vão reabrir. Cadê todo mundo? Em casa, é claro, pedindo comida pela internet, os rostos iluminados de azul pela tela dos celulares.

Ela consulta o relógio. Não tem energia nem tempo suficiente para continuar a fuga por mais que algumas horas. Será que Cy Baxter vai mesmo ajudá-la? Será que a chantagem vai funcionar? Pode ser que Justin tenha razão, que Cy seja de fato um monstro, e aquele centro comercial decadente talvez seja o cenário do seu último ato como fugitiva.

Ah, Warren, por favor, volte para casa. Ela se lembra da explicação do marido para o fato de os seres humanos nunca terem encontrado alienígenas. "Em todo o universo", disse ele, "civilizações como a nossa surgem, se tornam cada vez mais sofisticadas, e na época em que poderiam começar a pensar em viagens interplanetárias, inventam meios de se autodestruir. Bombas nucleares. Gases tóxicos. Vírus mortais. É o princípio da entropia, em ritmo acelerado. *Bum!* Então voltamos à Idade da Pedra e começamos tudo de novo, procurando alguém que saiba fazer uma roda."

Esteja vivo, Warren. Por favor.

Sam chega ao local combinado (nos fundos do centro comercial, na penúltima doca de carga). Ela bate à porta de metal com os nós dos dedos. Depois de alguns segundos de silêncio, a porta é aberta.

Justin.

Ele sai e a abraça. Olha em todas as direções para se certificar de que Sam não está sendo seguida.

— Que lugar é esse? — pergunta ela.

— Você se lembra das videolocadoras?

1 DIA E 14 HORAS

EU ♥ VÍDEOS, ESTRADA 81

A sala dos fundos da loja defunta (na qual Justin trabalhou nas férias de verão durante todo o ensino médio, quando era um cinéfilo capaz de citar de cor os diretores de mais de mil filmes) é um cubo de concreto com um ventilador, um sofá velho, uma chaleira, uma geladeira e duas mesas de cavalete sobre as quais serpenteiam cabos de energia e internet. Há caixas de filmes antigos espalhadas por toda parte — *Duro de matar* original; *O guarda-costas*, com Kevin Costner e Whitney Houston; *O poderoso chefão*, partes I, II e III; *Inferno no Harlem* — e equipamentos de computação suficientes para que Justin monte uma loja. É a toca do Batman, a Fortaleza da Solidão do Superman, o paraíso de um nerd, com aquele perfume inconfundível de obsolescência.

Como Cy Baxter e Erika Coogan estão sob pressão, tanto pelo relógio quanto pelo peso das provas contra eles, Justin e Sam esperam que um deles entre em contato.

Com seu computador secretamente ligado ao laptop de Baxter por um vírus que o próprio Baxter instalou ao acessar o pen drive fornecido por Kaitlyn, Justin parece um pescador à espera de um puxão na linha.

Observando-o, Sam percebe que o carinho e a gratidão que sente por aquele homem não param de crescer. É verdade que ele tem seus próprios motivos, suas prioridades, a maior das quais é sua longa guerra contra as Big Techs, com poderes quase ilimitados de coerção, manipulação da opinião pública e desinformação, mas o que ele fez por amor e lealdade a Warren e a ela, também, foi nada mais que destruir a própria carreira num ato de pura bondade.

Desabando no sofá, ela o põe a par da conversa que teve com Cy, da armadilha que Justin havia previsto e da qual ela escapou apenas por causa dos e-mails hackeados que o amigo lhe forneceu e do trato que fez com Cy: ou ele a ajuda a descobrir o paradeiro exato de Warren ou os e-mail serão divulgados, destruindo sua reputação e talvez sua empresa.

Justin, por sua vez, consegue evitar dizer tanto "Eu te avisei" quanto "Só acredito vendo".

— O cara é um babaca, é tudo o que posso dizer. Mas, se por um milagre você o tiver convencido a ajudar, tem que ser hoje, porque ele não gosta de perder.

Pegando dois telefones celulares velhos, ele acrescenta:

— Ah, e aqui tem um presentinho para você, dos achados e perdidos. Desbloqueados, ambos ainda no nome de outras pessoas. Assim vamos poder nos comunicar se, sei lá, a gente tiver que se separar.

Justin retoma o plantão paciente, torcendo para que Cy procure o arquivo confidencial de Warren para salvar a própria pele ou que Erika use seus hackers para fazer a mesma coisa com o objetivo de salvar Cy. Ele assobia desafinado enquanto Sam, exausta, com o tornozelo direito ainda dolorido, se deita de costas em uma *chaise longue* surrada, como uma modelo da era pré-Rafael. Ela só descobre que Justin a fotografou quando vê a imagem na tela da estação de trabalho dele, os cabelos loiros espalhados sobre uma almofada rasgada de veludo vermelho, a moldura da foto marcada por flores murchas e desbotadas. Ela imagina que é assim que vai parecer quando estiver morta.

E é assim, nesse lugar e dessa forma, que as horas passam e a segunda-feira dá lugar à terça, com Sam cochilando no sofá, rezando para que Cy, a quase cem quilômetros de distância dali, esteja trabalhando duro para ajudar Warren.

1 DIA E 3 HORAS

SEDE DA FUSÃO, WASHINGTON, D.C.

Cy escolheu como cenário, nesta manhã, as cataratas do Niágara, megatoneladas de água doce em cascata parecendo desabar sobre ele, enquanto liga o laptop e rapidamente ativa as habilitações de segurança necessárias, as senhas e, o que é importante, um programa de camuflagem para acessar em segredo, na hora exata, o sistema que contém os bancos de dados combinados da NSA, da CIA e do FBI, um repositório quase infinito de informações vitais para a segurança da nação.

Seus dedos trabalham depressa. Embora nunca tenha sido um hacker, ele conhece tudo a respeito de backdoors, correções de segurança, salvaguardas de anonimato e sistemas de autodestruição de dados, como transformar linhas de código como exploit/admin/ smb/ numa chave para destrancar uma arca do tesouro, uma biblioteca, um universo.

Cy — protegido pelo programa de camuflagem — pretende tomar todas as precauções (porque é sempre possível que, enquanto está hackeando, esteja *sendo* hackeado, seguido, vigiado) ao entrar sorrateiramente naquele reino virtual de registros oficiais, uma biblioteca de intimidades que, se fosse impressa, ocuparia *seis* quarteirões da cidade de Nova York.

E é assim que acontece. Meu Deus, é indescritível a euforia, a sensação de onipotência que ele sente ao perceber que conseguiu entrar na base de dados secreta da NSA, da CIA e do FBI, na maior biblioteca de informações confidenciais do mundo, algo como a sede de quase todo o conhecimento humano no que se refere a dados sobre praticamente todos os cidadãos do país, para não falar de uma quantidade imensa de imigrantes. Bilhões de almas estão ali, seus registros, suas histórias, suas transgressões e seus erros que justificaram alguma investigação, e agora Cy tem acesso, pela primeira vez, a tudo isso. Ele pensa que, se houvesse uma forma de gozar permanentemente desse privilégio quase divino, poderia *saber*... saber quase tudo sobre qualquer pessoa em que seu país já teve algum interesse especial. Claro que esse é o objetivo final dos seus próprios projetos — foi por isso que um rapaz solitário se interessou por informações pessoais — e estar ali é uma lição de humildade, serve para lembrá-lo de que, apesar de toda a sua influência, são esses antigos órgãos do serviço de informações do governo que abrigam o verdadeiro megatesouro da vida privada dos cidadãos.

Deixando de lado as divagações, a verdade é que ele precisa trabalhar rapidamente naquela mina do rei Salomão para encontrar o que deseja sem ser detectado.

Entretanto, quando está digitando scp-r/path/to/local/data — o comando para acessar e copiar dados —, uma nova ideia lhe ocorre. Agora que conseguiu entrar, não é melhor copiar tudo e depois, fora daquele ambiente, livre do medo de ser descoberto, procurar a informação que deseja? Claro que é. Mas será possível baixar uma base de dados tão grande, a respeito de todas as pessoas que, por alguma razão, foram investigadas pelo governo dos Estados Unidos? Só Deus sabe o tamanho desse volume de dados! Mais que teraflops, com certeza; deve ser algo como peta, exa, zeta ou mesmo yottaflops. Afinal, quantos criminosos existem nos Estados Unidos? Quantos dos seus cidadãos, ao longo da história, já violaram alguma lei? A tentação de acessar esse conhecimento é indescritível. Meu Deus, quantos dados, quantas informações, quantos segredos, e, com eles, quanto poder, a apenas alguns cliques de distância! Não vai ser difícil copiar os arquivos para as grandes fazendas de dados administradas pela Fusão.

E depois? E depois?

Uma nova ideia. Uma ideia ainda melhor, ainda mais à la Baxter. Depois que copiar absolutamente tudo, ele pode, em nome da Fusão, comunicar ao governo que houve um vazamento de dados catastrófico. Informar que os sistemas da empresa foram invadidos e todos os registros foram roubados. Por quem? Os principais suspeitos... Bem, teriam que ser Justin Amari, um espião da CIA, e sua nefasta cúmplice, uma tal de Samantha Crewe. É só colocar toda a culpa neles e deixar que o FBI prenda Amari e Crewe e os considere perigosos inimigos do Estado, desacreditar de antemão todas as alegações deles, da mesma forma como ninguém acredita no que os terroristas que estão presos em Guantánamo dizem, enquanto ele, Cy Baxter, salvador, patriota, protetor supremo, decide com calma o que fazer com os segredos da população.

Que ideia! Que beleza! Que tesão tecnológico!

Com os dedos pairando sobre o teclado, sua mente explode num redemoinho de cálculos, análises de custo-benefício, projeções a longo prazo de cenários possíveis e prováveis, estratégias para a abertura, o meio do jogo e o final, de modo que, com o fim do teste beta se aproximando, ele enfim faz o que sempre fez: decide, e decide em grande estilo. Um plano *bom demais* para não ser posto em prática é posto em prática. Uma ideia que surge uma vez a cada cem anos começa a ser executada. O gênio Cy Baxter está mais uma vez em ação — ele sempre soube fazer o cavalo saltar enquanto os adversários adiantavam os peões —, e, assim, ele começa a copiar a base de dados combinada de NSA, CIA e FBI em um golpe pantagruélico.

Uma barra de progresso aparece na tela, medindo seu sucesso.

23 HORAS

CIA, SECRETARIA DE COMUNICAÇÃO, WASHINGTON, D.C.

— Obrigado a todos por atenderem a esse convite de última hora — começa Cy, em tom sóbrio, erudito, sem nenhum traço de ganância na voz, diante de uma plateia cheia de figuras importantes, antes de começar a ler a mensagem que preparou no banco de trás do carro durante a viagem até ali. — Gostaria de chamar a atenção dos senhores para um assunto urgente que diz respeito à segurança nacional. A Fusão encontrou indícios de que o centro de dados da NSA em Camp Williams, Utah, foi invadido por pessoas não autorizadas por volta das nove e meia dessa manhã, durante um serviço rotineiro de manutenção.

Não há nenhuma exclamação de surpresa por parte dos membros da CIA, mas eles se agitam nos assentos.

— Apuramos que o ataque foi conduzido por um cidadão dos Estados Unidos e funcionário da CIA chamado Justin Amari, que muitos dos senhores devem conhecer. Já comuniquei o ocorrido a alguns dos senhores, mas a maioria está tomando conhecimento do problema agora.

— Que merda é essa? — esbraveja um representante graduado da NSA como se tivesse aproveitado uma deixa.

O rosto de Burt Walker está pálido.

— O Sr. Amari também foi identificado como associado e amigo de Samantha Crewe, que participa, como zero 10, do teste beta da Fusão, ainda em andamento e que conta com a cooperação e a supervisão desse comitê. Essa participante, por sua vez, é a esposa de Warren Crewe, dado como desaparecido. A CIA negou repetidas vezes à Sra. Crewe que o marido tenha trabalhado para o órgão. Tudo leva a crer que, essa manhã, o Sr. Amari, em um esforço para ajudar a Sra. Crewe na busca pelo marido, usou seus conhecimentos das bases de dados dos órgãos de segurança para obter acesso aos servidores do Centro de Dados de Utah durante uma manutenção de rotina. Com isso, acreditamos, conseguiu baixar uma grande quantidade de arquivos sigilosos, em uma tentativa de obter informações a respeito do Sr. Crewe.

— Cy, você pode fornecer aos presentes uma estimativa da extensão dos danos? — pergunta Burt Walker que, claramente, ainda está tentando se recompor.

— Acreditamos que é da ordem de exabytes.

— Exabytes?

— O que significa que milhões de arquivos podem ter sito copiados.

— Milhões?

— Estimamos que sejam todos os arquivos sobre pessoas que foram investigadas pela CIA ou pelo FBI, por qualquer motivo, desde o governo de Eisenhower.

A declaração assustadora paira no ar.

Burt assume a palavra:

— Notifiquei a NSA sobre essa quebra de segurança há uma hora, para que seus agentes pudessem avaliar o mais cedo possível a gravidade dessa emergência, e minha equipe notificou a Casa Branca. Os dados pessoais de Samantha Crewe e Justin Amari foram fornecidos às autoridades policiais de todo o país e elas foram colocadas em estado de alerta. Temos razões para acreditar que ambos ainda estão nas cercanias de Washington.

Cy não precisa consultar as anotações para dizer o que vem a seguir.

— A Fusão acredita que essa quebra de sigilo é uma grave ameaça à segurança nacional. Mais um detalhe: minha equipe descobriu, nas últimas horas, que o Sr. Amari possui várias armas de fogo registradas, entre elas um fuzil militar, de modo que podemos presumir que está fortemente armado. — Isso é quase verdade: Sonia encontrou um registro antigo de compra de um fuzil no apartamento de Amari, embora ele tenha vendido a arma há cinco anos, quando a licença expirou. Não foram encontradas provas da existência de outras armas. — Além disso, ele acessou recentemente sites clandestinos que ensinam a fabricar explosivos e, portanto, deve ser abordado com extrema cautela. — É mentira: foi o próprio Cy quem plantou essas buscas e mudou as datas para parecer que tinham sido feitas há mais tempo. Mas exagerar um perigo é sempre melhor do que subestimá-lo.

22 HORAS

EU 💗 VÍDEOS, ESTRADA 81

Justin esteve monitorando em silêncio o laptop de Cy, hora após hora, à espera de que fosse ligado. E agora, às três da tarde, ele dá a notícia a Sam: seu programa espião detectou quarenta e cinco minutos de atividade frenética por volta das nove da manhã, embora, até o momento não possa dizer a natureza exata dessa atividade.

— Cy podia estar fazendo o que você pediu para ele... mas aconteceu alguma coisa, não consigo mais rastrear nada. Ele deve ter ativado um firewall, o que tem um lado bom e um lado ruim. O lado ruim é que não podemos ver o que ele descobriu, mas o lado bom é que, fosse o que fosse que pretendia fazer, era suficientemente importante para ele se preocupar em não deixar rastros. Ainda estou no laptop de Cy e consigo rastreá-lo de novo se o firewall for desativado, mas esses quarenta e cinco minutos foram perdidos. Se eu tivesse uma equipe de hackers de primeira linha, profissionais de verdade, talvez eles pudessem ultrapassar o firewall que Cy instalou, mas não consigo fazer isso sozinho.

Ele levanta os braços, como se estivesse se rendendo.

— Você acha que ele estava acessando os arquivos do governo? Deve ser isso mesmo. Foi o que pedi.

— Calma. Eu disse que ele *podia* estar fazendo o que você pediu. Como nós temos uma arma apontada para a cabeça dele, isso é provável, mas ainda não é hora de comemorar. — Ao dizer isso, porém, Justin não consegue evitar um sorriso ao ver a expressão radiante de esperança de Sam. — Olha só para você. Está parecendo um gato que pegou um passarinho.

22 HORAS

SEDE DA FUSÃO, WASHINGTON, D.C.

Erika encontra Cy na sala dele, usando o laptop, em um estado de espírito que não combina com a gravidade do momento.

— Foi você — afirma ela.

— Oi, meu amor.

— Foi você quem hackeou aquelas bases de dados.

— O que faz você pensar isso, minha querida?

— Burt acabou de me ligar e contou sobre o seu alerta. Naturalmente, ele pensou que eu estava a par de tudo. Você está fazendo falsas acusações.

Cy olha para a tela digital na parede.

— Aqueles dois não prestam. São perigosos. E agora fizeram uma coisa ruim. Uma coisa muito ruim.

Erika se coloca na frente da tela.

— Por que você está fazendo isso com eles? Por quê? Você tem que me contar. Me deve essa explicação.

— Eles são criminosos. Está bem claro.

— Eu não acredito nisso. E você também não. É tudo mentira. Armas, explosivos? Tudo invenção. Você vai colocar essas pessoas inocentes em perigo, Cy. Talvez sejam até mortas. Você tem noção do mal que está causando? Essa é uma "pegadinha" perigosa!

— Tá bom, pode ser que eles estejam correndo algum perigo agora.

Ela sente algo próximo de um coração partido.

— Me conte. É a sua última chance. Estou dando uma última chance. De me contar tudo. Por mim. Por Michael. Por *você*... porque eu realmente acredito que sua alma está em jogo aqui.

Erika olha para o rosto do marido, tentando detectar algum sinal revelador, esperando, contra todas as evidências, que Cy diga o que ela tanto deseja ouvir. Cy, ah, Cy, por favor, diga a verdade e resgate a parte de você que ainda pode ser salva. E, por um instante, ela tem a impressão de que suas palavras fizeram efeito, de que conseguiu se conectar com o rapaz desajeitado que conheceu um dia, com o jovem por quem se apaixonou, com o sócio em quem, até bem pouco tempo atrás, tinha total confiança.

De repente, porém, a expressão juvenil endurece diante dos seus olhos e da boca que ela tantas vezes beijou, com paixão, com amor, com admiração, saem apenas as palavras:

— Amor, você precisa descansar. Vai para casa. Você não sabe do que está falando. Eu te amo, mas vai para casa.

Com isso, ele sai do escritório.

E alguma coisa afunda irreversivelmente para o passado.

Eu o perdi, perdi meu menino de olhos verdes, pensa ela, enquanto seus próprios olhos se voltam para a parede, onde um urso polar solitário está à deriva em um bloco de gelo, o urso tão condenado quanto o gelo. Então ela se dirige à mesa de Cy, onde repousa seu adorado laptop, seu companheiro fiel, que, na pressa de escapar da esposa, ele se esqueceu de levar.

Milo e Dustin não trabalham no Vazio. Sua competência é indiscutível, mas foram processados várias vezes por atividade hacker (os processos correram sob sigilo e depois foram arquivados). Além disso, o fato de fumarem maconha e deixarem a barba crescer incomoda os outros empregados. Por isso, trabalham no porão abaixo do Vazio, ao som constante de centenas de ventiladores de resfriamento. A pegada de carbono dos sistemas de resfriamento necessários para manter todos os equipamentos do prédio na temperatura adequada é de cortar o coração. E não é só o prédio. Os dados da empresa são guardados em fazendas espalhadas por todo o país; acabam de instalar uma no Alasca, alimentada por cabos que parecem os tubos do Grande Colisor de Hádrons desenrolados, só para reduzir a conta de luz.

O trabalho de Milo e Dustin é garantir que os dados cheguem corretamente aos pontos de destino e detectar vazamentos e acessos não autorizados. Como conhecem muito bem os truques usados por hackers, funcionam como uma espécie de patrulha de fronteira da Fusão, defendendo contra incursões indesejadas. Guarnecem os portões, a ponte levadiça e as ameias desse reino mágico; constituem a dupla Rosencrantz e Guildenstern da era moderna. E são muito, muito bons no que fazem e ganham muito bem.

Por outro lado, passam a maior parte do tempo falando bobagem.

— Acabaram de inventar — diz Dustin.

— Mentira — retruca Milo.

— Uma camisinha inteligente.

— E ela... serve para quê? Ela tem, tipo, conectividade?

— Ela monitora a velocidade do impulso. É isso que diz no anúncio. Velocidade do impulso.

— Meu Deus, e você acha que alguém precisa *mesmo* dessa informação?

Milo procurou as especificações e está lendo na tela.

— Frequência cardíaca, calorias queimadas e outras estatísticas durante a atividade sexual. Conexão de Wi-Fi. Ótimo, a família inteira pode acompanhar o processo em tempo real, muito bom, muito bom mesmo.

— Será que ela informa se a mulher está fingindo o orgasmo? — pergunta Dustin.

— Ah, *agora* ficou interessante. No seu caso, seria um desastre, cara.

É isso que Milo e Dustin estão discutindo quando Erika entra na sala. Milo se levanta de um salto e abraça Erika com força, sem a menor cerimônia.

— Erika!

Dustin sorri, mas não olha para Erika. Ele é tímido.

Milo tem um forte sotaque polonês, embora seja fluente em linguagens de programação.

— Santo Deus. O que está rolando lá em cima? Essa história com Justin Amari? Não acredito. Ele parecia tão careta! Se bem que tinha umas tatuagens maneiras.

Os dois a fazem se recordar da década anterior, quando a WorldShare era só dela, de Cy e de uma dúzia de nerds freelancers como eles. A lembrança machuca.

Erika respira fundo e coloca o laptop de Cy na frente deles.

— Eu preciso saber o que tem aqui dentro, rapazes, e é pra já.

— Erika... de quem é esse laptop? — pergunta Milo.

Ela abre o laptop e digita uma senha que não é a sua, mas que sabe de cor.

21 HORAS

EU ♥ VÍDEOS, ESTRADA 81

No dia em que Warren viajou, Sam estava lendo à mesa da cozinha, a casa cheirava a café moído e ao caldo que borbulhava no fogão, ossos de pernil liberando lentamente o sabor. Sam gostava de cozinhar.

Ela ergueu os olhos do romance quando ele desceu com a bolsa de viagem no ombro. Warren nunca despachava malas; viajava apenas com bagagem de mão. Levava o xampu em garrafinhas já em sacos plásticos transparentes, o laptop de viagem sempre formatado assim que voltava para casa, e o celular descartável, no qual só encaixava a bateria quando estava no táxi, indo para o portão de embarque de um aeroporto estrangeiro.

— Eu não quero que você vá — disse ela.

Warren tinha colocado a bolsa de viagem no chão e estava encostado no batente da porta da cozinha, com as mãos nos bolsos, observando-a.

— Você sempre tem um mau pressentimento e as coisas sempre correm bem.

— Dessa vez é pior.

— Vejo você na terça.

— Promete?

Ele entrou na cozinha e abriu os braços. Sam se levantou, recebeu o abraço e apoiou a cabeça no peito do marido.

— Prometo. Quando eu voltar, vista o avental e faça uns biscoitos para mim.

Ela deu uma risada relutante. Um táxi buzinou lá fora.

— Tome cuidado. Tipo, muito mais cuidado que o normal, por favor.

— Está bem.

Ele levantou o rosto de Sam para poder beijá-la de verdade, depois se virou para a porta. Ela o acompanhou para poder acenar da varanda. Warren jogou a bolsa no banco de trás, olhou para ela, acenou, e Sam acenou também. E foi isso.

Na manhã de terça, ela assou biscoitos. Meio de brincadeira, meio a sério. Warren não voltou para casa. À meia-noite, ela comeu todos os biscoitos e depois vomitou. A vida se transformou num inferno.

Ela acorda com uma música alta e se senta no sofá. O velho CD player está tocando "Long Cool Woman", do Hollies. Justin está curvado sobre o laptop, encarando a tela, o corpo rígido de tensão.

— Sam!

— O que foi?

— Tem alguma coisa... alguma coisa acontecendo aqui...

— O quê?

— No laptop de Cy. O firewall... acho que o firewall foi desativado.

21 HORAS

SEDE DA FUSÃO, WASHINGTON, D.C.

Milo e Justin estão com o laptop de Cy entre eles. Conectaram o aparelho às suas próprias máquinas e estão trabalhando simultaneamente. Eles se limitam a apenas um resmungo ocasional durante uns bons vinte minutos, mas, de repente, se entreolham com uma expressão de curiosidade.

Erika olha para o celular. Pediu à secretária de Cy que avisasse quando ele voltasse ao prédio. A primeira coisa que Cy vai procurar, a *única coisa* de que dará falta, é aquele laptop.

— Rapazes, digam alguma coisa. Conseguiram algo?

— A gente... — começa Milo. — Tá bom, tá bom. A gente conseguiu remover o firewall. Deciframos a criptografia SSL e parece que... tipo, o Cy... ele baixou uma quantidade massiva de dados de um servidor do governo em Utah por volta...

— ... das nove e trinta dessa manhã. — completa Erika, sem demonstrar surpresa.

— Mais precisamente, a partir das nove e trinta e quatro.

— Isso não vai trazer problemas para a gente? — quer saber Milo. — Porque, olha, você está falando com dois caras que já passaram por encrencas assim antes.

— Várias vezes — acrescenta Dustin. — Não terminou bem.

— Onde estão esses dados que foram baixados? — pergunta Erika.

Milo parece hesitar.

— Os dados foram baixados para um servidor... em... ao que parece...

— Manila — completa Dustin.

— Manila — repete Milo. — Parece que ele tem um servidor pessoal em Manila.

— Vocês conseguem acessar esse servidor?

— Na verdade, a gente já acessou.

— Podem fazer uma busca nesses dados?

— Ainda não tentamos. Isso não vai mesmo causar problemas para a gente, Erika? Promete?

— Digamos apenas que eu não vou me esquecer do favor que vocês me fizeram.

Depois que Milo e Dustin trocam um olhar de ansiedade, mas também de empolgação (eles sabem que nasceram para momentos como esse), Milo pergunta:

— O que devemos procurar, exatamente?

— Um nome: Warren Crewe.

EU ❤ VÍDEOS, ESTRADA 81

As mãos de Justin estão tremendo acima do teclado. Ele parece paralisado.

— Acabamos de entrar.

— Entrar? Onde?

— Em um servidor pessoal... situado em algum lugar do mundo. O firewall não está mais ativo. Só as barreiras de segurança de sempre. Estamos na cola dele... Podemos acompanhar cada tecla que ele digita, exatamente o que está fazendo. Aonde ele vai, nós vamos de carona.

— E para onde ele foi? O que está fazendo?

— Ainda não tenho certeza, mas... é como se ele tivesse oito mãos. É uma loucura. Códigos de ataque em sucessão. Ele está conseguindo acessar... alguma coisa...

SEDE DA FUSÃO, WASHINGTON, D.C.

— Digam alguma coisa! — exclama Erika — O que vocês descobriram?

— Encontramos *alguma coisa* — responde Milo. — Mas o cache é gigantesco. Contém centenas de milhares de páginas... milhões de páginas.

Erika pensa: ah, Cy, o que você fez? Mas ela já sabe, sabe exatamente o que eles estão acessando: nada menos que o fruto do maior roubo de dados da história. Cy invadiu os lendários arquivos da NSA, da CIA e do FBI, que contêm trilhões de segredos de Estado. Isso mostra que ele perdeu completamente o juízo. Por que ele foi fazer isso? Ela também sabe a resposta: para incriminar, como perigosos malfeitores, duas pessoas que conhecem os segredos *dele*, que podem *acusá-lo* de vários crimes.

O celular dela vibra. É a secretária de Cy! A reunião à qual Cy deveria comparecer, do outro lado da cidade, foi cancelada. Alguém pegou covid. Ele está voltando para a sede da Fusão. Deve chegar em meia hora. Meia hora?

— Preciso do arquivo sobre Warren Crewe — diz Erika para Milo e Dustin. — Vocês podem procurar um arquivo específico? Copiar só esse arquivo?

— Copiar um... único arquivo? Cara, isso vai demorar. Tem outras camadas para quebrar. Quanto tempo a gente tem?

— Quanto tempo? Quanto tempo vocês acham que levaria?

— Horas.

Erika olha para o relógio e depois para o laptop de Cy, que está ligado a máquinas muito maiores. Ela precisa urgentemente devolvê-lo à mesa de Cy.

— O que podemos fazer nos próximos minutos? Vamos, gente!

Milo olha para Dustin, que enfim consegue dizer alguma coisa.

— Temos uma escolha.

— Qual?

— Não copiar nada ou...

— Ou?

— Copiar tudo.

— Baixar tudo o que ele copiou — explica Dustin. — *Todos* os dados.

— Vocês *podem* fazer isso? Copiar *tudo*?

— É só dar um clique, mas é um senhor clique.

Milo posiciona o cursor e pousa o dedo indicador sobre o botão esquerdo do mouse.

— A senhora é que manda, mas...

— Mas?

— Isso não é pouca coisa...

Erika olha para o mouse, depois para o relógio.

— Eu tenho que levar o laptop de volta para o escritório lá em cima, gente. Devia ter feito isso, tipo, cinco minutos atrás.

— Então vamos parar? — pergunta Milo. — Desligamos tudo?

— Se copiarmos tudo, vocês dois podem me ajudar a encontrar o arquivo sobre Warren Crewe mais tarde e apagar o restante?

— Vai demorar um pouco, mas podemos, sim — responde Dustin.

Ela acena positivamente com a cabeça. Já sabe o que fazer.

— Saiam daqui um instante. Vocês dois.

As mãos dos dois hackers não devem estar envolvidas nessa ação delicada, pensa ela. A decisão é dela. A responsabilidade é dela. É ela quem tem que fazer isso.

Depois que os dois rapazes saem da sala, Erika leva a mão ao mouse. A vida é curta. Os arrependimentos são longos. Seja o que Deus quiser. Uma vida. Um amor. Um propósito. Ela clica. BAIXANDO ARQUIVOS...

Pálida, ela se afasta do computador e abre a porta, revelando dois jovens ainda mais pálidos.

— Podem entrar — diz ela.

19 HORAS

EU ❤ VÍDEOS, ESTRADA 81

Fumando com dificuldade por causa do capacete, Sam observa um cartaz recém-colado na vitrine da loja: FESTIVAL DE MÚSICA DE SLEEPY CREEK. Começa amanhã. BARRACAS DE COMIDA E BEBIDA. Legal. MÚSICA, LEITURAS. Ah, meu Deus. POESIA, FILOSOFIA, PALESTRAS SOBRE O MEIO AMBIENTE. Sinais da existência de outra América, de outros americanos, os filhos da Era de Aquário, os alternativos, os amantes da natureza, mantendo acesas as chamas dos valores originais da humanidade. Ela adoraria ir até lá, até Sleepy Creek, com Kaitlyn, com Warren, só para escutar, aprender, dançar, fazer parte desse mundo perdido, dormir, sim, mais que tudo, dormir. Mas, no momento, isso é uma esperança vazia.

Ela apaga o cigarro com o pé. Volta, pela centésima vez, a olhar por cima do ombro de Justin. Ao lado deles está uma bateria de discos rígidos interligados, ainda quentes depois de receberem todos os dados copiados do servidor de Cy.

— Deve ter algo sobre Warren nesses dados — diz ela.

Justin já passou muito tempo peneirando esse vasto contrabando atrás de arquivos com o nome do seu melhor amigo. Até o momento, não encontrou nada.

Sam passou o tempo andando de um lado para outro, sentando, fazendo café, bebendo café, perguntando a Justin se ele quer mais café, perguntando a Justin se ele tem certeza de que não quer mais café, enquanto murmura coisas como "Pense o que quiser de Cy Baxter, mas ele cumpriu a promessa: invadiu os arquivos do governo à procura de Warren, arriscando, sem dúvida, o próprio pescoço. Ele fez o que disse que faria, e devemos ser gratos por isso, não é, Justin? Justin?"

Por fim, depois de quatro horas e meia de investigação, Justin faz um resumo do que apurou:

— Tudo o que encontrei confirma as alegações da CIA. Eles pagaram a Warren por seis artigos sobre temas como oportunidades de investimento no Leste Europeu. Não tem nada aqui sobre o Irã. Nada que eu consiga achar. Nada que indique que Warren tenha executado qualquer missão no exterior a serviço da CIA. E nada sobre o paradeiro dele. Encontrei algumas referências às suas acusações, à sua alegação de que o governo estava envolvido no desaparecimento de Warren, o histórico de negações deles, mas nenhum documento sugerindo que a CIA tenha ocultado a verdade.

— Então o arquivo de Warren não estava nessa base de dados.

— É possível. Pode ser também que eles tenham apagado o arquivo, ou que o arquivo nunca tenha existido.

— Você pode procurar de novo? Tem que ter alguma coisa. Alguma pista.

— Sam...

— Eles estão mentindo. Eu tenho certeza!

— Isso não me surpreenderia, mas não sei como encontrar isso aqui.

Sam está com olhos marejados.

— Tem só uma coisa que chamou a minha atenção...

— O quê?

— Uma declaração formal que uma tal de Anne Kulczyk fez à CIA. Já ouviu esse nome? Uma mulher de quarenta e poucos anos, que mora em Foggy Bottom.

— Que tipo de declaração?

— A mulher nega... nega ter qualquer informação de que Warren trabalhou para a CIA e nega categoricamente que o conheça.

— E daí?

— Bem, quem pediu isso a ela? Ela não é uma pessoa importante. Por que teve que jurar que não sabe *nada* a respeito de um homem que não conhecia?

18 HORAS

RESIDÊNCIA DE ANNE KULCZYK, FOGGY BOTTOM, WASHINGTON, D.C.

A essa altura as chances são de cinquenta por cento de a moto ter sido detectada pelo sistema. Sam a usou para ir a Washington para se encontrar com Cy e sabe que corre um sério risco ao usá-la de novo. Ainda assim, acha que é mais seguro viajar de moto, protegida por um capacete, do que andar a pé em uma cidade que possui uma câmara em cada esquina, ainda mais mancando visivelmente. Ela para na entrada de carros da casa de Kulczyk e baixa o descanso da moto.

O jardim é bem cuidado, com canteiros de flores organizados. Algumas roupas íntimas bege estão penduradas em um varal na varanda. A mulher que abre a porta, colocando um brinco, a cabeça inclinada a quarenta e cinco graus, lança a Sam um olhar carregado de desconfiança de visitantes inesperados.

— Pois não?

— Anne Kulczyk?

— Você é entregadora?

Sam sente os olhos de Anne examinando o capacete, o jeans justo e as botas. Ela tira o capacete e se apresenta:

— Não. Meu nome é Samantha Crewe, esposa de Warren.

Anne se endireita, esquecendo o brinco, e olha fixamente para ela, um olhar que, para Sam, confirma que sua declaração juramentada foi uma mentira.

— Posso entrar? Preciso discutir uma coisa importante.

— Não conheço ninguém com esse nome.

— Eu sei que você conhecia Warren. Por favor. Só preciso de cinco minutos.

Anne deixa Sam entrar e a conduz para a sala de estar.

A sala é impessoal, mas de bom gosto. Tudo muito arrumado. Pequena. Ela é uma mulher que mora sozinha, mas não tem gato. Ainda.

— Eu já disse que não conheço ninguém com esse nome. Não vejo o que mais temos para discutir.

— Anne, aposto que você é uma pessoa de boa índole. Uma pessoa decente.

— E como pode saber disso?

— Você me deixou entrar na sua casa. Sentar no seu sofá. Preciso que me conte o que sabe a respeito do meu marido. Eu imploro.

Anne se remexe, inquieta. Paninhos de crochê enfeitam a mesa de centro e agulhas de tricô estão espetadas numa meada de lã sobre o sofá, ao lado dela. Sam a observa, aquela desconhecida de aparência inofensiva, tão apagada, pálida e solitária, mas que, no momento, tem um poder imenso sobre ela, o poder de destruir suas esperanças, de fazer ou desfazer seu mundo.

— Eu vi a sua declaração. Você mentiu sob juramento.

— Acho melhor você ir embora.

— Você sabe onde ele está.

— Vá embora, por favor, ou vou chamar a polícia. Eu não devia ter deixado você entrar.

— Uma parte sua quer me ajudar. Dá para ver. Como você conheceu o meu marido? Trabalhou com ele?

Sam consegue ver os conflitos internos fervilhando dentro daquela mulher, uma luta que acontece há anos no cerne da identidade dela e tem a ver com sua noção de decência. No fim, a contenda é decidida com uma única palavra:

— Trabalhei.

— Deus a abençoe.

— Não quero a sua bênção.

— Me ajude, por favor. Tudo o que disser vai ficar entre nós. Eu juro. Estou tentando salvar a vida de Warren.

Os dedos entrelaçados de Anne se contraem no colo.

— O que você sabe?

— Sei que a CIA nega que o meu marido trabalhou para eles.

— Você está com uma escuta? Se importa de desabotoar a blusa?

Sam obedece — desabotoa, mostra os ombros, o sutiã, a barriga, antes de abotoar a blusa de volta.

Anne Kulczyk liga um rádio digital e só então se senta de novo, dessa vez ao lado de Sam.

— Oficialmente, ele não trabalhou. É aí que começa o problema. Ele trabalhava para nós, os analistas. Na época, eu era uma analista. Analistas não contratam espiões.

— Ele era um espião? — O coração de Sam dispara.

— Ele era um agente que fazia pesquisas. A diferença, como é o caso aqui, pode ser muito pequena. Quanto você sabe?

— Suponha que eu não sei nada e não vai errar por muito.

— Warren estava coletando informações sobre... sobre os iranianos. Ele era útil para nós, analistas, mas não tínhamos permissão para contratar agentes de campo. Só os operativos fazem isso. Por isso, o trabalho de Warren era informal, obtendo informações da corrupção nos bastidores do governo iraniano. Essa era a especialidade dele; ele tinha um talento especial para seguir o rastro do dinheiro. A questão é que ele também se interessou pelo andamento do programa nuclear iraniano. Um terreno perigoso. E nós, os analistas, pagávamos extraoficialmente por essas análises. Os figurões tinham conhecimento do que estava acontecendo. Muita gente lia e comentava sobre os relatórios de Warren dentro da CIA, mas ninguém podia admitir que ele trabalhava para a gente porque os serviços dele não tinham sido oficialmente aprovados e registrados. Então, quando Warren desapareceu, foi mais fácil dizer que não tinham nenhuma informação sobre o paradeiro dele e que ele nunca havia trabalhado para a CIA. Isso não era verdade, mas foi assim que esse acobertamento ridículo começou. A coisa virou uma bola de neve. A Tailândia foi um recurso improvisado, a falsa informação de que ele tinha voado para Bangkok. Uma trapalhada, na qual a vítima, naturalmente, foi Warren. Ele continua sendo a vítima até hoje. Estava fazendo um bom trabalho para nós.

Sam começa a chorar. Anne se levanta e volta com um guardanapo.

— E os iranianos? Por que eles não...

— Por que eles não se gabaram de ter prendido um espião da CIA? Porque Warren tinha mais valor como mercadoria de troca. As trocas de prisioneiros têm uma lógica peculiar. Prisioneiros são trocados o tempo todo, quase sempre em segredo. Às vezes, prisioneiros de baixo valor são trocados por prisioneiros de alto valor, negociações que deixariam o público indignado. Essa é a vantagem do sigilo. Warren foi um caso complicado. Ele não tinha muito valor para a gente, mas, mesmo assim, o Irã estava querendo trocá-lo por um prisioneiro de alto valor, como um fabricante de bombas, por exemplo, um extremista inveterado mantido pelo governo dos Estados Unidos em algum lugar do mundo. Os Estados Unidos se recusaram a fazer a troca, não *poderiam* fazer a troca, porque isso seria admitir que Warren trabalhava para eles! Assim, semanas, meses e agora anos se passaram sem que nada mudasse. Ele se tornou um problema difícil demais de resolver. — Anne se inclina para perto de Sam e olha nos olhos dela. — Não sei se isso ajuda, mas vou contar mais uma coisa. Quando soube que Warren havia desaparecido, a primeira coisa que fiz foi ir ao banheiro vomitar, mas depois me comuniquei com o contato dele no Irã. Ele respondeu com uma mensagem em código. Dawud apurou que os iranianos tinham detido Warren no aeroporto

de Teerã, quando ele tentava deixar o país, e o haviam enviado para...
para uma prisão militar.

Sam está muda. Prisão militar, espionagem, Teerã, contato iraniano? Ah, Warren, por quê? Por que você não escolheu uma vida normal? Por que não está nesse momento aparando a grama, fazendo uma pausa para reabastecer o cortador?

— Em que prisão ele está?

— Não consegui descobrir. — Anne fica um tempo em silêncio, depois acrescenta: — Mas acho que aquele contato iraniano pode saber. Ele pediu asilo nos Estados Unidos e está morando em Washington. Se tem alguém que sabe de alguma coisa, esse alguém é ele. O nome dele é Dawud Khuzani. E isso é tudo o que posso falar.

17 HORAS

WASHINGTON HIGHLANDS, WASHINGTON, D.C.

A esposa de Dawud Khuzani conduz Sam para uma cozinha nos fundos da casa, passando por uma pequena sala de estar com uma televisão ligada. A cozinha dá para um quintal que mais parece um terreno baldio. O governo podia ter arranjado uma moradia melhor para um asilado, pensa Sam. Um homem barrigudo está fazendo café no fogão. A mulher explica a ele, em persa acelerado, tudo o que Sam acabou de contar para ela em inglês na porta da casa. Sam esperava algum tipo de relutância, mas, em vez disso, o homem não tira os olhos dela, com uma expressão de simpatia e tristeza.

— Seja bem-vinda — diz ele.

No momento, tudo que mantém Sam funcionando é a indignação; o que ela realmente precisa é de uma cama, de preferência em um hospital.

— Obrigada — responde ela.

— Aceita tomar um café comigo?

— Aceito, sim. Obrigada.

Depois que a esposa de Dawud pede licença e se retira, ele convida Sam a se sentar na única cadeira da cozinha.

— Por favor.

Sam desaba na cadeira, apoia os cotovelos no tampo de fórmica da mesa e observa o dono da casa: cabelo ralo, camisa de manga curta apertada na barriga, os botões quase cedendo pela pressão. Pelo cheiro, parece que ele gosta de café bem forte.

Ele começa um monólogo.

— Você quer saber se Warren está vivo. Acredito que sim. Warren falava de você com frequência. Passamos muitas horas juntos em Teerã. Chegamos à conclusão de que éramos homens de sorte por termos mulheres que amávamos e por sabermos disso. Bênçãos assim são raras.

Ele pousa o café em frente a Sam. Coloca um pouco de leite no próprio café e começa a mexer.

— Ele era corajoso. Muito corajoso. Entre outras coisas, estava tentando obter informações sobre o programa nuclear do Irã para a CIA. Eu disse que ia ajudar, se pudesse. Um dia, fiquei sabendo que um americano tinha sido detido no aeroporto enquanto tentava embarcar. Esse tipo de coisa é difícil de esconder. E concluí que só podia ser Warren. Ele foi interrogado e pode ter confessado que trabalhava para a CIA. Se isso aconteceu, deve ter sido enviado para uma prisão clandestina, não uma prisão oficial, na qual os detentos são registrados, mas um lugar secreto em que os presos não têm nome, apenas números, e oficialmente não existem. Isso quer dizer que, se ainda está vivo, Warren deve ter um número. Isso é tudo o que sei. Sinto muito. Os iranianos vão continuar negando que ele está preso, talvez para mais tarde tirá-lo das sombras e usá-lo como moeda numa troca de prisioneiros. É assim que as nações trabalham. Os Estados Unidos não parecem dispostos a admitir seus erros nem fazer qualquer esforço para trazê-lo de volta. O governo, do presidente para baixo, abandonou Warren, e, pelo que parece, a CIA vai fazer de tudo para impedir que haja uma investigação do papel da agência no desaparecimento. — Dawud se vira para olhar pela janela, para o quintal que é uma imagem do seu novo mundo. — Mas isso tudo ficou para trás. Hoje sou um cidadão dos Estados Unidos. Vendo carros em vez de segredos.

Ele toma um gole de café.

— Qual é o nome dessa prisão?

Dawud não se vira para encará-la.

— Prometo manter seu nome em segredo — diz Sam.

— O mundo mudou — responde ele. — Não existem mais segredos. Todos nós andamos nus sob uma luz ofuscante.

— Qual é o nome?

— Fica perto de Isfahan. Provavelmente. Um lugar ao sul de Isfahan. É a única prisão clandestina que conheço. Ele pode estar lá.

Depois de colocar o capacete de volta, Sam vai mancando, em um estado de exaustão física e mental, até onde deixou a moto. Quando se aproxima, nota que há um carro estacionado atrás da moto. Um carro sem nada de especial, mas que destoa daquele bairro. Quando Sam chega perto do veículo, uma mulher salta do carro e vem na sua direção.

— Espere, por favor.

Sam sobe na moto e vira a chave. Warren, Warren, Warren...

A mulher insiste, em tom de súplica:

— Samantha!

Será que deve fugir? A fuga terminou? A mulher está com um celular na mão, e Sam sabe exatamente quão rápido a Fusão pode encher a vizinhança de drones e carros. Não há nenhuma estação de metrô nas proximidades para se esconder. Por isso, ela desmonta resignadamente da moto.

— Meu nome é Erika Coogan.

— Eu sei quem você é. Foi a moto?

— Temos muitas câmeras nessa área. Mas não se preocupe, oficialmente eu não vi nada de anormal. Digo, a Fusão não sabe que estou aqui. Vim sozinha.

— Está aqui a pedido de Cy?

— Não. Cy não vai ajudar você. Ele nunca teve a intenção de ajudar.

— Ele já ajudou.

Erika balança a cabeça.

— Sinto muito, mas você está enganada.

— Eu fiz com que ele procurasse Warren, e isso ajudou a gente.

— Não é isso que ele está fazendo, Sam.

Erika faz essa declaração com tanta convicção que Sam não tem como duvidar. Só então nota que Erika parece tão extenuada quanto ela, como se, por baixo do terninho e da maquiagem bem-feita, estivesse remendada com fita adesiva.

— Pode me dar cinco minutos do seu tempo? — pergunta Erika.

Quando Sam olha em torno, em busca de câmeras, Erika acrescenta:

— Estamos seguras aqui.

Todo o sistema nervoso de Sam está gritando para ela fugir.

— Como vou saber se não tem uma equipe de captura a caminho?

— Eu vi você entrar naquela casa há mais de vinte minutos. Eles ainda não chegaram, certo? Se eu quisesse que fosse capturada, você já estaria no banco de trás de um dos nossos SUVs.

Sam tem que admitir que esse argumento faz sentido.

— Preciso saber uma coisa — diz Erika. — Que tipo de trato você fez com Cy?

— Nós... Nós sabemos que vocês fizeram negócios ilícitos com outros países, vendas ilegais de tecnologia, desrespeito a sanções. Dissemos que não divulgaríamos essas informações se ele nos ajudasse a descobrir o paradeiro de Warren.

— Cy não vai fazer a parte dele do trato, mas estou disposta a ajudar.

— Não confio em você.

Sam faz menção de se afastar, mas Erika a segura pelo braço.

— Não só ele *não* tem intenção de ajudá-la como acusou oficialmente você e Justin Amari de conduzirem um ciberataque contra o país... de invadirem a central de dados da NSA e roubarem milhões de páginas de informações sigilosas.

— Nós fizemos isso.

— Fizeram?

— Na verdade, foi ele que fez, nós só invadimos o laptop dele.

— Invadiram o laptop?

— Colocamos um programa espião no laptop de Cy. O programa estava em um pen drive, junto com uma mensagem em vídeo que Kaitlyn entregou a ele. Assim, pudemos acompanhar o que ele fez e roubar os mesmos dados que ele roubou. Estamos com esses dados por causa dele.

Erika agora compreende o que aconteceu.

— Preste atenção. Vocês precisam destruir esses dados. Todos eles. A vida de vocês não vale nada perto do valor desses dados. Cy já convenceu todo mundo de que vocês são perigosos e estão armados, de que hackearam a base de dados da NSA e representam uma ameaça ao país. Todas as forças de segurança dos Estados Unidos foram colocadas em estado de alerta. Vocês não estão mais no mundo das câmeras de rua e de acampamentos em locais pouco frequentados. O teste beta é coisa do passado; agora é pra valer. Vocês estão sendo perseguidos por homens armados. Ele não vai nem precisar incriminar vocês. Se não se livrarem logo desses dados, vão correr risco de vida. Nesse momento, vocês são uma ameaça à segurança nacional.

Sam começa a entender que o risco é real, mas não consegue deixar de pensar em Warren e na prisão clandestina nos arredores de Isfahan.

— Me deixe ajudar — insiste Erika.

— Você e Cy estão vendendo segredos tecnológicos ilegalmente para...

— Acredite você ou não, não tenho nada a ver com isso. Agora, graças a Justin, sei o que Cy andou fazendo e não concordo. Estou disposta a ajudar você a se livrar da acusação e a encontrar Warren, mas precisamos agir depressa. Tudo depende das próximas horas.

Precisa se manter escondida até que eu consiga mostrar às pessoas certas que você não foi responsável pelo ciberataque.

— Olha, se você está disposta mesmo a me ajudar, não se preocupe com a minha segurança. Descubra o nome da prisão onde Warren está sendo mantido no Irã.

— Primeiro, sua segurança. Depois, vou fazer o que puder para descobrir o paradeiro de Warren. Pode se manter escondida? Sei que você é boa nisso. Encontre um lugar com muita gente. A segurança do rebanho. Cerque-se de pessoas. Testemunhas. Lugares onde você não pode ser atacada ou machucada sem chamar atenção. E leve isso com você. É um pager. Não está sendo rastreado. Com ele, podemos nos comunicar sem que ninguém perceba.

Sam olha desconfiada para o pager. Esses troços ainda existem? Acostumou-se a temer todos os aparelhos eletrônicos, mas nesse caso parece não haver alternativa. Guarda o pager no bolso, tentando se lembrar da sensação de confiar em alguém.

16 HORAS

EU ❤ VÍDEOS, ESTRADA 81

Acelerando o máximo que pode, Sam percorre os cem quilômetros até o esconderijo em menos de uma hora e conta para Justin tudo o que descobriu, incluindo o fato de que estão sendo acusados de alta traição.

— Erika disse que temos que destruir imediatamente todos os dados que copiamos. Agora. Tudinho. — Ela faz um gesto com o dedo, passando por cima do banco de discos rígidos, arquivos e mais arquivos que cobrem décadas de pecados, segredos, erros, crimes, omissões e escândalos.

— Ah, isso não me surpreende.

— Vamos fazer o que ela disse, Justin. Estamos correndo perigo de verdade.

Diante da relutância de Justin, ela pergunta:

— Qual é o problema?

— Esses arquivos são as provas de que precisamos para acabar com Baxter. É por isso que Erika quer que a gente destrua tudo. Está vendo isso aqui? É uma bomba nuclear, o que significa que somos uma potência nuclear. Eles não gostam disso. Não podem permitir que os segredos do governo estejam em nossas mãos. — Os olhos de Justin estão arregalados; há quarenta e oito horas ele não sabe o que é dormir de verdade. — Já pensou como seria o mundo se detonássemos tudo isso?

— Justin, por favor.

— Você acha que seria um mundo pior ou melhor que o atual? É uma questão filosófica interessante.

— Não quero nem ouvir falar em divulgar esses dados. Promete.

— Mas eu quero.

Ela percebe o quanto ele foi dominado por aquela fantasia letal, reacendendo o antigo entusiasmo de Justin Amari.

— As pessoas precisam saber — diz ele — o que o governo sabe sobre elas e os males que esse conhecimento pode causar. Olha, mesmo se eles prenderem Cy, os órgãos do governo vão conservar esses dados ilícitos e, a cada dia que passa, vão encontrar meios melhores para extrair ainda mais. Onde é que isso vai parar? Que sociedade é essa? Só estou dizendo. Precisamos resetar o sistema.

Sam recua alguns passos, aponta para os discos e pede, quase gritando:

— Apaga isso! Agora, Justin, por favor. Eu não sei fazer isso. Você precisa fazer isso.

— Tarde demais.

— Como assim?

— Eu já fiz uma cópia. Na verdade, *duas* cópias. Guardei tudo que nós conseguimos em dois servidores remotos, em países diferentes, para garantir a segurança. É só eu postar os IPs e... *bum*!

— Bum? O que você quer dizer com isso?

— Uma bomba de dados. O maior vazamento de dados da história. É a nossa proteção. Nosso trunfo, a garantia de que eles vão fazer a coisa certa. Perto disso aqui, o Wikileaks vai parecer uma coluna de fofoca de quinta categoria.

Sam passa a mão pelo cabelo. Pode sentir a eletricidade estática do fervor revolucionário de Justin na ponta dos seus fios. Sente também a ansiedade dele, a comichão no dedo para apertar o gatilho dessa arma que ele tem em mãos agora.

— Não foi o que combinamos, Justin. Nosso propósito era salvar Warren, lembra? Para isso, tínhamos que conseguir o apoio de Baxter. Não falamos em explodir o mundo. Erika vai nos ajudar a descobrir exatamente onde Warren está e a derrubar Cy. Só temos que permanecer fora do radar por mais algumas horas, até que ela nos diga que o perigo passou. E aí nós ganhamos.

— Ganhamos o quê? O dinheiro do prêmio?

— Assim que ela disser que é seguro, podemos ir embora daqui. Sabemos onde Warren está, o que aconteceu com ele. Isso, para mim, é o mais importante. — Seus olhos se enchem de lágrimas. — Ele está no Irã, em uma prisão clandestina. Vamos encontrá-lo. Conseguimos. Eu sei que ele está vivo. Podemos contar tudo à imprensa, revelar o que sabemos, expor as mentiras a respeito de Warren, denunciar Cy, forçar o governo a tomar providências. Foi por isso que eu disse que nós ganhamos. Agora, por favor, destrua esses dados. Ou isso vai acabar matando a gente.

Ele pondera um pouco e depois dá de ombros.

— Se é isso mesmo que você quer, tudo bem.

— Justin, faça isso. Livre-se de tudo, até das cópias que você fez. Agora.

Enquanto Sam observa, Justin se senta de novo diante do computador e, depois de digitar com relutância uma série de comandos, assegura a ela que o apagamento começou, limpando os discos rígidos de tal forma que, em dez minutos, os megadados terão deixado de existir. Só então Sam sente que a mão fantasma deixou de apertar seu pescoço.

— Ótimo — diz ela, suspirando, quando algo no seu bolso começa a apitar. É o pager. O pager de Erika.

— Que merda é essa?

— Uma mensagem de Erika.

— Minha nossa, Sam!

O pager exibe uma mensagem: *Saiam daí agora. Eles estão chegando à videolocadora.*

— Eles estão vindo — avisa Sam. — Sabem onde estamos. Temos que fugir.

— Erika Coogan? Nos dizendo o que fazer?

— Você acabou de apagar os dados?

— Acabei.

— Tudo mesmo?

Quando Justin não responde imediatamente e se limita a olhar para os discos rígidos e o computador, Sam implora:

— O que foi? *O que foi?*

— Eles ganharam. No fim, eles sempre ganham.

— Temos que sair daqui!

Sem dizer mais nada, Justin pega os dois celulares descartáveis e sai da loja atrás de Sam.

14 HORAS

SEDE DA FUSÃO, WASHINGTON, D.C.

Cy entra na videolocadora pela porta dos fundos. Não fisicamente, é claro. Em sua fúria, confinado aos óculos de realidade virtual, ele tem que se controlar para não dar chutes virtuais em móveis, restos de comida, caixas de pizza, cascas de pistache, garrafas de refrigerante. Mas, ao mesmo tempo, ele vê — em uma pilha de discos rígidos abandonados capazes de armazenar uma grande quantidade de dados — provas mais que suficientes para sustentar a acusação que inventou contra aquela dupla. Sim, tudo indica que Justin Amari e Samantha Crewe são de fato ciberterroristas e os equipamentos abandonados confirmam sua denúncia. Não poderia ter escolhido um cenário melhor para o esconderijo deles.

— O que devemos fazer com esses discos? — pergunta um membro da equipe de busca que está no local.

— Traga tudo para a Fusão e certifique-se de que tudo que está neles seja totalmente apagado.

Depois de dizer isso, ele tira os óculos de realidade virtual e se depara com Erika sentada na sua cadeira, usando um casaco, com a mão direita pousada sobre seu laptop.

— Eles têm uma cópia — adverte ela.

— Eles? Cópia do quê?

— Justin e Samantha. Eles invadiram o seu laptop, lá na floresta. Quando você inseriu o pen drive de Kaitlyn Day. Além do vídeo, o pen drive continha um programa espião. *Eles* estão monitorando *você*. Esse tempo todo.

— Não acredito nisso.

Ela empurra o laptop na direção de Cy.

— Confira aí.

— E como você ficou sabendo disso?

— Eles viram quando você baixou ilegalmente todos aqueles arquivos da NSA e da CIA. E adivinha só? Eles fizeram uma cópia. Foi você quem deu acesso a eles. Eles pegaram tudo que você pegou, roubaram cada arquivo que roubou.

Cy leva alguns segundos para processar a informação, mas parece satisfeito com a novidade.

— Então... eu estava certo. Eles *são* uma ameaça para a segurança nacional.

— Só porque você permitiu que fossem.

— Eles roubaram os segredos da nação, Erika. Temos que detê-los.

— Só depois que *você* roubou. Só *porque* você roubou.

— Com a diferença de que eu não represento uma ameaça para a segurança nacional.

— É você que está dizendo.

— Eles estavam me chantageando. Era tudo parte do plano deles. Você não entende? Eles são terroristas.

— Que agora estão em posse de tudo que a CIA sabe a respeito de você. — Os olhos de Erika estão frios, sua atitude ainda mais fria. — E de mim. E da WorldShare. E das Ilhas Cayman. E da venda ilegal de programas espiões para os russos. E das vendas para os chineses. E sabe Deus o que mais. Justin e Samantha têm tudo. Em resumo, estamos fritos. Você destruiu nossa empresa.

— Nada foi destruído. Na verdade, o fato de copiarem os arquivos vem a calhar. Eles conseguiram se tornar os inimigos públicos número um e dois, com um alvo enorme nas costas. São eles que estão fritos, amor. Nossa empresa está a salvo. A credibilidade deles é zero. Nada do que disserem, nenhuma informação que apresentarem, vai prejudicar nosso negócio. Na verdade, essa é uma notícia excelente. O que eles fizeram nos ajudou a ficar livres de qualquer investigação do governo.

Erika olha para ele e faz que não com a cabeça.

— Michael costumava dizer uma coisa quando você ficava assim. Lembra?

— O que ele dizia?

— Vai se foder.

E, com isso, ela vai embora.

Sentado atrás da mesa, olhando para o laptop e pensando no erro que cometeu ao inserir o pen drive — um erro que, no fim das contas, trouxe dividendos inesperados —, uma nova ideia lhe ocorre, algo que sua mente hiperativa ainda não tinha pensado: a de que aquele dia pode muito bem terminar, espetacularmente, com sorte, com os corpos de Justin Amari e Samantha Crewe sendo colocados em sacos.

2 HORAS

ARREDORES DE BERKELEY SPRINGS, VIRGÍNIA OCIDENTAL

O plano é um pouco contraintuitivo, mas, nas circunstâncias, parece ser a melhor opção: até que Erika Coogan envie uma mensagem pelo pager comunicando que a polícia recuou e que eles estão fora de perigo de serem recebidos com força letal, eles vão se esconder no meio da maior multidão que encontrarem. A ideia é que, se os órgãos de segurança estão a fim de matá-los, a melhor proteção de que podem dispor são *outras pessoas* — testemunhas, em outras palavras, um exército de celulares para assegurar que, caso sejam encontrados, a detenção tenha que ser pacífica.

E é assim que eles acabam dirigindo a velha caminhonete da videolocadora, ainda com EU ♡ VÍDEOS pintado na carroceria, para o Festival de Música de Sleepy Creek (doze mil pagantes) que está sendo realizado em uma propriedade privada perto do rio Potomac, a cerca de uma hora e meia, ou cento e sessenta quilômetros, de Berkeley Springs.

Sam olha pela janela. É uma bela manhã de sol. São ultrapassados por vários carros. Um deles é dirigido por uma jovem que sem dúvida está indo para o mesmo lugar que eles, despreocupada, flores no cabelo, cantando uma música inaudível que alegra ainda mais seu coração. Sam, apesar de ainda estar aterrorizada, percebe que algo novo despertou dentro dela: sente-se quase inebriada por certa adrenalina que talvez só apareça quando alguém está tentando tirar sua vida. Agora que sua vida pode ser muito mais breve do que imaginava, cada momento é mais precioso. Permanecer viva: é só isso que importa no momento. Tem a impressão de que os frequentadores do festival pensam a mesma coisa. Depois de tanto se esconder em locais desabitados, agora deve se misturar à multidão. E, quando Erika avisar que estão seguros, só então poderão se entregar, em meio à música e a essas pessoas cheias de esperança. Missão cumprida.

Quando a caminhonete reduz a marcha para se alinhar aos portões do festival, Sam baixa a janela para pegar um programa oferecido por uma recepcionista com uma faixa transversal de rainha de beleza e lê as atrações em voz alta para Justin: barracas de comida e de bebida, Área de Exposição com produtos de artesanato, Campos de Agricultura Sustentável, o Centro da Nova Consciência, iurtes para leituras e oficinas, música, arte, poesia, pintura facial, aulas de respiração. Eles começam a rir, pela primeira vez em dias.

— Kaitlyn iria adorar — comenta Sam.

Ela olha para Justin, que está com um sorriso enigmático de Mona Lisa nos lábios.

— Parece que foi ela que criou o programa — comenta ele. — Centro da Nova Consciência? Finalmente vamos aprender sobre o Grande Problema da Consciência e descobrir quem nós somos afinal.

— Tá bom, e que tal isso aqui? — diz ela. — Eles imprimiram a Declaração Universal dos Direitos Humanos da ONU... Quer ouvir um dos artigos?

— Por que não?

— "Ninguém sofrerá intromissões arbitrárias na sua vida privada, na sua família, no seu domicílio ou na sua correspondência, nem ataques à sua honra e reputação. Contra tais intromissões ou ataques toda pessoa tem direito à proteção da lei."

— Então está resolvido. Não temos o que temer. E pensar que me preocupei tanto com esse assunto!

Ao dizer isso, ele estende o braço e coloca a mão, com a palma para cima, na perna de Sam. Ela olha para baixo, surpresa com o toque — alguma coisa se remexe dentro dela — e então, tomada por um sentimento difícil de descrever pelo homem idealista ao seu lado, coloca a mão, com a palma para baixo, sobre a dele. Seus dedos se entrelaçam. Eles não se olham. Não precisam. Já se olharam tantas vezes, mas agora um novo circuito foi criado, que não significa uma traição a Warren, mas também não é de todo inocente; uma atração que faz sentido apenas para os dois; é tão pessoal quanto uma senha.

— Vamos fazer uma coisa primeiro, assim que você estacionar? — propõe ela, baixinho.

— O quê?

— Pintar nossos rostos.

1 HORA

SEDE DA FUSÃO, WASHINGTON, D.C.

Cy está usando fones de ouvido, terminando uma chamada.

Sonia Duvall aparece na porta, de minissaia, salto alto, com um tablet na mão, rosto afogueado, ar triunfante.

Cy faz um gesto com a cabeça para que ela feche a porta e encerra a ligação.

— Encontramos todos os servidores de Justin — informa Sonia. — Ele usa servidores de nuvem anônimos de uma empresa de armazenamento de dados em Amsterdã. Conseguimos entrar e apagamos tudo, um monte de arquivos.

— Tudo?

— Uma quantidade imensa de material, carregado nas últimas horas. Milhões de arquivos novos.

— Foram todos apagados?

— Foram. E agora temos controle total dos servidores.

— Alguém viu os arquivos antes que fossem apagados?

Ela balança a cabeça.

— Claro que não. Fiz exatamente o que você mandou.

— Então você conseguiu detê-lo. Desarmou um terrorista. Quem fez isso foi *você*, Sonia. É incrível.

Ela faz que sim com a cabeça e sorri.

— Como se sente depois de salvar o país de danos indescritíveis? — pergunta ele.

Ela arregala os olhos. Engole em seco.

— É muito bom.

— Só isso?

Sonia se lembra do seu próprio lema.

— Quero ser excelente em tudo que faço.

Cy se levanta e se aproxima da jovem.

— Posso?

Ela faz que sim. Ele a abraça. Com a cabeça de Sonia apoiada no seu peito, Cy sente o perfume do xampu e beija o alto da sua cabeça.

— Parabéns — diz ele. — Agora vamos voltar ao trabalho.

Quando ela sai — com aquelas costas bem-talhadas, a saia justa, o contorno marcado dos quadris —, ele sente um tesão delicioso. Seus olhos então caem na visão mágica de uma pomba branca digital levantando voo de um galho comprido de uma árvore enorme na floresta. *Flap-flap-flap*, até que o último pixel com a imagem da pomba pisca e fica verde. Eu amo Erika, pensa ele, não há a menor dúvida, e sempre vou amar. Mas isso aqui é gostoso.

No mesmo instante, ele ouve a voz de Lakshmi Patel nos fones de ouvido.

— Sr. Baxter? Eles foram localizados.

Ele desce rapidamente para a plataforma de controle.

— Ativar a tela — comanda mais do que nunca o capitão na ponte de comando da nave estelar *Enterprise*.

Burt está lá. Erika também, saindo do seu escritório.

Como por mágica, a tela exibe uma vista aérea de um Ford F-150 na pista da direita da rota 9, no sentido noroeste, saindo de Washington, seguida por máquinas que trabalham em perfeita harmonia — rastreando, pilotando, mapeando —, aprendendo em tempo real a tornar previsível a espantosa anarquia do comportamento humano.

— São eles?

— Justin já trabalhou para o dono da caminhonete. A conexão foi a videolocadora.

Traçando um raio em torno da videolocadora, eles conseguiram obter imagens de todas as câmeras da área e assim identificar o veículo e a direção do deslocamento. As imagens agora estão na tela grande, cortesia de um drone em ação.

— Medusa sobre o alvo.

— Vamos acionar um Predator também — propõe Cy. — Burt? Você concorda?

É a deixa para Burt Walker participar do comando de uma missão crítica que envolve a segurança da nação. Ele olha para Cy. Olha de volta para a tela. Olha de novo para Cy e depois para os funcionários do Vazio, que aguardam em silêncio até que ele faz que sim com a cabeça.

— Vocês ouviram o homem — traduz Cy. — Obtenham um corredor para ele no espaço aéreo.

— Predator requisitado.

Cy está radiante com a adição de um drone armado. O Predator, com seu laser e seus mísseis Hellfire, é uma arma mortal. Obter imagens dos fugitivos é uma coisa, mas o poder de reprimir suas ações, aniquilando-os se necessário, e ordenar essa medida direto da sala de controle da Fusão, isso é poder, absoluto, totalitário, e é exatamente do que o país precisa. É o velho espírito dos Estados Unidos, desde o tempo dos faroestes, quando os bandidos não tinham vez. E no comando desse poder, dessa vingança, dessa justiça está a Fusão.

— Equipe de solo, onde vocês estão?

— Trânsito intenso. Chegaremos ao alvo em aproximadamente vinte minutos.

A tela exibe a equipe de captura em comboio, as sirenes ligadas, oito SUVs pretos trafegando no acostamento da estrada.

— O alvo está em uma fila de veículos na entrada de um festival de música.

— Onde é o festival? — pergunta Cy.

— Em Sleepy Creek.

— Já notificamos a segurança do festival?

— Sim, senhor. Todos os portões já receberam uma descrição do veículo.

— Os guardas do festival estão armados?

— Sim, senhor.

— Ligue para o responsável da segurança de lá e transfira para a minha sala. Eles precisam saber com quem estão lidando.

De volta à sala, ele recoloca os fones de ouvido para avisar ao chefe da segurança que deve ter extremo cuidado ao abordar esses fugitivos armados e que talvez deva pedir reforços ou recorrer à Guarda Nacional. O chefe da segurança informa que o festival conta com um número considerável de guardas armados e que todos foram reunidos no portão indicado pela Fusão como ponto de entrada da caminhonete.

1 HORA

ROTA 9, ARREDORES DE BERKELEY SPRINGS, VIRGÍNIA OCIDENTAL

— Merda — murmura Justin, quando a caminhonete se encontra a vinte veículos de distância do portão. À frente, bem à vista, há várias viaturas com as luzes vermelhas, brancas e azuis piscando. — A coisa ficou feia.

Sam vê o mesmo problema.

— O que a gente faz?

O pager começa a apitar. Sam o tira do bolso e lê: *Eles estão em cima de vocês. Rendam-se pacificamente.* Ela lê a mensagem em voz alta para Justin.

— Então é isso. Deve ser o sinal verde. Vamos nos entregar, certo? Pronto? Está tudo bem. Ela está dizendo que o perigo passou, que é seguro se render.

— Me deixe pensar. Espera.

— O quê?

— Espera.

— Esperar o quê? Erika disse que precisamos nos render. Temos que confiar nela. Vamos só sair do carro e nos entregar aos guardas do festival. Acabou, Justin. *Acabou.*

Justin se inclina para a frente e olha para o céu sem nuvens.

— Tá bom — responde ele, ativando o GPS no painel do carro para ter uma visão geral de onde estão exatamente.

— Tá bom *o quê?*

— Tá bom — repete ele, tocando na tela.

Quando Sam leva a mão à maçaneta da porta, Justin vira o volante bruscamente, arremessando Sam na sua direção, enquanto dá meia-volta com o carro, pisando fundo no acelerador e, com um ronco de oito cilindros, segue, no sentido contrário, na estrada por onde vieram.

— O que você está fazendo?!

— Não sei. Espero que a coisa certa.

Já estão a cem quilômetros por hora.

— Nós vamos...

Cento e dez.

— Você acha que...

Cento e vinte... E então, passando de cento e trinta e ignorando os protestos contínuos de Sam, ele vê um helicóptero aparecer no céu, cortando o ar, e mais luzes piscantes surgirem ao longe, acompanhadas pelo som de sirenes... Justin dá uma nova guinada e entra em uma estrada secundária, com a caminhonete corcoveando no chão irregular, passando por um estreito corredor de árvores até que, saindo do outro lado em campo aberto, ele vira de novo em direção ao horizonte, ainda seguido, a cada manobra, por objetos visíveis e invisíveis.

Apavorada, Sam se inclina para a frente tentando ver o helicóptero e, num esforço desesperado para acabar com aquela corrida insana, tenta puxar o freio de mão, mas Justin é mais rápido. Olhando para o rosto dele em busca de respostas, Sam fica impressionada com a calma que vê, como se ele soubesse o tempo todo que as coisas acabariam assim.

— Fale comigo! — grita ela, competindo com o ronco do motor.

— Me diga o que está acontecendo!

— Preciso expor todos eles. Todo o esquema.

Com o campo à frente chegando ao fim e atrás deles apenas um tornado de poeira, Sam se prepara para o impacto quando Justin escolhe atravessar uma cerca de arame farpado e vai parar — arrastando pedaços da cerca — em uma estrada asfaltada de duas pistas que segue para o leste.

— Tem um túnel ali na frente — diz ele. — Você vai saltar. Está com aquele celular?

— Do que você está falando?

— Do celular que dei para você na locadora. *Você está com ele?*

— Estou.

— Então se prepare. Você vai saltar.

— Não faça isso.

À frente, como Justin e o GPS previram, surge um túnel.

— Presta atenção. Presta atenção, tá bom? Nossos celulares estão conectados. Abra o navegador do seu e vai poder ver, em tempo real, tudo que eu vejo. Está entendendo? Você vai ser minha testemunha. A gente vai poder se manter em contato.

— Eu não vou saltar.

— Você vai, sim!

O túnel está se aproximando.

— Não vou abandonar você.

Sam está com tanto medo que quase sufoca. Sacode o braço direito de Justin.

— Temos que fazer isso depressa — diz Justin, com intensidade, com paixão —, senão eles vão perceber que eu parei. Está preparada? Abra a porta.

Quando chegam à cobertura estreita do túnel, o barulho das sirenes aumenta atrás deles. O helicóptero os acompanha de perto. A caminhonete entra no túnel em alta velocidade e tudo desaparece na escuridão até os olhos deles se ajustarem.

— Sam, abra a porta! Abra!

A mão dela, relutante, encontra a maçaneta e puxa, obediente-mente, mas Sam faz que não com a cabeça. A porta abre só um pouco.

— O que você vai fazer?

— Mantenha o celular ligado. Prepare-se.

No meio do curto túnel, Justin freia bruscamente.

— Vai! *Vai!*

Ajudada por um empurrão de Justin, ela desce no escuro, com o celular na mão, sente cheiro de gasolina, ouve o ronco do motor e olha... olha... olha, aflita, enquanto a caminhonete se torna uma pe-quena silhueta na boca do túnel antes de desaparecer.

Sozinha no escuro e sem tempo para pensar, ela ouve as sirenes se intensificarem numa barulheira ensurdecedora. Sam se encolhe em um canto escuro pouco antes que uma, duas, três, quatro viaturas da polícia passem por ela em disparada. Só quando elas já passaram, quando não consegue mais ouvir o som das sirenes, é que começa a tatear o caminho para a entrada do túnel.

Ao sair, ela pula uma cerca e, com o que resta das suas forças, sobe a encosta arborizada, afastando-se da estrada, parando para se esconder atrás de uma árvore quando uma segunda leva de viatu-ras da polícia — uma, duas, três, quatro — entra no túnel a cento e sessenta quilômetros por hora.

UMA COLINA, ROTA 9

Quando Sam alcança o ponto mais alto da colina, seu coração parece que vai pular para fora do peito. Ela desaba ao lado de uma árvore frondosa e liga o celular. Justin está transmitindo, como havia pro-metido, mostrando ao vivo tudo o que acontece...

As imagens rápidas que aparecem na telinha mostram a estrada à frente da caminhonete totalmente bloqueada por viaturas da polícia. A caminhonete se aproxima em alta velocidade, como se o moto-rista-cinegrafista quisesse colidir com os carros, o que faz com que ela, apavorada e impotente, grite "JUSTIN!" para o aparelho, mas no instante seguinte a caminhonete reduz a marcha até parar.

A câmera gira para mostrar o rosto de Justin, surpreendentemente calmo, seu senso de dever permitindo que supere o terror da situação. Dirigindo-se a Sam, ele fala:

— Bem, você não pode dizer que eu não tentei.

Em seguida, a câmera muda de posição outra vez para mostrar, pela janela de trás da cabine da caminhonete, uma caravana de viaturas da polícia, que bloqueiam a estrada atrás do veículo dele. Ele está cercado; não há como escapar.

Pelo menos, pensa ela, você está em segurança, meu amigo rebelde. Nossa jornada insana chegou ao fim.

BLOQUEIO POLICIAL, ROTA 9

Os carros à frente da caminhonete estão todos com as portas abertas. Atrás das portas, agachados, os policiais apontam as armas para Justin. E, enquanto ele vê essas armas letais, *Sam* também consegue vê-las pela tela do celular, como se estivessem apontadas para ela. Em resposta, Justin aponta o celular para eles, transformando aquele momento em um evento transmitido em tempo real para Sam e, provavelmente, para muitas outras pessoas.

Quando Justin anda na direção dos policiais, eles gritam:

— Não se mexe!

— Larga esse celular! NÃO SE MEXE!

— PÕE O CELULAR NO CHÃO!

— Larga o celular ou a gente *vai* atirar! Larga o celular e deita de bruços!

Mas ele sabe que seria tolice abrir mão da única proteção, porque é esse celular, apenas esse celular, que os faz hesitar.

— LARGA O CELULAR! LARGA O CELULAR AGORA!

— Estou filmando vocês — grita Justin.

Parte dele sabia que as coisas acabariam daquela forma, ele, sozinho, diante de policiais armados procurando uma desculpa para atirar. Mas, pelo menos, proporcionou a Sam a oportunidade de continuar a luta e derrubar aquele castelo de cartas.

— ÚLTIMO AVISO! LARGA O CELULAR!

— Estou filmando vocês! Tudo isso está sendo transmitido ao vivo!

Se as palavras "ao vivo" significam alguma coisa para os policiais, não é suficiente para acalmá-los.

— LARGA O CELULAR! LARGA O CELULAR! AGORA! OBEDECE!

— O mundo está assistindo!

— AGORA! PÕE O CELULAR NO CHÃO!

Justin não está disposto a desistir da única vantagem que tem. Ele grita:

— Eu me rendo! Eu me rendo!

Em seguida, avança, com os braços levantados, na direção dos policiais, que esperam, com as armas em riste.

Então, um único tiro sinaliza o começo do fim. Ele atinge Justin na coxa direita. Justin se curva, solta um grito de dor e cai de joelhos na estrada. Sangue começa a jorrar do ferimento.

Justin grita de novo:

— Eu me rendo!

Mas outro tiro é disparado, atingindo o ombro direito. Ele deixa o celular cair. Fica claro que não vai haver nenhuma prisão hoje.

Ignorando as advertências da polícia, ele pega o celular de novo com o braço bom e aponta para o próprio rosto, estranhamente calmo, ao mesmo tempo que diz:

— Agora é com você.

E, com isso, seu polegar desliza pela tela manchada de sangue, enviando uma mensagem pré-configurada e um link que, se ainda houver alguma justiça no mundo, chegará a Sam e, se ela fizer sua parte, desencadeará uma planejada e devastadora sequência de eventos. *Vush.*

UMA COLINA, ROTA 9

Sam dá um grito e deixa o celular cair como se tivesse sido baleada, como se ela fosse o alvo da fuzilaria que agora atira sem misericórdia. Mas ela não está ferida, não foi baleada, e todas as coisas horríveis que estão acontecendo são apenas o que ela consegue ouvir através do celular caído no chão.

Por favor, reza ela, quando o aviso de uma nova mensagem chega ao celular, não morra, não morra, pelo amor de Deus, não morra, uma oração antiga, repetida muitas vezes, que usava para Warren e agora usa para Justin.

Quando o tempo passa e ela não ouve mais nenhum som e quando a necessidade de verificar se a prece foi atendida se torna insuportável, ela pega o celular no chão e descobre que a transmissão ao vivo foi interrompida, que perdeu seu amigo, mas que ele deixou um último mistério.

Uma mensagem. De Justin. Quatro palavras: "Agora é com você." E um link para um site chamado Tômiris.

SEDE DA FUSÃO, WASHINGTON, D.C.

Cy viu o corpo ferido de Justin Amari ressuscitar, levantar-se, desafiar magicamente o destino, mas era uma ilusão e, no instante seguinte, ele foi arremessado para trás quando uma nova rajada de balas o atingiu, cada uma com a força de um soco, transformando-o em um boneco desengonçado antes de cair pela última vez numa poça carmesim.

Com a adrenalina nas alturas, ainda intoxicado pelo desfecho da perseguição, Cy volta a pensar. Um já foi, falta a outra. É só isso. Nada mais complexo ou censurável. Um já foi, falta a outra. Mas esse sentimento de jogador não produz o alívio que esperava. Enquanto permanece de pé no parapeito da plataforma, olhando de cima para os empregados que acompanharam em tempo real na tela grande, chocados e em silêncio, o show de horrores exibido pela polícia dos Estados Unidos, como em um filme de cinema, ele ouve um veredicto sendo pronunciado: *Assassino*. O acusador? *Ele próprio*. A ideia de ser diretamente responsável por aquele desfecho trágico enfim toma conta dele. E, com ela, talvez sua própria vida também esteja arruinada. Se a farsa que ele arquitetou for descoberta, ele terá sérios problemas. A sensação de pânico só aumenta quando observa novas imagens na tela grande, que mostram, primeiro, a equipe de captura finalmente chegando ao local e, depois, por meio das câmeras corporais de membros da equipe, que Samantha Crewe não está no Ford F-150. Não só não foi baleada como essa mulher, vivinha da silva, escapou mais uma vez.

Isso não é nada bom.

Enquanto observa as imagens do veículo sendo revistado e, em outras telas, forças de segurança se aproximando com armas apontadas para o corpo sem vida de Justin Amari, ele tenta se consolar com o pensamento de que Justin era o cérebro da operação e agora ele foi eliminado. O maior perigo era *ele*, com quem não havia diálogo possível, enquanto *ela*, por outro lado, faria qualquer acordo para descobrir se o marido está vivo e, se a resposta fosse afirmativa, em que lugar do Irã está sendo mantido prisioneiro. Ela é tão obstinada que tenho certeza de que vai manter a boca fechada sobre mim, se eu descobrir o que ela quer. Ela mesma estabeleceu os termos do acordo: seu silêncio em troca de informações! Um acordo justo. A ideia foi dela, não minha. Assim, se eu conseguir encontrá-la, basta renovar e aprofundar esse pacto. E eu *posso* ajudá-la. Essa é a solução! E por meios normais, trabalhando *com* a CIA, agora que ele apagou os arquivos roubados e as cópias que estavam com Justin. O gênio voltou para a garrafa. A maior base de dados secretos do mundo está segura outra vez. Sendo assim, a nova missão é exatamente igual à antiga: encontrar aquela mulher, aquela trapaceira, fugitiva escorregadia, imprudente e de um talento fora do comum antes que seja capturada pelas forças de segurança e assegurar que nada a respeito da Virginia Global Technologies venha à tona.

Cy tenta se convencer de que vai dar tudo certo, mas essas trivialidades não o consolam por completo. Um pânico central persiste e até aumenta. Aquela mulher *pode* destruí-lo. Ela é inteligente. Sabe de muita coisa, tem seus e-mails. Sabe que foi ele quem baixou os arquivos! Ela sabe! Ela sabe! Ela sabe! E agora, o cúmplice dela, seu parceiro, amigo, está morto. Ela vai querer se vingar. Já deve estar planejando alguma coisa. Que ciclo de loucura! No limiar de mais um ataque de pânico, começa a se sentir febril enquanto observa a tela grande. O que foi que ele fez? O que fez com tudo o que conquistou, o que fez de si mesmo? Apesar de ter cometido um erro terrível, não acha que jogou tudo fora. Tem certeza de que a Fusão vai conseguir localizar aquela mulher e fazer um trato com ela, para que as coisas tenham um final feliz.

Onde está Erika? Ele precisa de Erika. Cy se afasta do parapeito quando as paredes do Vazio parecem quase pulsar e aquela palavra acusadora volta a ocupar seus pensamentos: *Assassino*. Não, não, não, argumenta ele. Os tiros foram da polícia. Eles tomaram a decisão. Justin devia ter largado o celular. Mas o pensamento continua a atormentá-lo: vão me pegar; serei exposto. Existem pistas suficientes para me incriminar. Onde está Erika? Ela *deveria* estar aqui!

De volta à sua sala, ele desaba na cadeira e toma um gole de água enquanto seus olhos se voltam para a parede mágica: uma floresta úmida da América do Sul iluminada pelo sol, com pássaros exóticos e frutas enormes. Talvez seja melhor passar algum tempo fora do país, por que não? Desaparecer. Mas em que lugar do mundo alguém pode se esconder hoje em dia sem ser encontrado?

Que diabo está acontecendo com ele? Mal consegue respirar e há algo errado com o coração. Por que está se sentindo tão mal? Só porque Justin Amari está morto e Samantha Crewe *não*? O que passou, passou, e é só isso. O cara podia ter se rendido, e tudo que Cy fez, tudo que *está fazendo*, tudo que eles podem provar que fez, foi para garantir que este seu pobre e tão caluniado, tão perseguido país possa estar em segurança por mais um dia.

Durante vários segundos, ele se limita a olhar para o laptop, aquela máquina comprometida, aquela arma traiçoeira que Justin violou e da qual se apropriou remotamente. Ele abre a tampa. A luz da tela ilumina o seu rosto. A privacidade de Cy já foi quase restaurada, mas, até que Samantha seja capturada e silenciada, ele continuará a se sentir nu, desprotegido, desprovido de qualquer intimidade.

Nesse estado de espírito, ele é interrompido por uma voz que vem da porta aberta.

— Boa tarde.

É o vice-diretor Burt Walker, de cara amarrada. Atrás dele está Erika, sua parceira de vida profissional e de cama por quinze anos.

Cy olha de novo para o laptop, mas não digita um único caractere. Quando ergue novamente os olhos, não é Burt que vê, e sim Erika, o rosto compungido enviando uma mensagem em código, a partir da qual ele pode começar a decifrar o enigma, resolver a charada, montar o quebra-cabeça que é o futuro, cujo embaixador — até aquele exato momento — ele julgava ser.

Um andar abaixo, o relógio da contagem regressiva, inicialmente ajustado para um mês, mas que agora exibe apenas alguns segundos, chega inexoravelmente ao zero fatal, que, quando é atingido, não desperta praticamente nenhuma reação dos funcionários atordoados. O relógio passa a mostrar um único 0, símbolo do fracasso coletivo, envergonhando a todos, porque ao lado do relógio, na tela grande, o retrato resoluto da zero 10 permanece nítido, a única imagem que destoa da galeria dos capturados.

O FUTURO I

Deveria ter levado semanas para montar uma história como aquela, que envolvia tantas partes encadeadas, mas eles conseguem reunir quase tudo em menos de três horas. Haveria mais, muito mais, nos meses seguintes, como sérios questionamentos acerca de um programa secreto como a Fusão, que envolvia uma parceria entre a CIA e a WorldShare; quanto à validade de um teste como o teste beta do Protocolo Zero; a respeito das ambições ocultas da CIA no território nacional; e em relação à confiabilidade de Cy Baxter e outros expoentes do Vale do Silício como guardiões da informação privada. Mas, por hora, os repórteres corriam para divulgar os primeiros informes antes que os advogados da WorldShare e do governo, que ainda não haviam se pronunciado, pudessem reagir.

ASSISTENTE ESPECIAL DA CIA JUSTIN AMARI
ESTAVA DESARMADO QUANDO FOI MORTO POR...

SÉRIAS QUESTÕES LEVANTADAS
ACERCA DA AÇÃO POLICIAL...

QUEM ERA JUSTIN AMARI? O QUE APURAMOS...

As cordas em torno de Cy Baxter se apertam cada vez mais, como se fossem puxadas por um guincho. Ele permanece em silêncio, mas, um mês depois do assassinato de Justin, é flagrado por um fotógrafo entrando em um carro que o leva para ser interrogado pela Comissão de Comércio, Ciência e Transportes do Senado. Seu depoimento dura três dias, durante os quais permanece o tempo todo na defensiva, de olhos arregalados, alegando várias vezes que não se lembra dos fatos, mas que promete investigar, assegurando que está tentando ajudar, afirmando sua lealdade aos Estados Unidos, desviando-se de todas as críticas.

NOVAS PETIÇÕES PARA QUE BAXTER SEJA INVESTIGADO
PELO DEPARTAMENTO DE JUSTIÇA...

INVESTIGAÇÃO FEDERAL SOBRE O USO INDEVIDO
DE INFORMAÇÕES PESSOAIS PELA WORLDSHARE É PARALISADA...

BAXTER ACUSA O GOVERNO DE
"DEMONIZAR" AS REDES SOCIAIS...

O DEPARTAMENTO DE JUSTIÇA INOCENTA BAXTER
DE QUALQUER ENVOLVIMENTO NA MORTE DE JUSTIN AMARI...

O público, que perdeu a confiança em Cy, continua a exigir que ele seja responsabilizado pelo assassinato, por acreditar que a morte está diretamente ligada à Fusão e ao teste beta, mas o governo anuncia que todas as investigações de Baxter e da WorldShare foram encerradas sem nenhum indiciamento. Como cofundador, diretor executivo, membro do conselho e principal acionista da gigante da tecnologia, Cy promete aos críticos que vai "reorientar" a empresa para que esteja mais atenta a questões que "envolvam a privacidade individual".

COMISSÃO FEDERAL DE COMÉRCIO DESISTE DE INVESTIGAR
VENDAS DE TECNOLOGIA DA WORLDSHARE PARA...

ACORDO "JUSTO E RAZOÁVEL" É FIRMADO
ENTRE A WORLDSHARE E A COMISSÃO FEDERAL DE COMÉRCIO...

GOVERNO CONFIRMA O AMBICIOSO PROJETO FUSÃO,
CUJO OBJETIVO É AUMENTAR A SEGURANÇA INTERNA DO PAÍS...

BAXTER ENCOMENDA SUPERIATE DE 500 MILHÕES
DE DÓLARES COM HELIPONTO E...

E, assim, a mais recente tentativa de regulamentar a internet e limitar os poderes dos interesses privados que a controlam cai por terra. Enquanto as ações da WorldShare não só se recuperam como atingem valores recordes, Cy Baxter sobrevive ao maior desafio de sua carreira e reputação. Sai praticamente ileso, com o acréscimo de um status de sobrevivente. Ele comparece à Semana de Moda de Paris com seu novo amor, a funcionária da WorldShare Sonia Duvall. Compra uma cobertura em Manhattan por sessenta e dois milhões de dólares. Enquanto isso, a internet evolui silenciosamente da única forma possível; movida, como o universo, por forças não totalmente compreendidas, em constante expansão, sempre inundada por novos elementos, ações e reações, em um crescimento mais que exponencial, um sistema que rivaliza com o cérebro humano em termos de complexidade. A última chance de conter ou, pelo menos, retardar o crescimento da internet foi o momento da sua criação. Depois disso, ela seria para sempre algo a ser contemplado, aceito, observado com uma admiração impotente, como as estrelas, como a rotação da Terra, como ostras se abrindo em uma noite de lua cheia para permitir o vislumbre de uma pérola.

O FUTURO II

BASE AÉREA DE LANGLEY, HAMPTON, VIRGÍNIA

É um mundo novo, ou, se não inteiramente novo, muito diferente do que Warren Crewe se lembra de ter deixado para trás há três anos e meio.

Quando ele desce as escadas de metal da aeronave militar, franzindo os olhos contra a luz — qualquer tipo de luz, no momento, é uma tortura para ele —, Warren considera um triunfo cada passo que o aproxima do bom e velho solo norte-americano, de modo que, quando enfim desembarca nos Estados Unidos, se vira para o militar que o escoltou durante a viagem, o sargento de serviço Channing Bufort, para dizer "Lar, doce lar" antes de se ajoelhar e beijar o asfalto abençoado.

Quando Warren se levanta, Bufort está sorrindo.

— Faz tempo, não é, Murphy?

O sargento Bufort conhece Warren apenas como "Murphy" por causa da identificação do traje verde de voo que lhe deram aleatoriamente na Base Aérea de al Dhafra, em Abu Dhabi, e que pouco antes foi trocado por roupas civis. Warren não dá a mínima para como o chamam, contanto que não seja um número.

Por que ele está andando tão devagar?, pensa ela, mas, ao mesmo tempo tem medo de descobrir a resposta. As pernas finas do marido, atrofiadas pela falta de uso, não parecem ter a mesma força de antes. Mas também pode ser que a cada passo uma ansiedade cresça no seu peito, como uma espécie de TEPT, ou que ele esteja simplesmente nervoso com o reencontro, torcendo para que nenhum dos dois tenha mudado muito.

Quando ele se aproxima, Sam nota que está usando roupas largas demais, jeans, camiseta, casaco de aviador.

Aí vem ele. Mais perto. Mais perto... Minha nossa, Warren! Quatro anos! Quatro anos. Você não parece nada bem, querido. Está muito diferente do homem que acenou para mim antes de entrar em um táxi, para então desaparecer. O cabelo está grisalho. A barba cresceu. Ela não consegue não pensar em todos os tormentos pelos quais ele passou, as humilhações e as perversidades que precisou suportar.

Mas ele está aqui, apesar de tudo, de volta ao solo norte-americano, um homem livre graças às suas manobras evasivas e ao brilhantismo e ao sacrifício de Justin, que finalmente chamaram a atenção dos níveis mais altos do governo para a situação de Warren. Pelo menos por um tempo. Erika Coogan também ajudou. Usando ao máximo os recursos da Fusão — desde a análise de fotos tiradas por satélite até a filtragem de mensagens internacionais trocadas pela internet e o uso de um software de espionagem que milagrosamente conseguiu penetrar nos computadores do governo iraniano — foi possível concentrar a busca em uma prisão clandestina ao sul de Isfahan que mantinha um prisioneiro desconhecido com cidadania norte-americana. Imagens de alta resolução do pátio de exercícios tiradas por satélite e imagens hackeadas das câmeras de segurança da prisão confirmaram que o prisioneiro número 1205 era de fato Warren Crewe. A partir daí, Burt Walker ajudou a convencer os políticos a pressionar o Irã para admitir o que havia se tornado óbvio, o que deixou a Casa Branca sem escolha a não ser finalmente aceitar uma oferta de troca (altamente desigual) de prisioneiros: um terrorista iraniano em troca do pobre e destroçado Warren. O governo dos Estados Unidos enfim fez o que devia ter feito desde o primeiro dia: a coisa certa.

Warren parece dez anos mais velho. Talvez mais. Quais são os danos *mais profundos* que esses últimos quatro anos de cativeiro causaram? Ela própria mudou muito, sob vários aspectos; a aflição por que passou pode causar problemas no futuro, mas isso não é nada comparado a quanto o marido terá sido transformado pela indignidade e pelo trauma. Ambos sofreram demais para chegar a esse reencontro inalterados. Certamente haverá meia dúzia de novas facetas nos dois que serão incapazes de reconhecer, ou mesmo compreender. Novos demônios contra os quais terão que lutar. Como, por exemplo, se ela vai conseguir se livrar da culpa pela morte de Justin, que a assombra diariamente. Como esconder a raiva que sente por uma sociedade que permitiu que Cy Baxter fizesse o que fez e escapasse impune? Essa raiva (que herdou de Justin), em vez de diminuir, está crescendo. O sacrifício de Justin — ela tenta transmitir telepaticamente a Warren — não pode ter sido em vão. Não pode. Talvez só você, meu querido Warren, possa compreender isso plenamente. Só você. Só você será capaz de apreciar e apoiar o que estou prestes a fazer, se não me faltar coragem. Você vai concordar, não vai? Porque vou pedir a sua permissão. O que vai dizer? Qual vai ser sua reação? Depois de todo esse tempo separados.

O sargento que escolta Warren para e deixa que ele dê os últimos passos sozinho até que, finalmente — um milagre —, estão nos braços um do outro. Ela fecha os olhos e encosta a cabeça no peito do marido. É mais fácil assim. Olhos fechados significa que podem estar em qualquer lugar e em todo lugar ao mesmo tempo. Podem até ser estranhos de novo, se quiserem, encontrando-se pela primeira vez em uma festa na casa de um amigo, dançando ao som de Van Morrison enquanto copos de ponche boiam na piscina iluminada, conversando sem parar. Ou podem estar na casa do lago, naquelas primeiras horas depois que se casaram, quando não conseguiam largar um do outro.

Ou podem ser como qualquer casal abraçado em qualquer aeroporto do mundo, livres de qualquer contexto, duas pessoas levando a vida adiante. Peito a peito, o coração traumatizado do marido bate em uníssono com o seu.

Warren a afasta e a observa por um bom tempo. Ela afasta uma mecha de cabelo do próprio rosto e a prende atrás da orelha para permitir que ele a veja melhor. Sam, por sua vez, contempla o rosto do marido, avalia os danos que o tempo causou, mas também as coisas que não mudaram, até que sorri ao constatar que as semelhanças superam as diferenças, revelando que o que importa, o que realmente importa, é que estão juntos e que, mais uma vez, eles têm tempo.

— Então — sussurra ela, sorrindo e chorando ao mesmo tempo —, por que demorou tanto?

Eles conversam quase a noite inteira, até que os olhos de Warren se fecham e ele adormece de pura exaustão.

Antes, porém, contam um para o outro tantas histórias quantas imaginam que o outro pode suportar, se beijam timidamente e, mais importante, tentam avaliar as mudanças que sofreram. Ele confessa que se sente velho. Um trapo. "Sistematicamente destruído" é a expressão que usa para se descrever. Ele sofre tremores. O cabelo ficou grisalho. O sistema nervoso está em frangalhos. Ainda é o mesmo?, pergunta ele a Sam. Claro que sim, responde ela, cobrindo-o de beijos até que ele se desfaz em lágrimas nos seus braços.

Por sua vez, ela precisa que Warren entenda seu estado de espírito e o que a levou à presente situação.

Em primeiro lugar, fala da decisão de se entregar.

Depois que Justin foi morto pela polícia, ela passou um dia inteiro escondida antes de iniciar negociações secretas com Erika Coogan, que garantiu que nada de mal lhe aconteceria. Não interessava a ninguém transformá-la em mártir.

Sendo assim, a Fusão, com a anuência da CIA, do FBI e do procurador-geral dos Estados Unidos, ofereceu a Sam, em troca de sua cooperação, completa imunidade no que ficou conhecido como DataGate. Uma das condições foi não dizer nada a respeito de Baxter e suas ligações com a China e a Rússia. O falecido Justin Amari foi considerado o único responsável pelo roubo dos arquivos da CIA, do FBI e da NSA, um roubo que, no fim das contas, não colocou em risco a segurança nacional, graças à ação rápida (e letal) das forças policiais. "Eles ganharam. No fim, eles sempre ganham."

Em consequência, ela pôde voltar à vida normal, inclusive reassumindo o antigo emprego como enfermeira no Hospital Geral de Boston, e passou a se encontrar com frequência com Kaitlyn Day, dependendo mais do que nunca dos conselhos, da amizade, da loucura, do humor e da sopa dela. Ao mesmo tempo, em troca do silêncio e da colaboração de Sam, foram tomadas providências nos altos escalões que resultaram na libertação de Warren.

Mas o que ela não conta ao marido antes que ele durma é o que pretende fazer em seguida.

Ela adiou a decisão até que Warren estivesse em segurança, porque só com o resgate e a repatriação dele ela poderia entender os próprios sentimentos. Mas, depois de conversar com ele quase a noite inteira, explicando o melhor possível seu estado de espírito, será que ela *sabe* mesmo o que vai fazer a seguir?

Na cozinha, com a luz da manhã tingindo as nuvens de cor-de--rosa, ela pensa: se eu fizer isso, como acredito que devo fazer, vou me tornar uma criminosa de novo. Uma *grande* criminosa. Procurada por todos. Se for descoberta — e por que não seria, mais cedo ou mais tarde? —, o preço a pagar será enorme. Se eu seguir o plano, se levar a cabo o último pedido de Justin — "Agora é com você" — e terminar o trabalho que ele começou, talvez nunca mais volte para casa.

Essa é a escolha. Crua. Brutal. De um lado está Warren, o marido recuperado, enfim de volta; do outro, uma vida caótica, repleta de privações, sustos, noites insones, dias curtos, de não ser nada além de um zero, como aprendeu a fazer tão bem.

Mas ela já tomou a decisão. Na verdade, ela não está duvidando da decisão. Warren, sem saber exatamente o que ela planeja, mas pressentindo, como sempre foi capaz de fazer, que ela está escondendo alguma coisa, já lhe disse que os responsáveis pelos crimes cometidos naquele episódio não podem permanecer impunes. Ele disse isso. Que o assassinato de Justin e a absolvição de Baxter não podem ser aceitas. Palavras dele. Seria uma mensagem em código? Sendo um homem cuja vida adulta foi construída em torno do desejo de justiça, Sam espera que ele compreenda o que ela está prestes a fazer. De pé na cozinha, usando um casaco impermeável e botas de caminhada, com uma mochila cheia de itens essenciais já nas costas, ela para por um instante, não para reconsiderar, mas apenas para lamentar a vida que decidiu abandonar, pelo menos por algum tempo.

Na mesa da cozinha estão dois celulares descartáveis. Um é para Warren. Ela pega o outro, aquele pequeno detonador de informações no qual acabou de inserir uma bateria. Está na hora. Sim, finalmente, está na hora.

Meia dúzia de toques do polegar abrem uma caixa de mensagens, e dentro dela, há muito preparada por Justin, tem uma mensagem com um link — um que deve seu nome a uma rainha iraniana que, em resposta a uma grande traição, liderou seus exércitos para se defender contra o ataque de um rei corrupto.

O polegar dela paira sobre o ícone, que, ao ser clicado, lançará ao mundo a gigantesca cópia de reserva feita por Justin dos arquivos hackeados por Cy Baxter. Um toque é tudo o que basta para iniciar o maior vazamento de dados confidenciais da história, praticamente tudo a respeito de todos os indivíduos que já fizeram alguma coisa errada na vida. E, enterrado nesse catálogo de punidos e impunes, está o nome de Cy Baxter. E, como não sabe extrair o arquivo de Cy — afinal, ela é apenas uma enfermeira —, ela libera tudo de uma vez.

Como Justin previu, essa onda de vergonha nacional, de nudez pública repentina, de exposição de hipócritas, de credibilidade tão cuidadosamente cultivada e administrada durante vinte, trinta, cinquenta anos desmoronando por uma simples manchete, pode reescrever as políticas públicas de forma significativa, inaugurando uma era de desonra, de choque, de incredulidade, de remorsos e pedidos de desculpas, de litígios e demissões, do linchamento de reputações em praça pública, de humildade forçada. Quem sabe? Pode até ser que o sonho de Justin de resetar o sistema seja atendido. Tudo isso é possível, pensa Sam, mas, para ela, o mais importante é que Cy Baxter seja punido pelo que fez.

As palavras do amigo morto voltam a ela nesse momento crítico: "Eles ganharam. No fim, eles sempre ganham."

Pode até ser, pensa ela, antes de acrescentar em voz alta, para ninguém, a não ser talvez para Justin, para o adormecido Warren e para si mesma:

— Até o dia em que eles perdem.

Um único toque.

Vush.

Está feito. Ela ajusta as alças da mochila e sai pela porta dos fundos, fechando-a com cuidado para não fazer barulho.

E desaparece.

Este livro foi composto na tipografia Palatino LT Std,
em corpo 11/16, e impresso em
papel off-white no Sistema Cameron da
Divisão Gráfica da Distribuidora Record.